明清戲曲序跋纂箋

十二

郭英德
李志遠 纂箋

國家出版基金項目
人民文學出版社

卷十三　曲譜曲韻

中州樂府音韻類編（卓從之）

《中州樂府音韻類編》，一名《中州音韻》、《中原音韻類編》，卓從之編撰。現存元至正間楊朝英輯《朝野新聲太平樂府》附刻本、民國二十三年（一九三四）刻《飲虹簃所刻曲》本、民國二十九年（一九四〇）上海中華書局排印《新曲苑》本等。

卓從之，字號、生平均未詳，元朝燕山（今北京）人。

中州樂府音韻類編識語〔一〕

闕　名

海宇盛治，朔南同聲。《中州小樂府》，今之學詞者輒用其調，音歌者即按其聲。然或押韻未通其出入變換，調音未合其平仄轉切，此燕山卓氏《韻編》所以作也。是用録刊於樂府之前，庶使作者、歌者皆有所本，而識音韻之奇，合律度之正，雖引商刻羽，雜以流徵之曲，亦當有取於斯焉。

（元至正間楊朝英輯《朝野新聲太平樂

府》附刻本《中州樂府音韻類編》卷首）

【箋】

〔一〕本篇並以下三篇，底本無題名。

附　中州樂府音韻類編序

盧　前

巴西鄧子晉序《朝野新聲太平樂府》有云：『以燕山卓氏《北腔韻類》冠之，期於朔南同調，聲和氣和，而爲治世安樂之音，不徒羨乎秦青輩之喉吻也。』前按，今世所傳《太平樂府》，此卷皆不存，惟海虞瞿氏藏明活字本有之，前求之十年，不可得見。此讀曲樓中海鹽張菊生先生元濟假諸瞿氏，屬余校訂，始知書名《中州樂府音韻類編》，子晉所謂『北腔韻類』者，蓋省言也。

元賢曲韻，以高安周德清《中原音韻》最通行，顧周氏僅於平聲辨析陰陽，無一字陰陽兩用者。周書計有五千八百七十七字，卓氏所收則四千二十三字，謹嚴過之。周書於所收字下，特注者凡十三，而卓氏所注則有三十餘字。爲北詞者，當以是爲準繩已。因亟付槧，以餉同嗜。

甲戌九月〔一〕，盧前涵芬樓記。

【箋】

〔一〕甲戌：民國二十三年（一九三四）。

附　中州樂府音韻類編序

夏敬觀〔一〕

盧君冀野得元卓從之《中州樂府音韻類編》，寫刊竟，以予詳於音韻之書，命序其首。予不敏，未嘗研討及南北曲家聲韻。顧予夙昔主創字之始，本於北音，而謂入聲短促，爲後起。自來言四聲者皆南人。周、召分陜，化及『二南』。故《風》、《雅》、《頌》已多入聲獨用，然尋其分別，聲系無紊。

自漢始混合不分。揚雄之徒，用短言與短言相協；隋陸法言作《切韻》，入聲部次不依平韻比列，其迹遂益淆。清代顧炎武、江永、段玉裁、王念孫，皆以南人求古音。段氏尤力言古有平上入而無去；王氏更增祭至類，有去入而無平上。

至曲阜孔廣森，始明陰陽對轉，以闡發古無入聲。予嚮爲《古聲通轉例證》、《今韻析》二書，宗其說。然古音所謂陰陽者，以韻部分，非一韻中有陰平陽平也。而陰部韻類，後世所謂入聲者，分隸之陽部韻類，則寄其入聲於陰部，是爲對轉之樞紐。曲韻分析，雖不符古，而入聲分隸，止於陰部韻類則同。於以知北人之音，雖經古今嬗變，尚未盡失其淵源，亦足爲考古者所資已。

冀野博學，諳音律，工爲南北曲，既得是編，知卽巴西鄧子晉所稱『北腔韻類』，於是《嘯餘譜》所載《中州音韻》非是卓書，其疑盡釋。竊願冀野更檢高安周德清《中原音韻》、秦敦夫所刊《菉斐軒詞林韻釋》諸書，參互詳考，以求入聲分隸諸韻之合於古者，表而出之。是又頃近研求語音學者，所宜有事也，曲韻乎云哉？

夏敬觀。

【箋】

〔一〕夏敬觀（一八七五—一九五三）：字劍丞，又字鑒丞，號緘齋、吷庵，新建（今屬江西）人。光緒二十年甲午（一八九四）舉人。工詩詞，精音律，擅書畫，通經史。著有《忍古樓詩》、《忍古樓詩續》、《吷庵詞》、《詞調溯源》、《音學備考》等。

附　中州樂府音韻類編序

吴　梅

曲家用韻，北宗周氏德清，南宗范氏昆白。周書具在，范書已若存若亡。《嘯餘譜》有《中州音韻》一種，昔人疑爲卓從之書，今見此册，始知不然。余藏元刊《太平樂府》卷首無此編，足證明活字本之可寶矣。周氏分陰陽僅及平聲，范氏平去皆分陰陽，較德清爲細。顧平聲之可陰可陽者，獨卓氏此書有之，此自來度曲家所未及知者也。往歌北詞，遇陽平字輒有高腔，嘗疑不能釋，今遂恍然。世之治南北詞者，於周、范二家外，又得一平聲陰陽通假之訣，豈不大快乎？盧生冀野示我此帙，自詫眼福不淺云。

吳梅書於大石橋寓齋。

（以上均民國二十三年刻本《飲虹簃所刻曲》所收《中州樂府音韻類編》卷首）

太和正音譜（朱權）

《太和正音譜》，朱權撰，現存影寫明洪武間原刻本（民國九年上海商務印書館《涵芬樓祕笈》第九集據以石印），別本影寫洪武間刻本（民國十五年海寧陳氏據以石印），明萬曆四十七年（一六一九）流雲館原刻明程若水輯《嘯餘譜》第五卷本（書名改題《北曲譜》，清康熙元年張漢據以重刻），明崇禎間黛玉軒刻本（改題《北雅》）等。

朱權（一三七八——一四四八），生平詳見本書卷三《卓文君私奔相如》條解題。

太和正音譜序〔一〕

闕　名〔二〕

猗歟盛哉！天下之治也久矣。禮樂之盛，聲教之美，薄海内外，莫不咸被仁風於帝澤也，於今三十有餘載矣。近而侯甸郡邑，遠而山林荒服，老幼瞶盲，謳歌鼓舞，皆樂我皇明之治。夫禮樂雖出於人心，非人心之和，無以顯禮樂之和；禮樂之和，自非太平之盛，無以致人心之和也。故曰：『治世之音安以樂，其政和。』是以諸賢形諸樂府，流行於世，膾炙人口，鏗金戛玉，鏘然播乎四裔，使鴂舌雕題之氓，垂髪左衽之俗，聞者靡不忻悅。雖言有所異，其心則同，聲音之感於人心大矣！

余因清讌之餘，采摭當代羣英詞章，及元之老儒所作，依聲定調，按名分譜，集爲二卷，目之曰《太和正音譜》；審音定律，輯爲一卷，目之曰《瓊林雅韻》；搜獵羣語，輯爲四卷，目之曰《務頭集韻》。以壽諸梓，爲樂府楷式，庶幾便於好事，以助學者萬一耳。吁！譬之良匠，雖能運於斤斧，而未嘗不由於繩墨也歟！

時歲龍集戊寅序〔三〕。

（民國九年上海商務印書館《涵芬樓秘笈》第九集石印影寫明洪武間原刻本《太和正音譜》卷首）

【箋】

〔一〕底本無題名。

〔二〕此文當爲朱權撰。

〔三〕龍集戊寅：洪武三十一年（一三九八）。題署之後有印章二枚：陽文葫蘆章『洪武戊寅』，陽文方章『青天弌鶴』。

（太和正音譜）序

康　海〔一〕

予家居二十有二載矣。以爲文章詞賦，雕蟲篆刻之技，壯夫所不爲也。可爲者，詠歌舞蹈，於林壑瀟散之地，以自適吾意而已。古詩歌謠，道性情，陳風俗，心之所之，假言而通，言之所指，因歌而永。是以陳之列國，采之樂官，以考其政治得失。及乎世道既降，歌詩變爲樂府，隋唐以來，益變益異。而治之污隆，音之美惡，猶具以存。近世歌曲所傳，唯十二調，三百三十五章，然音律之本，亦稍見矣。明興，丹丘先生采輯元賢暨今之詞客所撰，彙爲斯譜。閒居有作，率譜擬調，法度宛然。歌詠之餘，情之所欲，宣暢略盡。吁！亦奇矣。

原本前卷載古今作者名氏，及傳奇種數，與元人雜論。雖搜括甚多，而於後作，初無少益，今悉刪去，但取周德清《作詞七法》列諸篇首。若曰曲固有譜，作亦有法云耳。開卷之際，指趣咸備，顧非詞林之一快乎！

嘉靖戊子冬十二月壬子〔二〕滸東漁父。

（《新曲苑》本任訥輯《曲海揚波》卷四）

【箋】

〔一〕康海（一四七五—一五四〇）：別署滸東漁父，生平詳見本書卷三《題紫閣山人子美遊春傳奇》條箋證。

〔二〕嘉靖戊子冬十二月：公元一五二九年一月。

附　太和正音譜跋

孫毓修〔一〕

右《太和正音譜》二卷，明寧獻王撰。卷端題『丹丘先生涵虚子』，蓋其别號也。涵虚子《詞品》一卷，見《四庫》附存目，卽此書上卷，而《提要》誤爲元人。其所據爲曹溶《學海類編》本，而曹本又出於《元曲選》卷首所錄，蓋取譜中卷首論曲之語，别爲一書也。全帙僅見明程明善《嘯餘譜》中，初明刊本，流傳絶少。此尚是從洪武本影寫，精雅絶倫。收藏有『汪印士鍾』、『平陽伯子』印記，又有『蔡印廷楨』、『卓如眞賞』、『醉經主人』、『梁溪蔡氏』、『伯卿一字孫峯』等印記。按蔡氏居無錫北鄉張塘橋，諸生，雅好收藏，值汪氏藝芸書舍之書不守，傾囊得之，所儲益富。光緒中葉乃散，辛勤一世，而名字翳如，故附記於此。

庚申春日〔二〕，無錫孫毓修跋。

（民國九年上海商務印書館《涵芬樓祕笈》第九集石印影寫洪武間原刻本《太和正音譜》卷末）

【箋】

〔一〕孫毓修（一八七一——一九二二）：字星如，一字恂如，號留菴，别署墨香小淥天主人，無錫（今屬江蘇）人。上海商務印書館高級編輯，民國八年（一九一九）主持影印《四部叢刊》等。

〔二〕庚申：民國九年（一九二〇）。

北雅題詞〔一〕

張萱

此涵虛子之《太和正音譜》也。名《北雅》何？曲則非雅，曲而文，且絃而歌之，中宮商焉，雖曲而亦雅也。夫南亦有雅，言『北』以別南也。

黛玉軒操南音者也，解北曲乎？而梓之何？寄悼也。何悼爾？軒之主人有侍兒焉，善弈，工鼓琴，而尤精於琵琶。生長深閨，僅從其父學，不能度曲。然井臼多暇，刺繡時慵，輒卿主人而前之，苦茗一盂，名香一縷，瑤琴文袱，長對衾裯。更喜搊彈，輒親曲項。石季倫之《陌上桑》，段善本之《楓香調》，偶一輪指，便令人作天人想。故或花前酣起，月下眠遲，又或坐擁氍毹，對燒榾柮，柔情綽態，婉爾清揚。於是薰籠斜倚，翠黛微低，呼彼檀槽，闢茲藕臂。纖玉忽其若飄，瓊軸促而頻轉。善才運撥，興奴攏撚，何其兩手，乃出一人！至其釧聲欲歇，一劃當心，餘羞掩以沽嬌，橫波瞬而送恨。則兒女之態，此最堪憐；丈夫之情，於焉轉劇。自笑主人，殊慚白傅，不能以倉邊螺子，飽吮彩毫，爲重蓮一拈出耳。

歲丁酉〔二〕，主人計偕，攜之燕中。燕中故多搊彈家，而主人落魄，苦於氈毦，少年嗜欲，一旦都盡，惟於音樂，故未能遣時。鄰嫗琵琶，有能度曲，爲諸王侯屏後師者。兒笑謂主人：『兒父故辨此，獨以閨秀不宜作囀春鶯，遂舍不學。第古人房中之樂，歌絃並奏，《周南》、《召南》，亦聖妃賢女所以娱君子也，何渠不歌？且君嘗言：「絲不如竹，竹不如肉。」試一習之乎？』乃進媪鄰①第。本領既雜，兼帶邪聲，所歌之詞，又多俚語，主人厭之。

因博求諸古名家樂府小令，始得《太和正音譜》，畀媪鄰習之，以授兒。兒故通翰墨，穎悟絕倫，一聞媪歌，輒能不煩數豆，無待繫脂。按譜求調，按調求絃。調不中譜，則有易音，無易調；譜不中絃，則寧改絃，無改譜。媪既明腔，兒尤識譜，四手如一，兩聲後諧。既鮮戾絃，亦微澀嗓。凡兩逾月，一聲不失。而是書之落者綴，誤者刊，即周郎復生，無煩顧矣。

閒或桃花扇動，竹葉尊開，巾扈鬱金，鸘呈皎雪。抗墜掩抑，頂疊關轉，譬之香雲捲雪，寒玉嘶風。能使字中有聲，而聲中又能無字。纔一舉袂，使欲銷魂。何意人間，輒同天上。蓋媪能以歌而爲兒師，兒能以絃而爲師匠。譚婦不返，青技已窮。杜妙隆之梁塵不動，宋同壽之驪珠一串，自謂過之。乃復嫣然，請授剞劂：『令後世賞音，亦知黛玉軒有副校書者，非獨以色事人，不亦快乎？』主人時方通籍，乃令兒典筆札，一切音樂，皆令罷去。

無何，主人輒引疾歸，而兒亦且病矣。今年春，主人病間，移家還燕中，兒强輿病就道。甫至五羊，兒遂不起，傷哉！芳奩之餘粉尚棲，薰爐之舊烟頓滅。鵾觔脆折，鳳首摧殘。是書也，脂粉污餘，忍飽青箱之蠹；槧鉛遺蹟，須歸彤管之林。

奈兒手訂，乃一鈔本。末簡所載般涉調者，故亡七章。及抵武林，得馮太史開之、徐司理茂吳。兩先生②者，故解音律，尤富縹緗，轉相參訂，以瞑兒目。而司理鈔藏，僅存譜例，未錄諸詞。

卽太史者，幸爲善鐫，而閲及末簡，所亡亦同。久之，乃獲海虞何氏覆梓，末簡補矣，而譜例未收。卽中卷數調，亦復亡去。至於黛玉軒之梓成，始稱完書。此小道也，離合亦有時哉！

嗟夫！離者合也，而合者永離。才爲妒物，情易損年，七尺男兒，尤所不免，兒之早隕，亦復何悲！獨惜同車攜手，眼底蕭蕭；迴面覆牀，耳邊歷歷。紫鳳之膠莫續，絳幕之術難尋。嗟薄命之紅顔，留空林之青冢。遺編雖抱，舊恨長緘。無益癡情，惟添話柄而已。兒別有傳，世係氏姓，不復具詳。

萬曆壬寅夏五，黛玉軒主人題於香林洞之三生石上③。

【校】

①『媼鄰』二字，《西園存稿》卷一五《北雅序》互乙。

②生，底本作『主』，據《西園存稿》卷一五《北雅序》改。

③《西園存稿》卷一五《北雅序》無題署。

【箋】

〔一〕此本卷端署『涵虚子編／黛玉軒訂』，中國國家圖書館、日本内閣文庫均藏。明刻康熙四年（一六六五）重修本張萱《西園存稿》卷一五有此文，題《北雅序》。

〔二〕丁酉：萬曆二十五年（一五九七）。

序黛玉軒北雅〔一〕

馮夢禎〔二〕

《北雅》者，舊爲《太和正音譜》，而吾友張孟奇中翰易以今名而刻之〔三〕，志悼也。初，孟奇假是書於余，曰：『有①剞劂之役，以待校對。』余性多忘，久乃檢付，故不測余本之完缺。已再晤，孟奇曰：『假本後卷，尾缺十數紙，與余本同。而余本前卷之缺，得以相補。近又得別本補足，稱完璧矣。已刻成，返借本，並餉新本。』余目之，稱快。而孟奇曰：『余刻是書，意有所悼，不敢以兒女情悉之長者。業因人以聞，幸卒賁之一言，爲此刻前茅。』余唯唯已。

孟奇且挂帆北，而後以黛玉軒自撰《引》至，促余命筆。余始詳其事，尚未詳其人也。孟奇云『別有傳』，恨未見耳。余故賞孟奇豪，而於此又喜其能②作有情癡。北詞大都出金元名筆，以聲調爲主，而詞副之，詞有工拙，而音調無不協。本朝王渼③陂初作北詞，舉似，善唱者曰：『詞則佳矣，謂音律何？』於是渼陂習唱三年，遂以塡詞顯。今之人如留心音調，此書其金科玉條也，可易言哉！而以一女子饒爲之，不數月而手與器相習，其穎慧有過人者，宜孟奇之鍾情也。

嗟乎！佳人才子，遇合故難，保終尤難，非夭折於生前，則流落於身後。讀杜樊川『黃金散盡』、白香山『春盡絮飛』之句，尤可酸鼻，無論其他。卽爲燕子樓之盼盼，寧令所天多賦悼亡耳。然則此姬人者，豈可謂不幸哉？敢以廣孟奇。是爲序。

萬曆壬寅長夏日，眞實居士馮夢禎④屬草於鬱金堂，時涼雨初收，清歌未歇〔四〕。

（以上均明萬曆三十年壬寅黛玉軒刻本《北雅》卷首）

【校】

①『有』字前，《快雪堂集》卷二《序黛玉軒新刻北雅》有『方』字。

②『能』字，《快雪堂集》卷二《序黛玉軒新刻北雅》作『新』。

③『渼』字，底本作『美』，王渼陂即王九思，據《快雪堂集》卷二《序黛玉軒新刻北雅》改。下同。

④『眞實居士馮夢禎』七字，《快雪堂集》卷二《序黛玉軒新刻北雅》無。

【箋】

〔一〕《四庫全書存目叢書·集部》第一六四冊影印明萬曆四十四年（一六一六）黄汝亨、朱之蕃等刻《快雪堂集》卷二有此文，題《序黛玉軒新刻北雅》（頁六七）。

〔二〕馮夢禎（一五四八—一六〇五）：字開之，號具區，別署眞實居士，秀水（今浙江嘉興）人。明萬曆五年丁亥（一五七七）進士，官編修。因忤張居正，病免。後復官，累遷南國子監祭酒。尋中蜚語歸，晚居杭州。家藏王羲之《快雪時晴帖》，名其堂爲『快雪』。著有《歷代貢舉志》、《快雪堂集》、《快雪堂漫錄》等。傳見李維楨《大泌山房集》卷六六《家傳》、錢謙益《牧齋初學集》卷五一《墓志銘》等。

〔三〕張孟奇中翰：即張萱。清曹寅《楝亭書目》著錄明崇禎間黛玉軒刻本《北雅》三卷，今已未詳存佚；馬廉錄有副本，未詳藏所。馮夢禎序即見於此本卷首。據此序，書當刻於萬曆間。

〔四〕題署之後頁有陰文方章三枚：『眞實居士』、『西湖長』、『鬱金堂』。

舊編南九宮十三調曲譜（蔣孝）

《舊編南九宮十三調曲譜》，簡稱《舊編南九宮譜》，凡十卷，明蔣孝編。現存嘉靖二十八年己酉（一五四九）序三徑草堂刻本（《玄覽堂叢書》第三輯，《善本戲曲叢刊》第三輯據以影印）、明萬曆間據蔣盈甫手録嘉靖間三徑草堂本重刻本（改題《舊編南九宮詞》）。

蔣孝，字惟忠，武進（今江蘇常州）人。嘉靖二十三年甲辰（一五四四）進士，授戶部主事。著有《蔣戶部集》。

南小令宮調譜序

蔣　孝

《九宮十三調》者，南詞譜也。《國風》鄭衛之變，而南宮北里，競爲靡曼。開元、天寶之間，妙選梨園法曲；溫、李之徒，始著《金筌》等集。至宋，則歐、蘇大儒，每每留意聲律；而行家所推詞手，獨云黃九、秦七。是則聲樂之難久矣。完顏之世，有董解元者，以北曲擅場。騷人墨客，一時宗尚，類能抒思發聲；下至優倡賤工，亦皆通曉其義。於是樂府之家，有門戶，有體式，有格勢，有劇科，有聲調，有引序，作者非是莫宗，歌者非是不取。以故音韻之學，行於中州。南人善爲豔詞，如『花底黃鸝』等曲，皆與古昔媲美。然崇尚源流，不如北詞之盛。故人各以耳目所見，妄有述作，遂使宮徵乖誤，不能比諸管絃，而諧聲依永之義遠矣。

余當鉛槧之暇，因思大雅不作，而樂之所生，皆由人心，古之聲詩，即今之歌曲也。昔《二南》、《國風》，出於民俗歌謠；而《南風》、《擊壤》之詠，實彰《韶濩》之治，是烏可以下俚淫豔廢哉？適陳氏、白氏出其所藏《九宮》、《十三調》二譜〔一〕，余遂輯南人所度曲數十家，其調與譜合，及樂府所載南小令者，彙成一書，以備詞林之闕。嗚呼！世無倫曠，則古樂之興廢不可知。苟得其人，則由粗及精，固可以上求聲氣之元，下安知不有神解心悟，因牛鐸而得黃鐘者耶？是集也，余實有俟於陳采，以充清廟明堂之薦。彼瞽以爲慆堙心耳之具者，斯下矣！

嘉靖歲在己酉冬十月既望，毘陵蔣孝著〔二〕。

（《善本戲曲叢刊》第三輯影印《玄覽堂叢書》第三輯所收明嘉靖間三徑草堂刻本《舊編南九宮譜》卷首）

【箋】

〔一〕陳氏、白氏：二人字號、籍里、生平均未詳。

〔二〕題署之後有印章二枚：陰文方章『甲辰進士』，陽文方章『忠孝世家』。

太和正音南九宮詞總序

何　鈁〔一〕

夫太清無音，太音希聲，三籟交發，遂生音律。其清濁高下，乃人籟之眞竅，而精神之流①嚮也。音曷有南北哉？自□□□□□歌於候人，始爲南音；□□□□□飛□，始爲北聲。於是詞□□□□□氣，而南北肇分矣。然亦總□□□□焉耳。蓋五方之氣吐於脣齒，大都越千里而殊，而五行十二管之氣機，徹於音律者則一。洛陽之杜鵑，濟北之鸜鵒，魯鷄唱而越鷄和，風氣感召，物類可徵矣。是以君子聆鳳鳴而解簫韶，聞牛鐸而識黄鍾，聽蛙鳴而知鼓吹，皆繇自然成聲者得之。

上古《雲和》、《韶濩》、《大武》，作於雍、冀、豫、洛間，相去不遐阻乎？而太和之氣，宣洩於依永和聲中，若雌雄牝牡之應求也，若橘柚柤梨之和味也。三代而下，古音一變爲樂府，再變爲詩餘，三變爲歌曲。唐興，若斌媚條枝之歌，慆心佚志，李祚幾爲寒灰。南唐《玉樹後庭》、《念家山破》諸曲，靡曼已極，識微君子爲賦畫江之謠，憂深哉其『園桃』、『彼黍』之流乎？至有宋，歐②、蘇、黄、宋、秦、柳諸公，非不振起，而其間疾徐短長，多舛音節，雖蘇長公『大江東去』，且不免遺議焉。嗣是而傳奇濫觴矣。懿文之士，既柱轡而摛藻；博雅之儔，復逞麗而結采。宇宙太和之氣日漓，無怪也。

余家藏有《太和正音》，□閱餘，時一諷詠，如關漢卿、馬東籬輩所撰，奇勁雄傑，雖間作本色語，亦不俚於成周里巷之謳歌，輒憮然有上古太和之遐思焉。適友人蔣君盈甫手錄《南九宫詞》示余〔二〕，乃毘陵蔣公彙輯，爲傳奇資者。則又知南詞音律，亦非與《正音》枘鑿者。故鍾儀南音，子野知爲君子，而大石之曲，女直之歌，識者亦有取焉。則是編也，可不謂『太和』緒響乎？遂□□

以俟采風者。嗟嗟！《廣陵散》□□□□作家歌者當於太音希□□□□□，爲舒城公所顧□□□□□□□。

萬曆甲午孟春〔三〕，海虞何氏皇葶子書〔四〕。

（明萬曆間刻本《舊編南九宮詞》卷首）

【校】

①『之流』二字，底本殘闕，據文義補。

②歐，底本作『毆』，據姓氏改。

【箋】

〔一〕何鈁（一五二五—一六〇三）：字子宣，號左泉，別署皇葶子，海虞（今江蘇常熟）人。明嘉靖三十四年甲子（一五五五）舉人，選平陽知縣。陞南京錦衣衛經歷、淮王府左長史。萬曆十年（一五八二），致仕歸，以文史自娛，好藏書，命酒顧曲，精審曲理。著有《史鈔》、《開畿南水田書》等。傳見雍正《昭文縣志》卷七、光緒《常昭合志稿》卷二五等。

〔二〕蔣君盈甫：名號、籍里、生平均未詳。錢南揚稱『或孝之子姪行也』（《漢上宧文存續編》，中華書局，二〇〇九，頁二一一）。

〔三〕題署之後有印章二枚：陽文方章『會翠軒印』，陰文方章『琴隺主人』。

南九宮十三調曲譜（沈璟）

《南九宮十三調曲譜》，全名《增定查補南九宮十三調曲譜》，別題《南曲全譜》，簡稱《南九宮譜》，凡二十二卷，明沈璟編，現存萬曆間文治堂刻本，明末永新龍驤仲房氏校刻本（麗正堂藏板）（《善本戲曲叢刊》第三輯據以影印，題《增定南九宮曲譜》），天啓間三樂齋刻本，明程若水輯、康熙元年（一六六二）張漢校刻《嘯餘譜》卷七至卷九本（民國間北京大學據《嘯餘譜》覆刊石印）。

沈璟（一五五三——一六一〇），生平詳見本書卷四《義俠記》條解題。

南曲全譜題辭

李維楨〔一〕

自樂府、詩餘遞變而爲雜劇、爲戲文，而南北體遂分。北多絃唱，詞不甚繁；南曲則所謂『絲不如竹，竹不如肉』，所謂『其聲嘽以緩、和以柔』，所謂『吳音妖浮』者。套齣累數十，須盡日申旦方竟。後進好事，競爲新奇，有借有犯，而糅雜乖越多矣。沈光祿伯英輯陳、白兩家《九宮十三調譜》，以南人度曲、小令合者爲《南曲全譜》，而永新龍太學仲房稍補綴而版行之〔二〕，以視余。

余於此殊未通曉。昔宋武帝不解音樂，殷仲文言：『屢聽自然解。』曰：『正以解則好之，故不習。』余每持此論自恕。獨異夫大江以西儒者，薄視藝文，況《花間》、《草堂》出雕蟲小技之下，豈所屑意？惟永叔、介甫、魯直諸君子饒爲之，故不妨作名臣。仲房少年復精此，其風致超越，可爲江國吐氣矣。

余又觀陶九成論南人不唱，北人不歌，歌有格調節奏，一曲中各有聲，一聲有四節，一句有聲韻，一曲有數調，與夫三過變件、唱聲添字諸病，一串驪珠、殺唱劊子之説。是時南曲未大行，皆專爲北聲而發，以北度南，亦當如是。似有出於譜外者，而應律呂，分六宮十一調，共十七宮調，與今譜不盡同，未審何如。夫不知聲，不可與言音；不知而妄談，第爲大方家供譁噱耳〔三〕。

大泌山人李維楨本寧父。

（明萬曆間文治堂刻本《重定南九宮詞譜》卷首）

【箋】

〔一〕李維楨（一五四七—一六二六）：字本寧，號大泌山人，京山（今屬湖北）人。明隆慶二年戊辰（一五六八）進士，曾任編修、陝西右參議、禮部右侍郎、尚書，崇禎間贈太子太保。著有《大泌山房集》。傳見錢謙益《牧齋初學集》卷五一《墓志銘》、《明史》卷二八八等。

〔二〕龍太學仲房：即龍驤（一五九一—一六四七），字仲房，永新（今江西吉安）人。按察僉事龍遂孫，羅定州判龍希夔子。諸生。科場屢躓，遂廢舉業，縱情聲樂戲曲。撰雜劇數種，未見存世。傳見譚述唐《禾川書》、同治《永新縣志稿》等。參見永新人物傳編委會編《永新人物傳》上冊（中央文獻出版社，二〇〇九）。

〔三〕正文之末有印章三枚：陰文方章『甾窳生』，陽文方章『人在□中』，陰文方章『太史公之馬走』。

南詞全譜原敍

李　鴻〔一〕

詞隱先生少仕於朝，嘗從禮官侍祠典樂，慨然有意於古明堂之奏。而自以居恆善病，去而隱於震澤之濱，息軌杜門，獨寄情於聲韻。常以爲吳歈即一方之音，故當自爲律度，豈其矢口而成，漫然無當，而徒取要眇之悅里耳者？性雖不食酒乎，然間從高陽之侶，出入酒社間，聞有善謳，衆所屬和，未嘗不傾耳而注聽也。迺淫哇充耳，習以成非，縱令遏行雲、繞梁欐，非其傷於趨數，則已溺於嘽緩，比之絲竹，終不足以諧五音而調律呂。果信《陽春》之難，而嘆世之爲下里巴人者衆也。於是始益采摘新舊諸曲，不顓以詞爲工，凡合於四聲，中於『七始』，雖俚必錄，大要本毘陵蔣氏舊刻而益廣之。俗所名爲板眼，亦必尋聲校定。一人倡，萬人和，可使如出一轍，是蓋有數存焉，亦人所胥習而不察者也。此書既成，微獨歌工杜口，亦幾令文人輟翰，如規矩之設而不可欺以方員，詎不爲詞海之偉觀乎？

有可可生前而稱曰：『先生眞苦心哉！然是吳歈也，不越方數百里，輒不能相通。又近而婁江，相去一衣帶水耳。其東則主於婉轉，故其音率多繚繞，而訾合拍者之粗；其西則主於投節，故其音率多迅直，而毁弄聲者之拙。彼惟不知不可廢一，猶然是其所非而非其所是，剟欲令作者引商刻羽，盡棄其學？而是譜之從，彼不怛然而驚，則且噓然而笑，何也？煩奏之溺人已深，追趨逐嗜，靡靡成風，有未可驟然使之易聽，而約之於度者。先生上之不能躋虞庭，賡喜起於明良；次之不能爲牧守，宣中和於職事。而乃與瞽工矇瞍，議工拙於脣吻之間，猶恐知音者未可冀一遇於旦莫也。』

先生逌爾而笑曰：『吾固知吾之落落難合。然惟子與吾應答如響，世之所稱同調，豈必取材異世？苟非漫然無當，自可懸書以俟知者。夫《高山流水》，豈爲子期發奏？《蘇門長嘯》，豈爲步兵遺響哉？吾與子不暇扣角以干時，亦和歌以拾穗，聊共適其適耳，又何慮之深耶！』

顧曲散人聞之〔二〕，疾言於可可生曰：『先生善寓意，子亦善寓言哉！請載之於編，以俟世之善賞音者。』

吴郡李鴻書於紅牙館。

（《善本戲曲叢刊》第三輯影印清順治間刻本《南詞新譜》卷首）

【箋】

〔一〕李鴻（一五五八—一六〇七）：字漸卿，一字儀羽，號宗儀，別署爲谿、可可生，吴郡（今江蘇蘇州）人。萬曆十六年戊寅（一五八八）順天鄉試舉人，二十年壬辰（一五九二）進士，授上饒縣知縣。六年後，因抗礦使，削籍。卒贈禮部主事。編纂《賦苑》，著有《實笏堂集》、《對禁錄》等。傳見黄汝亨《寓林集》卷一四《墓志銘》、民國《吴縣志》卷六七等。參見踪凡《〈賦苑〉編者李鴻生平考略》（《文獻》二〇一八年第四期）。

〔二〕顧曲散人：即馮夢龍（一五七四—一六四六）。

嘯餘譜（程明善）

《嘯餘譜》，音律叢書，收錄著作十二種，其中與曲學有關者四種：《北曲譜》、《中原音韻》、《南曲譜》、《中州音韻》。現存萬曆四十七年（一六一九）序流雲館原刻本（《續修四庫全書》第一七三六冊據以影印）、康熙元年（一六六二）張漢重校覆刻本。

程明善，字若水，號玉川，別署挹玄道人，室名流雲館，歙縣（今屬安徽）人。程明哲弟。天啓間（一六二一—一六二七）監生。輯刻《嘯餘譜》十二種。萬曆間，又刻印宋蘇軾《東坡集》十六卷、唐瞿曇悉達《大唐開元占經》一百二十卷等。參見瞿冕良編著《中國古籍版刻辭典（增訂本）》（蘇州大學出版社，二〇〇九）。

書南詞全譜後

徐大椿〔一〕

論曰：自樂府之遞變也，至元而有南北曲之分。其時，北方之氣運方隆，北盛於南。明太祖定鼎金陵，氣運亦轉而南，於是南音始競。追考立宮調之初，以黃鐘以下十二律，乘宮、商、角、徵、羽，及半宮、半徵，爲七音，每音得十二調，共成八十四調。後世頗厭其繁，去徵音及二變不用，餘四音乘十二律，共成四十八調，而其中以宮聲乘律，皆呼爲宮，以商、角、羽三聲乘律，皆呼爲調。

然自宋以來，四十八調不能具存，北曲僅存《中原音韻》所載之六宮十一調，南曲僅存毘陵蔣維忠所譜之《九宮十三調》，每調各錄舊詞爲式，又駸駸失傳。詞隱先生乃增補而校定之，辨別體制，分釐宮調，詳核正犯，考定四聲，指摘誤韻，較勘同異，句梳字櫛，至嚴至密。而腔調則悉遵魏良輔所改崑腔，以其宛轉悠揚，品格在諸腔之上，其板眼節奏，一定不可假借。天下翕然宗之。又有《論詞六則》、《唱曲當知》、《正吳編》諸作，皆爲度曲家楷模。百餘年來，莫敢稍易。其挽回南曲之功，可謂多矣。

若先生所自著詞曲，則有《紅蕖》、《桃符》等十七記，《詞隱新詞》諸散曲，皆依宮循調，不失矩度。當時與臨川湯若士齊名，湯以才藻勝，而矩度不甚協，故兩人相齟齬云。

（陳𦵏纕修、倪師孟纂《乾隆吳江縣志》卷五七，清乾隆修民國年間石印本）

【箋】

〔一〕徐大椿（一六九三—一七七一），生平詳見本書卷十二《樂府傳聲》條解題。

嘯餘譜序

程明善

人有嘯而後有聲，有聲而後有律、有樂。流而爲樂府、爲詞曲，皆其聲之緒餘也。故邵子謂：『物理無窮，而聲音之道亦無窮。』以聲起數，御天地古今萬物之變。黄冠符呪，亦有其聲而無其字；梵門密語，雖有其字而難其聲。往往宗司馬《等韻》，吾儒反鮮有及者，幾希一脈，不絕如線，吾甚惜之。故集若干卷，首嘯旨，次聲音數，次律呂，次樂府，次詩餘、致語、南北曲，而終之以切韻，名曰《嘯餘譜》，庶幾旦暮遇之。

嗟夫！聲音之道神矣哉。鐸聲振而黄鐘應，溫氣至而寒谷生。登樓清嘯，胡騎解圍；池上聲調，蕤賓躍出。至於走電奔雷，興雲致雨，閉洩陰陽，役使神鬼，孰非聲爲之耶！師曠歌《南風》，而知楚師之不競；竇常聞新樂，而識隋祚之不長。大抵『盛世之聲安以樂，其氣和，其風平；衰世之聲哀以厲，其情佚，其志淫』。聲自可知，而人自不知之，安能望其通天地、質鬼神哉？《易》曰『同聲相應，同氣相求』，良有以也。世有審聲以知音，審音以知樂，則九原可作，面訂一堂。不則一聲長嘯，海山皆秋，足慰渴衷，夫復何憾！

萬曆己未仲夏之吉，古歙程明善書於流雲館〔一〕。

【箋】

〔一〕題署之後有印章二枚：陽文方章『若水』，陰文方章『惟庚寅吾以降』。

題嘯餘譜序

馬鳴霆〔一〕

大塊噓氣而爲風，風無區別也。迺卒然相遭而以爲刁，而以爲調，以爲解愠，以爲怒號，甚至竹梢樹顛，空中籟答，以爲奏笙簧而鼓球鐘。總之，一機吹萬，初何分別？自混濛初闢，而語言文字漸開。至唐堯、伯益，《擊壤》、《康衢》、《卿雲》、《南風》，以次興焉，遂聞六律五聲八音，以察治忽。蓋天地之精氣，結聚於人心，而發越於聲歌，故審聲者就心聲之描寫以諗氣候。然此際微矣渺矣，非探天地之元，豈易辨此？

新安程若水雅意好古，樹幟吟壇。彙古來韻致若干卷，而總顔其編曰《嘯餘》。蓋見天地之精氣，嘯散於風，而人心彙天地之精氣，嘯散於韻。孔明躬耕南陽，抱膝長嘯；杜工部稱其不露文章，而世已驚，濟世巨力，養於一嘯；至若蘇門半嶺，嘯嘯于于，而聞者以爲鸞鳳。夫嘯不同也，而隱，而見，而文章，而風流標樹，總於音聲中券之。蓋鳥啼花落，水綠山青，古今同此嘯圃。神而明之，長短合間，存乎其人。總是一氣一機，自相輪寫，前後暎發，韻致不同，而同歸於嘯。猶之吹萬不同，而同鼓於風。善乎坡公之韻有云：『累盡吾何言，風來竹自嘯。』此可以徵《嘯餘譜》之注腳矣。

程君盱衡千載，俯仰一世，大而音樂之微，細及詞曲之渺，無不殫精研究，分門部居，各極其至，眞夔龍之功臣，而師曠之良友哉！當令空谷音而土鼓韻，不必被金石而奏管絃也。必待被之、奏之而始成聲，則大塊之風幾於不靈矣。

具嚴居士馬鳴霆題〔一〕。

【箋】

〔一〕馬鳴霆：字國聲，一字仲臺，號具嚴，別署具嚴居士，平湖（今屬浙江嘉興）人。明萬曆三十一年癸卯（一六〇三）舉人，四十一年癸丑（一六一三）進士。歷任福建閩南知縣、邵武知府、河南副使、山東參政、尚寶司卿等職，乞假歸。著有《古閣睡餘集》等。傳見《兩浙名賢錄》、光緒《平湖縣志》卷一五等。

〔二〕題署之後有陽文方章『馬鳴霆印』。

嘯餘譜凡例

闕　名〔一〕

一、嘯之失傳久矣。成公綏《嘯賦》僅得其似，非傳神寫照筆也。予於《道藏》中，得玉川子《嘯旨》，雖得其解，猶然唐人一篇文字，且顛倒錯亂，如《參同契》之不可讀。予稍爲整理之，仍有不可理者，姑仍其舊，以存萬中之一云爾。

一、《聲音數》，邵康節先生止言其象，而其子伯温則有解，門人王天悅、張子望則受而卒業焉。以後張行成、祝泌、牛無邪、廖應淮、朱隱老，皆有所發明，而獨《祝氏鈐》爲具眼。今撮其要，以待上智之士領略焉。

一、黄鐘九寸三分之說，自漢以來，深入膏肓，不可救藥。李文利起而議之，以致諸說紛紛，譏其爲閩人者，不知聲音之道起於漢耶，抑與天地俱開耶？自氣機動，而天地爲之摶捖矣。洪濛之初，且無暇論，秦固不先於漢耶？《吕氏春秋》已言之矣，《祝氏鈐·聲音數》從而發明之，脫使爲穿鑿，其能與數合耶？吾於是以服李文利之見卓也。今所載者，《祝氏鈐》書，李文利自有全書在，不復贅。

一、作樂府者，不原其題，只求其解，以致《將進酒》則言進酒，太白且然，而況諸人乎？今采鄭夾漈《樂略》諸題，以待作者自探討焉。

一、今之詩餘，卽古之樂府也。詩餘興而樂府亡矣。今之詩餘，尚不合度，況樂府耶？謹按譜填詞，以俟世之有意於樂府者。

一、今之傳奇，本戾家把戲，而關漢卿爲我輩生活，亦伶人『簡兮』之遺意。不若致語，且歌且舞，有腔有韻，有古遺風。存之以見一班云。

一、做曲，必先審聲、按譜、合韻，更要識務頭，不然徒災木耳。北曲以入聲派入三聲，非徒廣其韻，『入爲冬冬主閉藏』，已具三聲之義，可見非杜撰作者。

一、南曲有入聲，乃南一方之韻爾，不可概之中原。

一、《中州韻》，宋太祖時所編，不爲詞曲家設也。一入辭曲，而人不知韻矣。惜少五音並叶。予編有《七始音韻》，俟續刻，求正大方。

一、《中原音韻》，一以正《中州韻》之譌，一以辨陰陽之失，世多不解。楊升庵先生謂『務頭』爲『悟頭』，誠爲紕繆。不知作樂府者，以平聲用陰陽，各當者爲務頭。如『歸來飽飯黄昏後』，『黄』字屬陽，『昏』字屬陰，若以『昏黄』歌之，則歌『昏』字爲『渾』字矣。又如『天地玄黄，宇宙洪荒』，『黄』字屬陽，『荒』字屬陰，若以『荒』字爲『黄』字歌之，又不叶矣。蓋輕清處當用陰字，重濁處當用陽字，故也。此辭曲家關鍵，有意於樂府者不可不知。

一、《等韻》乃聲音之祖，世多以爲釋氏書，置之不讀。不知古人之諧聲，卽今之叶韻，釋氏得之，遂爾大顯神通，謂之『小悟法門』。語云：『禮失而求諸野。』安得以釋氏而吐棄之耶？且隋文帝時，日本國進諸經史，全書中國，恥我之不備，悉付祖龍。安見釋氏非得我六書之一也？

一、詞只論平仄，故有可平可仄。曲有四聲，不暇論。南曲間有之，亦以人之不能拘也，但以合譜者爲佳。平作丨，上作卜，去作厶，入聲貼入平聲者乍，貼入上聲者乍，貼入去聲者作乍厶，閉口字作○。

（《續修四庫全書·集部》第一七三六冊影印明萬曆四十七年序流雲館原刻本《嘯餘譜》卷首）

【箋】

〔一〕此文當爲程明善撰。

重訂嘯餘譜序

張　漢〔一〕

今夫風之爲聲也，亦安從所來乎？方其藏太虛，宿崑崙，不知其爲聲也。及其發蒼梧，起蘋末，而刁調怒號，吹萬之籟作矣。及其周遊八極，迴環四序，而爲不周，爲廣莫，爲條，爲明庶，爲清明，爲景，爲涼，爲閶闔，而十二子之變生焉。是豈天之有意爲聲哉？不得已也。

聖王知其然，故因乎八風，置爲十二律。其數九九八十一以爲宫；三分去一，五十四以爲徵；三分益一，七十二以爲商；三分去一，四十八以爲羽；三分益一，六十四以爲角。音生於數，數生於氣，氣生於神。神也者，其天之所爲乎？因乎天之自然，而聖人無所與於其間，故聲音之道與天通。

千古知音者，莫如師曠，然豈循循焉日從事於箜篌、琴瑟之間以爲聲哉？ 誠有以動乎其天也。 靈均之爲聲也以騷，子雲之爲聲也以賦，少陵之爲聲也以詩。 騷耶，賦耶，詩耶，皆有天焉處乎其中，而終不若蘇門一嘯，山鳴谷應，於天爲尤近。 故曰：『絲不如竹，竹不如肉。』蓋深知夫聲不自聲，而以天爲聲也。

迨騷、賦、詩一變而爲樂府，而關漢卿之流作焉。 其按譜填詞，有宫商，有南北，有陰陽，必使纍黍不差，毫髮可數，迺知其事非飛揚蹈厲之事，而寧静澹泊之事歟？ 其書非和聲度曲之書，而正性定情之書歟？

自新安程若水編輯《嘯餘》而後，《廣陵散》今不復作。 余間取而論次之，集中如玉川《嘯旨》，可以略焉不詳。 至邵康節象數之言，與漢儒黄鐘九寸三分之説，以及樂府、詩餘、曲譜、音韻，各有斟酌，要必折衷羣書，參以神明，字眞句確，而後卽安。 何安乎？ 將以全乎其天也。 全乎其天，則靈均可以無騷，子雲可以無賦，少陵可以無詩，漢卿輩可以無樂府。 非無騷、賦與詩、與樂府也，一一皆天機之自爲動也。 黄鐘一氣，淵涵灝放。 前喁後于，茫無崖略。 律曰天律，風曰天風。 微乎，微乎，其聽於無聲乎？ 是爲序。

時康熙壬寅陽月，古吴興張漢南紀氏書於瑞凝堂之勖齋〔二〕。

（清康熙六十一年序重刻本《嘯餘譜》卷首）

【箋】

〔一〕張漢：字南紀，吳興（今浙江湖州吳興區）人。生平未詳。

〔二〕題署之後有印章二枚：陰文方章「張漢之印」，陽文方章「南紀氏」。

嘯餘譜題識〔一〕

闕　名

《嘯餘譜》一書，原屬新安程若水先生編輯，爲四方所推重者素矣。特原本久已失傳，使詞壇至今罕覯。兹本坊詳加考訂，重付棗梨，字眞句確，復見廬山。誠鄴架之雅觀，騷人之祕珍也。識者鑒諸。

（清康熙元年序聖雨齋重刻本《嘯餘譜》封面〔二〕）

【箋】

〔一〕底本無題名。

〔二〕此本未見，據黄仕忠《日藏中國戲曲文獻綜録》頁三八三書影録入。

北詞譜（徐迎慶）

《北詞譜》，又題《北詞譜六宫》，徐迎慶編纂，成書於天啓六年（一六二六）以前。現存清鈔本，鄭振鐸舊藏，今歸中國國家圖書館，《鄭振鐸藏珍本戲曲文獻叢刊》第五九册據以影印。

徐迎慶（一五七四—一六三六），一説名慶卿，字溢我，號于室，華亭（今上海）人。曾祖爲嘉靖年間大學士徐階（一五〇三—一五八三）。補父蔭爲中書舍人，未仕。編纂《北詞譜》、《九宫譜》（或名《南詞譜》）。傳見徐自立《華亭徐氏族譜》卷四《世系表三》（上海圖書館藏乾隆四十八年重修本）。參見王鋼《記徐慶卿的〈北詞譜〉》（《文史》第三十一輯，中華書局，一九八八）、周鞏平《〈九宫正始〉編者徐迎慶生平述略》（《文獻》一九九一年第一期）、魏洪洲《〈北詞廣正譜〉作者問題獻疑》（杜桂萍主編《明清文學與文獻》第二輯，黑龍江大學出版社，二〇一三）。

（北詞譜）凡例

闕　名〔一〕

一、名人

毋論今之與昔，作者天淵，即以元詞品元人，同一名筆，而自有高下。弗謂關、鄭、白、馬，人人無低昂也，亦弗謂其詞句，句無出入也。即漢卿一人，向所推讓，今曲律詆之不少矣，況乎後進？不必著作，問以位置，前後不知也；（如南北際，只知用雙調，能舉黄鐘而外南北合調乎？）問以音聲，平仄不知也。（能如馬致遠『百歲光陰』套詞，入作平仄之悉諧乎？）故余特嚴品隲，有上泝金之董解元，無下徇國初丹丘（寧藩之先）輩，全譜套數、雜劇，不分元與今者，以見非元不譜也。茲譜之所以必名人也。

一、古本

按王實甫《西廂》一記，批閱者無慮數十家，俱不知第一折仙呂【碧玉簫】少一字，第三折中呂【石榴花】訛一字也。歷觀【碧玉簫】，無不有一字韻句，無不同仙呂【上馬嬌】、【後庭花】、【遊四門】三調者。今諸善本，【碧玉簫】末句上，從無韻字。余家元本，有一『咷』字，方是本調。又【石榴花】無不作『幾乎險被先生賺』者，『賺』既走韻，而命意亦淺。元本『賺』字仍『饌』，猶云『幾乎被你吞下肚去』。『饌』既一韻，『先生饌』又成語，如此佳詞佳意，而可混瑕瑜乎？兹譜之所以必古本也。

一、核實

就中呂【道和】一調論，《正音譜》所載，似無不確矣。及覩元板白仁甫《流紅葉》劇，截然不同。均元本也，何所取舍？是必以本劇爲據，《正音》雖善本，不敢信從。蓋只有改本入譜，斷無一劇二本者。兹譜之所以必核實也。

一、闕疑

疑不在多，片言隻字，俱有關係。信筆增損改易，有乖文理猶小，倘害格式甚大。如黄鐘【傾盃序】，《天寶遺事》云『又不曾□□□□誤失軍期』，明知爲『冒犯將令』，脱四字而不敢補也。如雙調【沽美酒】，《王十朋祭江》云『徒然間早起晚些』，明知爲『陡然間早起晚夕』，謬二字而不敢正也。不曰『或據舊史』乎？又不曰『傳受承訛』乎？余信心信手之兢兢，竊比及史之意云爾。兹譜之所以必闕疑也。〇不特此也，卽撰人姓名，亦不敢苟且。如『劉太保』，在楊用修《詞品》，亦信爲劉秉忠，於其【乾荷葉】詞多所譏彈。及查《錄鬼簿續集》，其名『夢臣』，與劉秉忠無涉，《元史》亦無考。倘如用修所指，信而不疑，秉忠得無不白乎？並漫及之。

又附例

一、凡諸詞，悉收套數、小令，間收雜劇。套數、小令襯字少，雜劇襯字多，況又爲優人改竄不少。

一、凡末句，有定格者（周德清所定），或平或仄，止收其一；無定格者，一平一仄，兩收，以俟知音。

一、凡韻脚，或平或仄，非就一詞爲據，倘泥所注或平或仄，而亦平亦仄之不無徇之，反失其字面。改平改仄，亦非指一字應改，一句統有幾字，俱要調之使協。（如黃鐘宮【隨煞】，侯正卿『良夜迢迢』套云『透紗窗吹滅殘燈』，王伯成《天寶遺事》套云『便不肯下娘懷肚』，惟『滅』字用仄，故『燈』字用平，惟『娘』字用平，故『肚』字用仄，方順。如該謂平仄可以互易，倘不並『滅』與『娘』字俱易，而試以『燈』字、『肚』字分替之，拗矣。）此在博覽者能悉，手熟者自來，不敢瑣注。

一、凡襯字，提出小書。其靜字（卽實字也，前人俱以『實』爲『靜』）大書者，止嚴平仄，不拘文理（如南戲《伯喈》【懶畫眉】第四句，沈《譜》襯作『只見殺聲在絃中見』），使塡詞者按聲塡之。

一、凡韻，惟『車遮』不可據，韻脚有應平者，或以作上、作去者押之，此豈可施之末句？故此韻入譜者頗少。

一、凡聲，不可紊，亦不可泥。平者或仄，仄者或平，已盡於越調【金蕉葉】（詳論中）。作者宜慎之於今，唱者毋訝之於昔。

一、凡名同音律不同者，周德清一十六章，乃黃鐘、中呂、雙調各有【賀聖朝】，黃鐘、仙呂各有【柳葉兒】，黃鐘、雙調各有【侍香金童】，中呂、雙調各有【播海令】，中呂、越調各有【古竹馬】、【鬼三臺】而徑遺之，中呂、雙調止二【醉春風】而徑二之。

一、凡句字不拘，可以增損者，周德清注一十四章，尚有仙呂【六么序】、南呂【哭皇天】、雙調【攪箏琶】，未經拈出。

【箋】

〔一〕此文當爲徐迎慶撰。

（北詞譜）臆論〔一〕

闕　名〔二〕

論字句聲韻

字有增損而至末本句者。如仙呂【油葫蘆】一章，第二句本三字，楊顯之《瀟湘夜雨》劇云『待趨前，還褪後』，則六字二句矣；第三句本七字，王實甫《西廂記》云『帶齊梁，分秦晉，隘幽燕』，則九字三句矣；第四、第五句，本各七字，共十四字，《西廂記》『雪浪拍①長空，天際秋雲捲。竹索纜浮橋，水上蒼龍偃』，則廿字四句矣；第七句本各三字，共六字，戴善夫《風光好》劇云『紫檀槽彈不的昭君怨，鳳凰簫吹不出離恨天』，亦二句，然十八字矣；　第八句本七字，紀君祥《松陰夢》劇云『人無百歲人，枉作千年調』，則十字二句矣。　至如黃鐘【古水仙子】，首本三字一句，或加三襯字猶可，劉東生《世間配偶》劇云『挹金波，泛綠醑』，則對仗二句；　雙調【胡十八】，起對仗四句，各三字，亡名氏小令云『吹簫的楚伍員，乞食的漢韓信，待客的孟嘗君』，則重疊三句；　黃鐘【古水仙子】，末本七字二對句，五字一單句，湯舜民『銀甲挑燈』套云『楚臺雲忽地斷絕了，焰騰騰火燒了祆神廟，翻滾滾水淹了尾生橋』，扯上第二七字句，對下五字句；　越調【綿搭絮】，末本四字一句、五字一句，周德清『四角盤中』套云『疾變遲、遲變爲疾，白轉紅、紅轉做黑』，四字、五字二句，扭作一對。數格在首末猶不可。

聲之平仄，類不可拘。如越調【金蕉葉】一章，雖止四句，其每句煞處，平平仄仄，交換互易，凡十有六格：　王實甫《西廂記》第五折（平平平平），周仲彬『釋卷挑燈』套（上上上上），《西廂記》第一折（平平平上），高文秀《雙獻功》劇（上上上平），『羣珠密密飄飄』套（平平上平），王伯成『半世飄蓬』套（平上平上），王子一載《正音譜》套（平平上上），《西廂記》第三折（上上平平），睢景臣《屈原投江》劇（平上上平），《樂府羣珠》『香篆簾櫳』套（上平平平），《羣珠》『喜新正』套（平上平平），王舜耕『畫閣初開』套（上平上上），陳大聲『繡戶重關』套（平上平上），周德清『四角盤中』套（上平上平），□□□□□□□□（平上上平），鮑吉甫《史魚尸諫》劇（上平平上），其變如此。

韻之用否，固不可易。然有應用而不用者，爲失，失在起句或不妨，失在承句必不是。如雙調

《雁兒落》一章，王伯成《天寶遺事》『一對金蓮』套，用『齊微』韻，首句『裏』字，末句『内』字，是本韻； 次句『外』字，則別韻矣。 凡在次句，可別韻乎？ 韻不可失也。 有不應用而用者，爲贅。 如商調【金菊香】一章，末句本五字，馬致遠『金山寺』套云『啼哭到兩三回』，雖添一字作二摺，然是散句，上三句襯一字，仍五字也； 王實甫《西廂記》云『人不見，水空流』，則六字對句矣； 至云『書在手，淚盈眸』，『手』字並韻，則儼然兩韻句矣，可輕下一韻，遂輕置一句乎？ 韻不可贅也。 有强彼叶此者，爲借。 如『魚模』之於『歌戈』，『真文』之於『庚青』，此等出入，已屬假借。 如大石調【青杏子】一章，馬致遠詞用『家麻』韻，首句乃『多』字，此『多』字要叶『打』字平聲，可乎？ 然依本韻『多』字，或首句不用韻，雖失，未甚失也。 至如商調【浪來裏】一章，亡名氏『寂然散花』套，用『庚青』韻，末句乃『風』字，此『風』字要收鼻音，有音無字，更可乎？ 使依本韻『風』字，則末句不叶韻，失之。 失者也，韻不可借也。

論章法句法

章法有先後倒，如大石調【六國朝】一章，睢景臣『長江浪險』套第三、第四句，亡名氏『冰肌勝雪』套顛作第七、第八句； 雙調【梅花酒】，起句六字下，即用四字數句，以下又六字句，雖多寡無定，亦增減有常； 李直夫《伯道棄子》劇，六字直排到底，以四字一句收之。 此先後倒也。 有首末倒，雙調【七弟兄】，李直夫《虎頭牌》劇，第三句顛作首句； 大石調【喜秋風】，張子益『蝶懶鶯慵』套，第三句顛作末句。 此首末倒也。

句法有上下倒，如仙呂【後庭花】第五、七字句，《西廂記》第一本云『投至到櫳門前面』，上截三字，下截四字；第二本云『歡郎雖是未成人』，上截四字，下截三字。此一人一句而自相異同也。如商調【逍遙樂】第六、七字句，王實甫《西廂記》云『手捲珠簾上玉鈎』，上截四字，下截三字；關漢卿《救風塵》劇云『日和月星辰卯酉』，上截三字，下截四字。此二人一句而異同也。

論句讀

雙調【月上海棠】末句六字，不是二截，王實甫《西廂記》『張解元識人多』套云『咫尺間，如間闊』，豈非三字二句？然非格也，卻要唱如么篇『酒上心來較可』，而『間如』二字相屬，文理似斷，而唱法欲連。黃鐘【喜遷鶯】第三句二字、第四句三字，楊顯之《瀟湘夜雨》劇『長吁氣結成雲霧』，豈非上截三字一句？然非格也，卻要『長吁』唱斷（係韻腳），『氣』字屬下，文理實連，而句法必斷。作者慎之。

論對偶

《中原音韻》云：『逢雙必對。』然有應對而不對者，如越調【調笑令】，第四句對第六句，第五句對第七句，是爲扇面對；李邦基『百歲光陰』套云：『琴尊相對消閑晝，寫烏絲醉圍紅袖。「陽關」一聲人去後，蕭疎了月枕雙謳。』四句各別矣。有不應對而對者，如雙調【殿前歡】，第五句五字，第六句三字，第七句五字；張小山小令云：『珠簾上玉鈎，寶篆消金獸，畫鼓催銀漏。』作三疊文，而抹卻中三字句矣，在名筆不檢至此。

論增減

白仁甫《梧桐雨》劇，正宮【雙鴛鴦】增三字句、七字句各二，在本調前又不用韻。（王實甫《西廂記》越調【小桃紅】，增『人間看波』四字在前，亦此類。）凡調之中增益，固有押否，間有未有添一頭者，此增其所無也。鄭德輝《倩女離魂》劇，越調【禿斯兒】減末二字句。凡調之中，減損固有，未有去其尾者，此減其所有也。二者又出周德清所謂『字句不拘』之外。

不特章有增減，句亦有增減。大約句之上截，容可出入，下截移動不得。如黃鐘宮【醉花陰】第二句，曾瑞卿『行色匆匆』套云『陡恁的香消玉減』，上截三字，下截四字；瑞卿『凍雪纔消』套云『卻早擊碎泥牛應節』，王伯成《天寶遺事》套云『芳草夕陽細雨』，上截三字，增可止四字，減可止二字，奇者偶之，下截定四字也。越調【東原樂】第四句，王實甫《西廂記》云『月朗風清恰二更』，上截四字，下截三字；第三本又云『至如你不脫解和衣兒更怕甚』，其《麗堂春》劇云『揀溪山好處居』，上截四字，增可至九字，減可止三字，偶者奇之，下截定三字也。

論重複刪削

雙調【歇指煞】，中間四字一句、六字三句、五字二句，此定格也。馬致遠『百歲光陰』套【離亭宴帶歇指煞】，將此六句一段，疊十二句二段，王實甫《西廂記》效之，此不妨重複也。

仙呂【遊四門】，王仲文《張良辭朝》劇去下截，止用上截四句。越調【耍三臺】，亡名氏《豫讓吞炭》劇去上截，止用下截六句。甚至雙調之【梅花酒】一詞，而張雲莊『急流勇退』套止用上截，南北合調『暗想當年』套止用下截，此不妨刪削也。

仙呂【青哥兒】首二句，間疊二字，仍是實字，今二句無不俱疊二襯字矣。甚至雙調【亂柳葉】，通章句疊二字，格固然也。而仙呂【柳葉兒】效之，首二句亦疊二字矣，則重複之不可者。（如一句而重唱兩句，此優人之過，不論。）商調【逍遙樂】，吳昌齡《狄青撲馬》劇止用三句；雙調【胡十八】，尚仲賢《王魁負桂英》劇間去四句。此則刪削之不可者。

論次第

人知【端正好】、【賞花時】爲楔子，不知《殿前歡》（金志甫《追韓信》劇）、《塞鴻秋》（□□□□□□□），有爲散場者（散場不必步韻）。人知雙調爲末折，竟有在中（尚仲賢《三奪搠》劇）；黃鐘爲頭折，竟有在末者（鄭德輝《倩女離魂》劇）。

人知【賞花時】爲楔子，【新水令】爲套頭，二調竟有在套中（上見石子章《竹窗雨》劇，下見王實甫《西廂記》）；【憶王孫】、【金蕉葉】二調在套中，竟有爲楔子者（上見亡名氏《冤家債主》劇，下見□□□□□□□□）。

論離連

人知雙調【沽美酒】、【太平令】相連（商政叔『彩雲聲斷』套不用【沽美酒】，南北合調『暗想當年』套止用【沽美酒】，李好古《張生煮海》劇『快活年間』在中），般涉調【耍孩兒】與【煞】相連（劉廷信『笑臉含春』套不用【煞】，見中呂；王伯成『玄宗無道』套止用【煞】），亦有相離者。

論犯調成語②

向來南有犯，北無犯，見有名『帶過』者，以爲是即犯矣。今細閱之，南之犯者固多，北之犯者亦不少，但撰人未嘗明指，閲者又不能拈出耳。今照南詞，一一注明。如王伯成《天寶遺事》，黄鐘【醉花陰】犯南吕【粱州第七】，其例也。凡帶過者，必全調犯者，未必全調而犯，得聲韻字句悉合者，什無一二，不得不節取字句彷彿者，若聲韻吻然拍合。又犯在本宫調，固爲合格，或本宫調見窘，於别宫調可通，未嘗不曲收也。知此則越矩踰閑，前人固嘗出入，而尋宫數調，不必爲永嘉吹求矣。

論成語③

月枕雙攲（朱庭玉大石【還京樂】，不係韻脚）。

月枕雙歌（趙顯宏黄鐘【晝夜樂】，韻脚）。

月枕雙謳（李邦基越調【調笑令】，韻脚）。

子瞻詩餘《西江月》、《洞仙歌》二詞，俱云『攲枕』。

偶拈一則，以例其餘。用成語者，慎弗苟徇；閲變文者，無容輕議。弗苟徇者，如『歌戈』韻，卽用『歌』字煞，豈無别文，何必泥定『月枕』，令人致疑易『雙攲』爲『雙歌』之欠典乎？如『尤侯』韻，卽用『謳』字煞，豈無别文？何必泥定『月枕』，令人致疑易『雙攲』爲『雙謳』之欠典乎？無輕議者，倘創見『月枕雙歌』，察之可也，不待細考，而遽改『雙攲』於韻『齊微』，是已不顧『歌戈』之走韻耶？創見『月枕雙謳』，察之可也，不待細考，而遽改『雙攲』於韻『齊微』，是已不顧『尤侯』之走韻耶？

論破句別字（非別字，乃訛聲）

破句如雙調【太平令】，首、次俱七字句，上截三字，下截四字，梁少白南《浣紗記》云『酪子裏從蠻民鬭，些個事抱杞人憂』，依文理唱，要廢二截板，依格式唱，則『從蠻』斷，『民鬭』連，『抱杞』斷，『人憂』連，還成文理乎？ 此皆不知格之故，譜何可無設也？

別字如雙調【新水令】，第四句應平煞，張靈墟《紅拂記》云『王氣見還滅』，『滅』字入聲作去聲，如唱去聲，則不押，唱入聲，則北無入聲。 此皆不知聲之故，韻何可無設也？ 二者乃塡詞者之病。

論字面板眼

字面豈無閑文？ 見作者用『也波』、『兀良』等二字，『投至得』、『赤緊的』等三字，俱有著落，何嘗少礙本文？ 今唱者不問可否，動加『落得』、『可便』等二字，『俺只見』、『俺可也』等三字，只思濟湊絃索，不顧乖戾文義。

板眼要定額時，唱南曲襯字遞過，獨北曲再不加一襯字，當一靜字唱而板隨之。 姑舉仙呂【青哥兒】論，末句止三字，亦止二板。 南《金印記》『暫告歸省侍左右』，上四字襯字，『侍左右』乃本文也。 唱者沿習，『告』字一板，『省』字一板，『侍』下又一截板，增至四板，已非格調，而『省』、『侍』二字相連，可乎？（如北《追韓信》劇，認『恨』字爲靜字，而『恨天涯』唱斷，認『堪恨』爲靜字，而『堪恨無端』唱斷。）是謂以客作主，顧子失母。 此二者乃歌曲者之病。

（以上均清鈔本《北詞譜》卷首）

【校】

①拍，底本作『泊』，據文義改。

②『成語』二字，疑衍。

③『論成語』三字，底本無，據墨筆補。

【箋】

〔一〕底本無題名，據版心補。

〔二〕此文當爲徐迎慶撰。

一笠庵北詞廣正譜（徐迎慶等）

《一笠庵北詞廣正譜》，全名《一笠庵北詞廣正九宮譜》，分元、亨、利、貞四册，凡十八卷，卷首題署『華寧徐于室原稿，茂苑鈕少雅樂句，吳門李玄玉更定，常州朱素臣同閱』。現存康熙間文靖書院藏板、青蓮書屋刻本（民國二十六年北京大學、《善本戲曲叢刊》第六輯、《續修四庫全書·集部》第一七四八册均據以影印），一九一九年北京大學石印巾箱本。

徐于室，即徐迎慶（一五七四—一六三六），號于室，生平詳見本卷《北詞譜》條解題。鈕少雅（一五六四—一六五二後），生平詳見本卷《南曲九宮正始》條解題。李玉（一五九一？—一六七一後），字玄玉，生平詳見本書卷五《人獸關》條解題。朱素臣（約一六二一—一七〇一後），生平詳見本書卷五《文星現》條解題。

或云此書原稿爲徐迎慶《北詞譜》之未定稿本，現存本刻於雍正元年（一七二三）後，參見魏洪洲《〈北詞廣正譜〉作者問題獻疑》（杜桂萍主編《明清文學與文獻》第二輯，黑龍江大學出版社，二〇一三）。

（一笠庵北詞廣正譜）序

吴偉業〔一〕

今之傳奇，卽古者歌舞之變也，然其感動人心，較昔之歌舞，更顯而暢矣。蓋士之不遇者，鬱積其無聊不平之概於胷中，無所發抒，因借古人之歌呼笑駡以陶寫我之抑鬱牢騷。而我之性情，爰借古人之性情，而盤旋於紙上，宛轉於當場。於是乎熱腔駡世，冷板敲人，令閲者不自覺其喜怒悲歡之隨所觸而生，而亦於是乎歌呼笑駡之不自已。則感人之深，與樂之歌舞所以陶淑斯人而歸於中正和平者，其致一也。

而元人傳奇，又其最善者也。蓋當時固嘗以此取士，士皆傅粉墨而踐排場。一代之人文，皆從此描眘畫頰，詼諧調笑而出之，固宜其擅絕千古。而士之困窮不得志，無以奮發於事業功名者，往往遁於山巔水湄，亦恆借他人之酒杯，澆自己之塊壘。其馳騁千古，才情跌宕，幾不減屈子離憂，子長感憤，眞可與漢文、唐詩、宋詞連鑣並轡。而其中屬辭比事，引宫刻羽，不爽尺寸，渾然天成。仍自雕劖衆形，細若毫髮，而意象豪邁，不爲法律拘縛者，又多以北調擅場。第所傳諸劇，人握隋珠，家操卞璧，美等碎金，罕窺全豹。

李子元玉，好奇學古士也。其才足以上下千載，其學足以囊括藝林。而連厄於有司，晚幾得之，仍中副車。甲申以後，絕意仕進，以十郎之才調，效耆卿之填詞。所著傳奇數十種，即當場之歌呼笑罵，以寓顯微闡幽之旨，忠孝節烈，有美斯彰，無微不著。間以其餘閒，采元人各種傳奇、散套，及明初諸名人所著中之北詞，依宮按調，彙爲全書。復取華亭徐于室所輯，參而訂之。此眞騷壇鼓吹，堪與漢文、唐詩、宋詞並傳不朽矣。予至郡城，嘗過其廬，出以相示，喜其能成前人所未有之書也，爲序其始末云。

婁東吳偉業書。

（清康熙間文靖書院藏板、青蓮書屋刻本《一笠庵北詞廣正譜》卷首）

【箋】

〔一〕吳偉業（一六〇九—一六七二）：生平詳見本書卷五《梅村樂府二種》條解題。魏洪洲疑此文爲托名，見其《〈北詞廣正譜〉作者問題獻疑》。

南曲九宮正始（徐迎慶、鈕少雅）

《南曲九宮正始》，全名《彙纂元譜南曲九宮正始》，簡稱《九宮正始》，又稱《南曲範》，明末徐迎慶初輯，清初鈕少雅定稿。此譜始輯於天啓五年（一六二五），完稿於順治六年（一六四九）。

現存順治間精鈔本(中國國家圖書館藏,民國四十七年北平戲曲文獻流通會據以影印,《善本戲曲叢刊》第三輯、《續修四庫全書·集部》第一七四八—一七五〇册據以重印),清初鈔本(日本大谷大學圖書館藏),乾隆二十八年(一七六三)潁川廷爵鈔本(日本東京大學綜合圖書館藏,《日本所藏稀見中國戲曲文獻叢刊》第一輯據以影印)。參見傅惜華《宋元南戲佚文之寶藏——關於〈南曲九宮正始〉》(《傅惜華戲曲論叢》,文化藝術出版社,二〇〇七)。

徐迎慶(一五七四—一六三六),生平詳見本卷《北詞譜》條解題。鈕少雅(一五六四—一六五五後),名格,以字行,别署芍溪老人、桃渡學者,長洲(今江蘇蘇州)人。京都曲師,曾從師於張五雲、任小泉、張懷仙等。與李玉同修《北詞廣正譜》。有《鈕少雅格正牡丹亭》,現存。撰傳奇《磨塵鑒》等四種,僅存《磨塵鑒》。傳見民國《吳縣志》卷七五下。或以爲此譜爲鈕少雅編纂,假托源於徐迎慶原稿,見魏洪洲《〈北詞廣正譜〉作者問題獻疑》。

(南曲九宮正始)自序

鈕少雅

凡事之成,莫不有運數主張之。當其遲之日,不得迫其速;速之日,不得更其遲,豈人力所能造耶? 請毋論今日之荊山徒泣,良璧誰知,即前此者之閱歷,益不知幾艱辛而至今日也。

予少抱《巴人》之好,長逢《白雪》之傳。弱冠時,聞婁東有魏良輔者,厭鄙海鹽、四平等腔,而自製新聲。腔用水磨,拍捱冷板,每度一字,幾盡一刻,飛鳥爲之徘徊,壯士聞之悲泣,雅稱當代。

余特往之，何期良輔已故矣，計余之生，與彼相去已久。訪聞衣拂之授，則有張氏五雲先生〔一〕，字銘盤，萬曆丁丑進士，北京都水司郎中，加贈奉政大夫，然今閒居林下。余卽具刺奉謁，幸卽下榻數旬，且又情投意愜。不意適有河梁恨促，幸而臨別，以余同里芍溪吳公相薦〔二〕。芍溪者，迺先生之得意上首也。余歸，卽具刺謁之，幸亦無拒。余仍以五雲之禮事之，彼亦以①五雲之道教我，彼此相得，先後三年。何意彩雲易散，芍溪驀逝矣，悲哉！越歲餘，不意幸復識小泉任翁、懷仙張老〔三〕，然此二公，亦皆良輔之派也。賴其晨夕研磨，繼以歲月，但雖不能入魏君之室，而亦循循乎登魏君之堂。雖然，余本薄劣鄙夫，何承薦紳先生相愛，時有醉月之邀，不絕登山之約。筐篚載道，奉命奔馳，致遇武陵黄海、荊溪魏塘之招，共延二十載。至是長卿遊倦，馬齒加衰，思欲掩息窮廬，何其本里又值鄭、郭、徐三宅相愛，又延及九年。此時年將耳順矣，神疲力倦，致敢苦卻杜門，焚香禮佛。日感受業諸公之惠，時窮疑信詞源。雖然，但向來有仙呂宫之【渡江雲】，南呂宫之【寄生子】，又有②中呂宫之【滿庭芳】，自來無所考訂，且蔣、沈二譜皆然。致諸先師，亦皆久礫於心。豈意③近日天賜其然，今敢試備其源於下。

適一日，余訪友東鄉，返棹中途，驀值狂風驟雨，舟人亦爲驚怖④，忙卽艤舟依岸。遙見竹扉下侍一老翁，古貌皤髯，似乎故識。俟近，卽遣僕相邀，余卽應命奉揖。卽邀至一室，明窗淨几，潔然可愛。問及姓字，僅言王姓，不言其字。茶畢，復邀至内，余再三卻之，彼卽攜手偕行。不數步，卽有朱闌曲徑，媚柳喬松，池魚戲水，林鳥相鳴，似乎一洞天也。復又攜手登堂，見多古玩奇書，觸目可愛。呼童復茗畢，余卽信手於架上檢書一帙，外有錦袱包函，啓之，見簿面上有『皇帝萬歲萬萬歲』七字，余卽束手不敢啓之。扣懇其源，彼曰：『此書乃漢武帝及唐玄宗之曲譜也。凡今之詞調，多從上古之樂府來源。然今此書，致多有式無文者。上古名曰《骷髏格》，至漢易爲《蛤蟆貫》。後唐玄宗鄙其不雅，易作《歌樓格》，又曰《詞輿》，又曰《詞林說統》。今之歌謳腔板，始於滑稽摩擬十二紅鳥飛鳴舉動之態，流傳至今者也。』余爲將信將疑，堅懇求其展視。幸卽啓之，果多有式無文者，或式文俱備者，什之二三也。但幸此【渡江雲】及【寄生子】、【滿庭芳】、【漁父第一】等調，文式俱備，不勝之喜。隨卽錄此告歸，似乎貧人獲寶也，久懷瓦礫於心，今始釋之。

但余戀久，欲以從來疑信之詞，彙成一集，以俟參考。因慮無所博教，故屢欲止之。不意半載後，適有雲間于室徐公相招。徐公者，字于室，諱慶卿，乃嘉靖朝宰輔文貞公之曾孫也。風流蘊藉，酷好音律。嘗曰：『我明三百年，無限名人才士，惜無一人得創先人之藩奧者。且蔣、沈二公，亦多從坊本創成曲譜，致爾後學，無所考訂。』於是遍訪海内遺書，適遇元人《九宮十三調詞譜》一集，依宮按調，規律嚴明，得意之極，時不釋手，時值天啓乙丑歲也。又越載餘，豈意復得明初選詞一部，名曰《樂府羣珠》，亦皆按調依宮，多與元譜相似。意欲輯爲一部，猶恐一人所見有限，欲而復止。與客議之，客卽欣然。道余驀識漢唐古譜之源，彼卽拍案驚羨。隨卽扣謁，似乎故知，情投意密，時刻不離。日共搜羅剔抉⑤，刮垢摩光。且復以漢唐古譜之源，從其體而增入，輯成一部。計歷十二炎霜，易稿七遍，而猶未愜。

不意至丙子上巳〔四〕，昊天不憫，于室遂溘焉朝露，不亦痛耶！當易簀時，以是書泣付余，余亦大慟領之，敢不夙夜皇皇，終其所託。但此時亦七旬外矣，耳目半昏，悲憤猶然，不減垂髫之攻苦。歷至壬午菊月〔五〕，始得脱稿。雖然，但心猶未愜。一日適值天雨，復啓味之，然其間瑕玷，果無全妥，慚羞無地，且恨負徐公之託也，寧死必欲再啓。豈意世變人荒，不亦痛哉！苦捱至干戈稍息，時大清順治己丑七夕後，方復堅心苦志，寢食俱忘，每事不復介意。歷至辛卯清和，始得辭筆。幸此仍賴徐公陰祐，毫不致有舛訛也。計前後共歷二十四年，易稿九次，方始成之。余其年八十有八矣，直似風中燭也。嗚呼！于室之去何其早，古譜之遇何其遲，知音好學何其少，譏人羨己何其多。於是天數然也，悲哉！

大清順治辛卯清和望後，芍溪老人識。

（中國國家圖書館藏清順治間精鈔本《彙纂元譜南曲九宮正始》卷末）

【校】

①『以』字，《日本所藏稀見中國戲曲文獻叢刊》第一輯影印清乾隆二十八年潁川廷爵鈔本無。

②有，底本無，據《日本所藏稀見中國戲曲文獻叢刊》第一輯影印清乾隆二十八年潁川廷爵鈔本補。

③意，《日本所藏稀見中國戲曲文獻叢刊》第一輯影印清乾隆二十八年潁川廷爵鈔本作『以』。

④怖，底本作『佈』，據文義改。

⑤抉，底本作『袂』，據文義改。

【箋】

〔一〕張五雲：即張新，字銘盤，人稱五雲先生，太倉（今屬江蘇）人。明萬曆五年丁丑（一五七七）進士，十年任新城知縣，遷工部主事，官至都水司郎中，加贈奉政大夫。精於崑曲，時稱大家。著有《白堽集》等。傳見宣統《山東通志》卷七一、民國《重修新城縣志》卷一〇等。

〔二〕芍溪吳公：名字、生平均未詳，長洲（今江蘇蘇州）人。

〔三〕小泉任翁：即任小泉，曲師，籍里、生平均未詳。懷仙張老：即張懷仙，曲師，籍里、生平均未詳。

〔四〕丙子：崇禎九年（一六三六）。

〔五〕壬午：崇禎十五年（一六四二）。

南曲九宫正始序

馮　旭〔一〕

今天下操觚家，以制義餘功，留心典冊，於秦漢晉魏唐宋之書，靡不博觀。然或者曰：『百川學海，思選中於青錢；立就千言，冀效能於天祿。晨昏尋味，手口臨摹，總不出經世文章外，於敲金戛石，刻羽引商，審辨於聲歌，訂定乎律呂，閒情逸韻，諉曰未遑。』予曰：否否。夫樂之大，本與政化通。自《五英》、《六莖》、《雲門》、《大章》而後，周人製爲樂章，漢人製爲樂府，《朱鷺》、《黄驄》諸奏，洋洋其可聽也。至唐而用十二鍾，製十二和。李白之調，龜年之曲，並重開元。宋興，則有和峴、竇儼之章焉，范鎮、劉几之律焉。歷觀名流才士，其所著述，真可垂千古不磨。迨聲之變也，月露風雲，豔其詞而未工其調；金花玉樹，美其聽而未正其音。宮商雜亂者多有，聲詩之歷①者多有，曠古元音，邈乎難再。

桐涇少雅鈕翁，品卓行芳，有古君子風。少時卽善音律，凡薦紳先生、高人逸士，蔑不傾心嚮慕之。歷多年而識更精，學愈廣，孜孜焉有正樂之思。博覽奇書，精詳字母，魯魚亥豕之訛，自翁而定之矣。復得一②玄宗手製律譜，有律無詞，名爲《歌樓格》，非臆創也。漢孝武時，有鳥降於庭，身被五綵，戛然長鳴，其音中律。惟滑稽識之，曰：『此西池鳥也，名十二紅。』遂爲之摹聲諧韻焉。唐師其意，因定爲《十二③紅詞》，以月令相比，故此書悉準其傳。厥後漁陽之變，幾至焚遺，幸有黄番綽存之，其苗裔贈焉，蓋世人所目不及接、耳不及聞者。方期釐輯歌章，不意忽逢同志。雲間于室徐君，慕翁而招之。徐君者，宰輔文貞公之曾孫也，風流瀟灑，有志詞壇。爰將大元天曆間《九宫十三調譜》，與明初曲《樂府羣珠》一集，與翁朝夕參稽，俾今詞悉協於古調。十餘年，業未竣，而徐君逝矣。易簀時，以此書囑翁。翁以故友之托，勿敢忘，又歷寒暑者三而告厥成。今天授遐齡，九十有二矣。歲月研窮，彙成茲帙，名曰《南曲九宫正始》，蓋綱舉而目張焉。播之笙簧柷敔間，殆非凡音雜響，其猶聆《紫雲》而聽《霓裳》也。使求通於古樂者，考而識之，庶幾濟川而得筏乎？

予也豈曰『高山流水』，自負知音，誠不忍《白雪陽春》，曲高寡和。請亟付之剞劂氏，懸之國門，與天下之爲鍾期者共賞焉。竊不揣，亦爲數語，以弁斯編。

順治十八年歲次④辛丑七夕後五日，松陵馮旭題於賦嘯齋。

【校】

①之惹，《日本所藏稀見中國戲曲文獻叢刊》第一輯影印清乾隆二十八年潁川廷爵鈔本作『惹□』。

②『一』字，《日本所藏稀見中國戲曲文獻叢刊》第一輯影印清乾隆二十八年潁川廷爵鈔本無。

③『二』字，《日本所藏稀見中國戲曲文獻叢刊》第一輯影印清乾隆二十八年潁川廷爵鈔本無。

④『十八年歲次』五字，底本無，據《日本所藏稀見中國戲曲文獻叢刊》第一輯影印清乾隆二十八年潁川廷爵鈔本補。

【箋】

〔一〕馮旭：字號、生平均未詳，松陵（今江蘇蘇州）人。

南曲九宮正始序

吴亮中〔一〕

夫詞爲詩之變，曲又爲詞之變，屢變而終非始義矣。所以令變而還正、終而復始者，則有律在。苟徒騁其花上盈盈，桑中嫋嫋，而律不隨焉，或亦播之桔槔牛背間可耳，何至辱我桃花扇底、楊柳樓頭耶？況乎信史不傳而情史傳，雅音不永而騷音永。濺莽、操以風雪之劍，贈張、韓以楊、郭之姬。英靈可起黄泉，義魄欲淩青漢。韻侵蕭瑟，則脾沁辛酸；調入泓崢，則神登霽朗。現笑啼於八角壇中，醒醉夢於《六幺》聲裏。非曲爲之，律爲之也。律不明，其無曲矣。安得度曲如李延年，顧曲如周公瑾者，而始一遇之乎？

惟元有童童學士，善度曲，每以不及見董解元爲恨。又薛昂夫詞句瀟灑，自命千古一人，深憂斯道不傳，乃廣求繼己業者，至禱祀天地，遍歷百郡，卒不可得。昂夫之後百年，至明而始有劉東生，頗爲得之，嘗撫膺自歎曰：『薛昂夫其在茲矣！』夫童童學士、薛昂夫之二人者，一慕夫往古，一慕夫將來，揆越①皆百有餘歲。其間正始之緒幾湮，如是乎其危，得人之難，又若是乎其遠②也。原其故，咎在歌者不必解意，作者不必審音。此自矜流風回雪，彼自③負墜葉④停雲，幾於同牀各夢。渺渺氍毹，搖搖檀掌，縱有代抃如黄番綽，樂句如牛僧孺，請從何處下拍？

雲間徐于室先生，殆詞家龍象也；吳門鈕翁少雅，則又律中鼻祖矣。兩人相遭，五音在手，以韻合詞，以詞合調，正使童童不恨也不見董，而昂夫應禱而得東生。今于室雖赴召玉樓，且以未了之業，泣付少雅。少雅⑤復敲商戛徵，更寒暑以成之。不特于室不泯，尚能見董、薛諸家，按板擒詞於一室。持此編以往，快覩五部奇文，叶九人之雋曲，而出以鸚鵡惺惺慧舌，付杜鵑滴滴清喉，庶不致具眼人誤向甕蜜房中，聽蠅聲蜂唱，其功何異與聾⑥以聽、啞以音乎？

假⑦令有强⑧作解事者，謂曲不如詞，詞不如詩，以黄鐘大呂，總屬李三郎羯鼓邊事，去正始甚遠，猶宋⑨竇國謂『華嚴菩薩語，不若佛語』，而東坡云『沂陽之豬，尚未敗耳』。果屬解者，皆説無上法，而謂佛語深妙，菩薩不及⑩，豈非夢中語乎？今以詞曲爲詩之下乘，其人不特未覩《三百篇》，卽《黄門》、《陌上》諸歌⑪，猶未夢見在。蘇門嘯侶以『正始』名是編，吾從之，吾從之。

順治九年仲冬，武塘吳亮中題於金閶如圃。

【校】

①揆越，《日本所藏稀見中國戲曲文獻叢刊》第一輯影印清乾隆二十八年潁川廷爵鈔本無。

②遠，《日本所藏稀見中國戲曲文獻叢刊》第一輯影印清乾隆二十八年潁川廷爵鈔本無。

③此，《日本所藏稀見中國戲曲文獻叢刊》第一輯影印清乾隆二十八年潁川廷爵鈔本作『自』。

④墜葉，《日本所藏稀見中國戲曲文獻叢刊》第一輯影印清乾隆二十八年潁川廷爵鈔本作『葉墜』。

⑤少雅，《日本所藏稀見中國戲曲文獻叢刊》第一輯影印清乾隆二十八年潁川廷爵鈔本無。

⑥聾，《日本所藏稀見中國戲曲文獻叢刊》第一輯影印清乾隆二十八年潁川廷爵鈔本無。

⑦假，《日本所藏稀見中國戲曲文獻叢刊》第一輯影印清乾隆二十八年潁川廷爵鈔本作『俗』。

⑧强，《日本所藏稀見中國戲曲文獻叢刊》第一輯影印清乾隆二十八年潁川廷爵鈔本無。

⑨『宋』字後，《日本所藏稀見中國戲曲文獻叢刊》第一輯影印清乾隆二十八年潁川廷爵鈔本有『之』字。

⑩菩薩不及，《日本所藏稀見中國戲曲文獻叢刊》第一輯影印清乾隆二十八年潁川廷爵鈔本作『不及菩薩』。

⑪歌，《日本所藏稀見中國戲曲文獻叢刊》第一輯影印清乾隆二十八年潁川廷爵鈔本無。

【箋】

〔一〕吳亮中（一六一二或一六一三—一六五七）：原名熙，字止仲，改名亮中，字寅仲，號易庵，室名來問堂，嘉善（今屬浙江）人。順治九年壬辰（一六五二）進士，授戶部主事，陞員外郎，官至刑部侍郎。工詞，崇禎間與同里王屋（一五九五—一六六五後）、錢繼章（一六〇五—一六七四後）、曹爾堪（一六一七—一六七九）等爲文字飲，稱『柳洲八子』。傳見《晚晴簃詩匯》卷二五、《柳洲詞選》『先正遺稿姓氏』等。著有《非水居詞箋》。

南曲九宫正始序

姚　思〔一〕

聲音之道與政通，平成天地，感格鬼神。古先聖王，功垂典籍。嗣後太和日遠，元氣不留，《郊廟》、《房中》之作，漢初得失，已有難知。沿及六朝，遂莫問。隋唐之際，始多審機測玄之士。然一轉而下，變爲梨園。夫古樂之不可得而聞，與古人之不可得而見，古治之不可得而復，非獨其勢使然，亦由理應如此。爲吾黨者，宜在今言今。

蓋自宋始有院本，金元從而廣之。雜劇之行，人懷蒼璧，家蓄玄珠。及明尤①備，作者輩出，相望若林。才大者或難於制伏，華盛者多昧其本原。初則忽於塡詞，繼迺訛於演唱。不有憂者，誰挽其流？不有明者，誰繩其過？

雲間徐于室氏，縈結於懷，構搜遺書，得其祕本，摩娑體格，差覩一斑，考究淵微，靡從就正。久之，遇我姑蘇鈕少雅氏。少雅氏固精於律學者，慨世風之下趨，傷習俗之難變，每存救正之思，力未能逮。迨與于室氏相對，而後喜可知也。既共案以忘餐，亦連牀而不寐。按讎商略，殫厥苦心。歷十餘年，凡九易藁。然後宮無舛節，調有歸宗，一準金元之舊焉。譜成，于室氏急謀梓行，弗克遂意，賫恨而歿。易簀時，含淚囑少雅，少雅亦含淚領之。顧此梨棗，須費中人五家之產，少雅之不能勝，無待言之矣。用是中懷迫切，又十餘年。且不暇以追復古音爲務，而惟②恐負此良友臨訣③之言，爲大可懼者。少雅今年八十有八，余始拜而識之。有道之士，丰神不凡，飄飄乎有淩雲仙氣，非人間壽算可以④限之。然以大事在心，皇皇未釋。今得努力刊成，不惟慰於室氏未成之志於地下，而自此操觚者與夫按板者，一旦同還正始，其不謂之騷壇之元勳也歟！

丙申冬仲⑤望前之五日，水方姚思書於雲隱西林。

【校】

①尤，《日本所藏稀見中國戲曲文獻叢刊》第一輯影印清乾隆二十八年潁川廷爵鈔本作『猶』。

②惟，《日本所藏稀見中國戲曲文獻叢刊》第一輯影印清乾隆二十八年潁川廷爵鈔本無。

③臨訣，《日本所藏稀見中國戲曲文獻叢刊》第一輯影印清乾隆二十八年潁川廷爵鈔本無。

④以，《日本所藏稀見中國戲曲文獻叢刊》第一輯影印清乾隆二十八年潁川廷爵鈔本作『比』。

⑤丙申冬仲，《日本所藏稀見中國戲曲文獻叢刊》第一輯影印清乾隆二十八年潁川廷爵鈔本作『順治十二年歲次丙申仲冬』。

【箋】

〔一〕姚思：字號、籍里、生平均未詳。

彙纂元譜南曲九宮正始臆論

闕　名〔一〕

一、精選

詞曲始於大元，茲選俱集大曆、至正間諸名人所著傳奇數套，原文古調，以爲章程，故寧質毋文。間有不足，則取明初者一二以補之。至如近代名劇名曲，雖極①膾炙，不能合律者，未②敢濫收。

一、嚴別

元之《王十朋》，今之《荊釵》也；元之《呂蒙正》，今之《綵樓》也③；元之《趙氏孤兒》，今之《八義》也；元之《王仙客》，今之《明珠》也。亟須別白，無彼此混，無新故混。今譜務祈審音而正律，奚辭是古而非今。

一、定排名歸宿

大凡題之爲宫爲調，小令不足憑也，必得套數迺確。如一【吳小四】，南呂調固有④，九宫商調亦有，彼此俱可那用，何見而此收彼置乎？特緣兩處俱是小令，無耑屬耳。豈如一【望梅花】，仙呂宫、南呂調雖皆有之，而南呂調乃套數，其前後爲一門數調，夾定逼出，是調不容不隨全套借出借入，他處奚能假借也？何況【耍鮑老】之不黃鍾而中呂，【永團圓】之不中呂而黃鍾，有定在而⑤偶他趨，此等自可按籍而稽也。

一、正字句的當

大凡章句幾何，句字幾何，長短多寡，原有定額，豈容出入？自作者信心信口，而字句厄矣。自優人冥趨冥行，而字句益厄矣。試就《琵琶》一記，夫句何可妄增也，南呂宫【紅衲襖】末煞，妄增一句，不幾爲同宫之【青衲襖】乎？夫句何可妄減也，南呂調【擊梧桐】末煞，妄減一句，不幾爲同調之【芙蓉花】乎？夫字何可妄增也，仙呂宮【解三酲⑥】第四句下截，妄增一字，不幾爲南呂宮之【鍼線箱】乎？夫字何可妄減也，正宮【普天樂】第一句上截，妄減一字，不幾爲雙調之【步步嬌】乎？況乎不當家而戾家，不作者而歌者，越矩矱而亂步趨，此等吾將據律以問也。

【校】

①極，《日本所藏稀見中國戲曲文獻叢刊》第一輯影印清乾隆二十八年潁川廷爵鈔本作『及』。

②未，《日本所藏稀見中國戲曲文獻叢刊》第一輯影印清乾隆二十八年潁川廷爵鈔本作『不』。

③也，《日本所藏稀見中國戲曲文獻叢刊》第一輯影印清乾隆二十八年潁川廷爵鈔本作『記』。

④有，《日本所藏稀見中國戲曲文獻叢刊》第一輯影印清乾隆二十八年潁川廷爵鈔本作『爲』。

⑤而，《日本所藏稀見中國戲曲文獻叢刊》第一輯影印清乾隆二十八年潁川廷爵鈔本無。

⑥酲，《日本所藏稀見中國戲曲文獻叢刊》第一輯影印清乾隆二十八年潁川廷爵鈔本作『醒』。

【箋】

〔一〕此文當爲鈕少雅撰。

（彙纂元譜南曲九宫正始）凡例

闕　名〔一〕

論備格

格有爲本調者。如【紅衫兒】，不備《裴少俊》、《張協》二格，則《琵琶》、《尋親》何由分明？

格有爲犯調者。如【月雲高】、【寄生子】，不訪識《詞林説統》，則《琵琶記》之『路途勞倦，區區一個兒』，焉得其實？

論定韻

有必該韻者，則注『韻』；有或偶失韻者，則注『應韻』，或『可韻』，或『失韻』。

有不應韻者偶用韻，則注『不必』二字。

論審音

有似仄而平者。如《拜月亭》【排歌】『叫地不聞天怎應』，能知『應』字平、去二音一義，則可不捩聲。

有似平而仄者。如《凍蘇秦》之【貓兒墜】『教世態炎凉莫輕寒儒』，能知『輕』字去、平二音一義，則不至改字。

論用字

音雖平、仄二途，而上、去相隔天淵。如平煞之窮，或以上聲代之，以上聲輕清，與平不甚相遠也。若疑上爲仄音，直換去聲，則不叶①甚矣。然平聲亦有必不可以上聲代之②者，此義不可不辨也。

論增減

一字增減，關係一格。

有應增而不增者。如《琵琶記③》【普天樂】第一句，首有④『我』字，今沈譜所無，今據元本增之，庶起頭⑤六字之式。

有不當增而增者。如《琵琶記》【滴溜子】首句，無有『事』字，沈譜所有，今據元本減之，庶起頭二句相對。

有應減而不減者。如《拜月亭》【嘉慶子】第二句，沈譜存『勢』字，則此詞與【川撥棹】何別？今從元本去之。

有不當減而減者。如《拜月亭》【剔銀燈】末句，沈譜去其『尚』字，則此格⑥與常格同耳，今據元本存之。

論句讀

有從未之句而句之者。如《拜月亭》【涼草蟲】，沈譜以首二句皆五字，第三句爲六字。今從元本：『勁風寒句。四合暮烟句。昏慘慘彤雲布句。晚風變句。』下皆同。

有從未之讀而讀之者。如《琵琶記》【雁魚錦】第六、七句，據今時唱，皆從『强』字讀。按古本及元譜，皆⑦：『被親强求讀，赴選場句。被君强官讀，爲議郎句。』

論核實

如【羅鼓令】。令乃【朝元令】及【刮鼓令】，又【太平令】，與【包子令】何干？

如【梧桐歌】。歌乃【六么歌】，即【六么令】別名也，與【孝順歌】何涉？

論檢訛

有係句法者。如《拜月亭》【三月海棠】第八句『一躍龍門變』，查正則五字句，依然。

有係章法者。如《綵樓記》【賽紅娘】，查增第四句『休怨憶』，則本調固在。

論訂正

有腔調從未著明者。如『天長地久』套『應時』、『明近』等曲，今始得著落。

有彼此嘗相疑似者。如『霍索起披襟』套【馬鞍兒】、【皂羅袍】二調，今始得分明。

論引證

一調有不知句之幾何者。如《琵琶記》【紅衲襖】，有⑧《呂蒙正》七句可證。

一句有不知字之幾何者。如《拜月亭》【豆葉黃】，除去第三、第七二句之七字，全章皆四字成句者，有詠朱買臣曲可證。

論尋眞

眞在善格，務微顯⑨闡幽。如《王十朋》【黃鶯兒】末句，六字是正體，忽略至今，致⑩後人但知有五字者，何異於【簇御林】？

眞在善本，務去非從是。如『暗思金屋』套，【憶多嬌】全曲經纂筆，沿習至今，但知贋本，托以【江神子】。

論闕疑

有闕所非闕者。如《琵琶記》【惜奴嬌】，體少變矣，中少二字，原本如是，非闕也。今沈譜空之，唱者不能停腔，閱者不能妄益，此失之太泥。

有闕所當闕者。如《琵琶記》底折【煞尾】，原本原脫一字，今坊本擅加一字，而曰『盡說孝男拜孝女』，固非。至時譜直抹去之，而曰『顯文明開盛治，說孝男並義女』，使學者昧一故格，雜一新格，此又失之太率。

論襯字

修補襯字，以便填詞，當正音聲，不拘文理。

有未必襯而襯者，襯爲是。如《琵琶記》【懶畫眉】之第四句，人必襯『在』字，而曰『殺聲絃中見』。此因『在』字去聲，不惟發調，且音律和諧耳。此但取音聲而略文理，余所稱服。

有不當襯而襯之者，襯爲非。如《琵琶記》【古輪臺】換頭第二句，必應七字，非若下句可七可六。沈譜取東坡詩餘，『圓缺陰晴』、『離合悲歡』之義，致以『與』字襯之，此⑪徒顧文理而壞格式，今⑫所不敢聞命。但據詞中襯字，實詞家不得已而用之者，原係虛文也。凡今歌者，萬不可以其與正字同列。甚至有於其上用板者，益謬也。按古人舊詞，即如三節之暗襯，亦無沾一於上者。若然，調律、章規、句體皆亂，學者切⑬宜慎之。

（以上均中國國家圖書館藏清順治間精鈔本《彙纂元譜南曲九宮正始》卷首）

【校】

①叶，《日本所藏稀見中國戲曲文獻叢刊》第一輯影印清乾隆二十八年潁川廷爵鈔本作『協』。

②代之，底本無，據《日本所藏稀見中國戲曲文獻叢刊》第一輯影印清乾隆二十八年潁川廷爵鈔本補。

③記，《日本所藏稀見中國戲曲文獻叢刊》第一輯影印清乾隆二十八年潁川廷爵鈔本無。

④『第一句，首有』五字，《日本所藏稀見中國戲曲文獻叢刊》第一輯影印清乾隆二十八年潁川廷爵鈔本作『首句有一』。

⑤頭，《日本所藏稀見中國戲曲文獻叢刊》第一輯影印清乾隆二十八年潁川廷爵鈔本作『句正』。

⑥格，《日本所藏稀見中國戲曲文獻叢刊》第一輯影印清乾隆二十八年潁川廷爵鈔本無。

⑦『皆』字後，《日本所藏稀見中國戲曲文獻叢刊》第一輯影印清乾隆二十八年潁川廷爵鈔本有『以』字。

⑧『有』字前，《日本所藏稀見中國戲曲文獻叢刊》第一輯影印清乾隆二十八年潁川廷爵鈔本有『則』字。

⑨微顯，疑當作『顯微』。

⑩忽略至今致，《日本所藏稀見中國戲曲文獻叢刊》第一輯影印清乾隆二十八年潁川廷爵鈔本無。

⑪此，底本無，據《日本所藏稀見中國戲曲文獻叢刊》第一輯影印清乾隆二十八年潁川廷爵鈔本補。

⑫今，《日本所藏稀見中國戲曲文獻叢刊》第一輯影印清乾隆二十八年潁川廷爵鈔本作『余』。

⑬切，《日本所藏稀見中國戲曲文獻叢刊》第一輯影印清乾隆二十八年潁川廷爵鈔本無。

【箋】

〔一〕此文當爲鈕少雅撰。

北西廂訂律（胡周冕）

《北西廂訂律》，爲崑曲全本工尺譜，明胡周冕訂譜。現存崇禎間襲芳樓稿本，中國藝術研究院圖書館藏。

胡周冕，字服公，吴郡（今江蘇蘇州）人。生平未詳。著有《北詞訂律》、《北西廂訂律》（一名《北西廂譜》）等。

（北西廂訂律）自序

胡周冕

《西廂》自配絃索，已爲藝家之金科玉律矣。初習時，人無善本，多草率入調，洋洋溢耳，已足醉心。久之，好事日繁，思標赤幟，遂有按譜者、正腔者、論調與宫者，句櫛字比，推究不遺餘力。於是雌黄蔚起，各詡師承，以互相標榜而角勝。然仿北過猛者則失之粗，取悦念勝者則失之媚。余也衡平執中，悉心究理，且爲正之故老，商之高明，考之善本，不敢謂有一得，實可稱三折肱焉。於《北詞訂律》之暇，參互搜較，另成一帙，名爲《北西廂譜》。蓋元詞散於各劇，演習者少，若分道而馳，輒易疑爲藏拙，《西廂》則家絃户誦，知我罪我，自有公評，余自無容置喙也。

吴郡胡周冕服公氏題。

闕　名（一）

（北西廂定律）凡例

一、碧筠齋本刻於嘉靖癸卯，朱石津本刻於萬曆戊子，皆精好可玩，古本惟此二刻爲佳。後則有王伯良較徐文長本，近則有張子玄改定祕本，律眞考確，學博辨精，俱可依據入譜。餘刻雖多，皆不足取。

一、訂正概從前四刻。從某本者，則明注『從某』。有兩義俱可，不易去取者，曰『某本作某、某本作某』，並存之。或有彼此互相訾議，而於歌絃無涉，概不錄。

一、北詞以應絃索，宫調不宜混用。惟楔子爲引曲，特不相蒙。然紬考記中，亦有各宫相借而互用者，俱一一注明。然此不獨《西廂》，元曲多有之。

一、記中用韻最嚴，悉協周德清《中原音韻》，終帙不借他韻一字。其有誤押者，皆後人傳誤，今悉照王、張二刻訂正。

一、元劇首折，多用楔子引曲，折終必收以正名四語。記中第一、三、四、五折，皆有楔子，如【賞花時】、【端正好】等一二曲，每折後皆有正名等語，古法可見。至諸本益以【絡絲娘】一尾，語既不倫，復入他韻。查係後人增入，王伯良論之甚當，今依王本删之。

一、襯塏搶帶等字漫書，致長短參差，不可遵守。今一從《太和正音譜》及王、張本，從中細書，以便觀者。其上三下四、上四下三、上二下三、上三下二等法，亦悉注明備考。亦間出己意，取某字爲虛字，某字爲實字，以便下板合於文理，不欲勉强成句，概置割裂，而於文氣有礙也。

一、各曲平仄有法，其入聲字元派入平、上、去三聲，不能字爲音切，用各本例，每字加圈，以識其字。又有動静體用，字同而音不同者，亦加圈別之。知音者自不煩詳注也。

一、記中有一字而具二音或三四音者，不能遍釋，須人自理會。其易識者，遵古發字例，止以圈代音，亦從省例（發字例，見《更記》）。二音，如朝（昭）、朝（潮），相（平聲）、相（去聲），著（張略反）、著（直略反），廝（平聲）、廝（入聲）之類，止於後一字加圈（凡入聲之『著』盡叶作平聲，『廝』盡叶作去聲）。三音，如平聲『强弱』之『强』、上聲『勉强』之『强』、去聲『倔强』之『强』之類，止於後二字加圈，皆本古法，餘可類推。其易混字，如『臉』之或音作『檢』（如『臉兒淡淡粧』之『臉』，音『檢』），或音作『斂』（上聲，如『把箇發慈悲臉兒蒙著』之『臉』，音『斂』），用各不同，於『斂』音特加區別。俗音字，如『的』字本作上聲，今人盡讀作平聲，概不加音，俟人通融爲用。他如『善惡』之『惡』，《中原音韻》元叶作去聲，加圈則混於『好惡』之『惡』之類，更不著圈。又『更』字之平、去二聲加圈，『那』字之平、上、去三聲加圈之類，皆以便觀者。此王伯良凡例也。此等字面，最宜留心，卽所謂動靜體用之説，不厭瑣屑，謹盡書之。

一、王《例》云：『每』與『們』時通用，『得』與『的』時借用。惟『恁』之爲『如此』也，『您』之爲『你』也，『俺』、『喒』、『咱』之爲『我』也，『咱』又與『波沙』、『呵偌』、『兀地』爲助語，如此等，確宜細爲分別。

一、各調句，或一字，或二字、三字以至七字，參錯不一，惟過七字者卽係襯字。學者於一、二字句，多誤連上下文，致本調遂少一句；或斷一句爲兩，致本調遂多一韻者，皆無眞傳授之過也。

（以上均明崇禎間襲芳樓稿本《北西廂訂律》卷首）

【箋】

〔一〕此文當爲胡周冕撰。

南詞新譜（沈自晉）

《南詞新譜》，全名《廣輯詞隱先生增定南九宮十三調詞譜》，别題《重定南九宮詞譜》，凡十六卷，沈自晉編。現存順治間原刻本，民國四十八年北京大學出版部、一九八四年臺灣學生書局版《善本戲曲叢刊》第三輯、一九八五年北京市中國書店均據以影印。

沈自晉（一五八三—一六六五），字伯明，一字西來，晚字長康，號鞠通生，吴江（今江蘇蘇州）人。弱冠補博士弟子員，後屢試不第。入清後隱居吴山。爲沈璟（一五五三—一六一〇）族姪，善詞曲，謹守家法而兼妙神情，一時詞曲家如卜世臣、范文若、馮夢龍、袁于令等，並推服之。著有《廣輯詞隱先生增定南九宮十三調詞譜》、《鞠通樂府》。撰傳奇三種：《望湖亭》、《翠屏山》，今存；《耆英會》，僅存佚曲。傳見沈自友《鞠通生小傳》（順治間原刻本《南詞新譜》卷末附載）、乾隆《吴江縣志》卷三三等。參見淩景埏《鞠通生先生年譜及其著述》（《文學年報》一九四〇年第六期）、趙景深《明代曲家沈自晉》（《明清曲談》，古典文學出版社，一九五七）、劉穎《沈自晉研究》（西北師範大學碩士學位論文，二〇〇六）、武藝《晚明曲家沈自晉研究》（蘇州大學碩士學位論文，二〇〇八）。

重定南九宮新譜序

沈自南〔一〕

歲乙酉之孟春〔二〕，馮子猶龍氏過垂虹，造吾伯氏君善之廬〔三〕，執手言曰：『詞隱先生爲海內塡詞祖，而君家家學之淵源也。《九宮曲譜》，今茲數十年耳。詞人輩出，新調劇興。幸長康作手與君在〔四〕，不及今訂而增益之，子豈無意先業乎？余即不敏，容作老蠹魚，其間敢爲筆墨佐。茲有霅川之役，返則聚首留侯齋，以卒斯業。』於時梅萼未舒，春盤初薦，弟侍坐側，喜謝幸甚。方謂士衡茅屋，可代西園之榻；淵明斗酒，聊當北海之尊，按紅牙、歌《白雪》，數墨分籌，蓋有待也。而雲間范子樹鍭聞之〔五〕，悉出家藏香令先生祕帙，來正宮商，相與竊弄遺珠，歌呼永日，心醉筆花，淋漓襟袖。一時樂府之盛，雖曲度《霓裳》，歌傳《天馬》，斯無逾矣。

無何，而鼎沸塵飛，人鳥獸散。言念勝友，桃源已迷；回首故居，松徑遂蕪。已而馮子溘先朝露，而善兄亦騎尾不回。曾幾何時，玉折星頹，翰藻靡屬，巋然靈光，獨吾長康兄一人耳。羊曇西州之慟，子期山陽之思，撫弄遺編，悲感交集。而康兄曰：『吾舌在，必不使人琴俱沒。』乃搜羅雅什，咨訪騷壇。采華挹秀，片羽不遺；按節尋聲，眞珠莫混。凡用若干載，錄成若干卷。

憶搶攘時，鶉衣芒屩，每坐不煖席，而吾兄丹黃一束，雖倉皇朝夕，未嘗離手。及今撫新編，奏新聲，使染翰者流芳，登歌者不咽，繄誰之力歟？雖緬彼芝蘭，堪悽神於往事；而播茲金石，每志喜於他年。若地下有知，善兄、馮子亦當擊節於詞隱先生之側也。弟愧疎庸，無能評隲，聊述所由，以志譜刻緣艱如此。

乙未菊月〔六〕，弟自南述〔七〕。

【箋】

〔一〕沈自南（一六一二—一六九一）：字留侯，號恆齋，吴江（今江蘇蘇州）人。崇禎九年丙子（一六三六）舉人，順治十二年乙未（一六五五）進士。官山東蓬萊知縣。著有《藝林彙考》、《歷代紀事考異》、《樂府箋題》、《醉贈草》、《沈子律陶》等。傳見《吴江沈氏家譜》卷五懋所公支上、乾隆《吴江縣志》卷三二等。

〔二〕乙酉：清順治二年（一六四五）。

〔三〕君善：即沈自繼（一五八五—一六五一），字君善，號寶威，別署礙影居士，吴江人。國子監生。性耿介，不喜俗事。工詩詞，尤嗜音律。著有《平丘集四種》、《釬史》等。傳見《吴江沈氏家譜》卷五懋所公支上、乾隆《吴江縣志》卷三二等。

〔四〕長康：即沈自晉。

〔五〕范子樹鍭：即范彤弧，字樹鍭，以字行，雲間（今上海松江）人。范文若（一五九〇？—一六三七）三子。諸生。博雅自負，喜遊貴人之門。沈陽范文程致政歸，策蹇從之。曾助宋徵璧校定《抱真堂詩集》。著有《繡江集》、《網羅見聞》等。傳見董含《三岡識略》卷七、嘉慶《松江府志》卷五六、同治《上海縣志》卷二七、《復社姓氏傳略》等。

〔六〕乙未：順治十二年（一六五五）。

〔七〕題署之後有印章三枚：陽文方章『自南印』、『留侯』，陰文方章『恆齋』。

重輯南九宮十三調詞譜述

沈自繼

上篇

我詞隱先生，宦榮九館大夫，籍富九天材料。詞擴蔣生《南譜》，解惱襄《九敍》、《九歌》；韻嚴周子《中州》，反騷奪《九懷》、《九辨》。若吾輩胎藏九鶴，雖慚母夢佳兒；齒列九龍，卻喜兄矜難弟。竊叨九代卿族，濫遊九老仙都。間避俗而獨作九吟，每呼朋而共成九弄。聯套數宛線通蟻，巧旋九曲之珠；割牌名恍劍分蛇，利切九華之玉。其奈衰相百年而九退，柔腸一刻而九迴。琴九引漸嘆人亡，墓九原頻嗟地裂。爰思借九孔鍼穿去，泣收遺稿內新聲；假九環帶圍來，飽輯戲文中別調。庶幾采芝含紫，編可備九莖薦廟之章；摘李噴黃，帙堪資九影居城之句云爾。

下篇

蓋自王伯良節協象車，更參十三人以鼓吹；范香令馥凝鷄舌，還添十三種而壇嚴。珍斷簡如十三行之寫《洛神》，購遙篇似十三尊之覓羅漢。顧忽遇耿恭所擊之十三降而俱叛，文昇所救之十三戰而齊奔。璽委十三棺，疇扶吳斃；獄埋十三劍，孰拄梁傾？余與家鞠通，逃十三日外而津迷，渴殺劉晨、阮肇；寤十三世前而劫換，喚醒蘇軾、鄒陽。十三之徒死，十三之徒生，豹變宜乎隱矣；十三之齋硬，十三之齋軟，狼貪或者消焉。悔年十三而未學書，今始叩養朔之兄嫂；

幸詩十三而輒預數，後終嗤貽潞之耆英。提正腔於十三聖師，覈傍犯於十三相法。將見風散牡丹十三瓣，疑傳驪曲縈盤；月籠百合十三重，儼覩粉優臨鏡。抑且譬溺河之悲於麗玉，奚啻箜篌十三絃？嗚縊蜀之痛於肥環，豈但《霓裳》十三疊也耶！

弟自繼敬題。

重定南詞全譜凡例

沈自晉

一、遵舊式

先吏部隱於詞而聖於詞，詞家奉爲律令，豈惟家法宜然。是譜凡正書、襯字、標注、旁音，悉從遺教。但於曲中，字之平可用仄，仄可用平，而另標於上者，即去本字之旁音，而竟塡可平可仄於左，則對譜調聲，一覽而悉，殊覺簡便。其旁音四聲，知音家已不煩悉注，但正音、轉音，及作某音等字，一寓目，亦卽了然。皆從省文，自足取認。

凡曲，每句有韻有不韻，卽於句讀點斷處爲別。其用韻者從白點，不用韻者從墨點。間有不韻而亦可用韻者，卽隨塡『可叶』二字於旁，皆不煩另標。其有字之不可用韻，及偶用韻而云『不韻亦可』，則仍細標於上，不相混也。

夫字有開闔，凡『尋侵』合口三韻，原譜以大圍別之。今予止於用韻處，仍加圈別，餘不復遵此例以炫目。是在知音，當解之早矣。

曲之次闋，每稱『前腔』，但換頭體格不同。有第二即換者；有第二如前，至第三始換；更有三、四各自換頭，又與前調不同者。今以『前腔』更作其二，其三、四，即分注『換頭』二字於下，反覺直捷，更似雅正。意義本同，非輒改絃也。

一、稟先程

先詞隱三尺既懸，吾輩尋常足守，倘一字一句，輕易動搖，將變亂而無底止，作聰明以紊舊章，予則何敢？偶或一二疎略，尤在善爲調劑。勿自矜窺豹，而任意吹毛也。（見他集中有苛求詞隱先生者，故論及之。）

友人謂予：『先生之譜，雖本於毗陵，然出自手筆，損益任情。子於今日，豈不能與時更新，隨俗冶化，乃拘拘宮調而苦守舊腔，爲刻舟膠柱之見乎？』予曰：『先生既以作爲述，予何不以述述之？所謂魯男子善學柳下惠者也。』

一、重原詞

原譜考訂精確，所錄舊曲，義取不祧。（傳奇如永嘉、武林，散曲如金陵、吳郡諸名家。）近來諸作，縱能新藻出藍，毋得先采後素。蓋譜原以律重，不以詞夸。況舊所錄詞，自是渾金璞玉，古色闇然，知音者當不必以彼易此。

或曰：『譜之從舊是矣。然中間古詞若干，於新查補板之外，餘腔板無傳者，既不能悉經手裁，以佐其所不逮，乃復存敝帚何？』予謂：『先生既以無傳闕疑，予敢强不知爲知乎？間有不去者，譬若希奇骨董，雖不適用，置案頭時一摩挲，亦復不俗。』

一、參增注

先詞隱以精思妙裁，成一代之樂府，予則何能而妄增論注？然一得之愚，未必無補於前哲。凡先生意所未及，或意所已及，而語尚未及者，輒敢以膚見一二，附書注中，以俟知音者參考。各曲，有初未及細考而今始查出者，或出自己見，或參諸友生，須確有成說，乃敢注明。然必以先生原注爲準，而以己見附及，不敢毅然去其所疑，而竟從予之所信也。凡所發明，於舊注中，作一小尖圈以別之。似此，庶不混於原注，敢自表其寸長。若干新入之詞，則不復加圈別。

一、嚴律韻

語曲以律，其在天人相與之際乎？長短未勻，則紅牙莫按；高下未節，則絲竹誰調？夫泛言平仄易易，而深求微妙實難。精之在上去、去上之發於恰當，更精之尤在陽舒陰斂之合於自然。此詞家三昧，所謂詩言歌永，聲依律和，千載如是，非臆說也。予不敢責備作者，亦無取貽譏大方。凡遇諸名家合律之詞，亟錄取爲法，以備新體。或全瑜稍玷，卽摘取一二字之失，隨標注之。他如詞采可觀，而律法未合者，概不及混入。

夫律固難言之，曰韻，則一覽而得，何多憒憒也。《葩經》三百篇，何字不叶？試觀其清濁不混，開闔必分可知。（清濁，如『詵詵』叶『振振』、『薨薨』叶『繩繩』；開闔，如《凱風》『南』與『心』叶、其下章『薪』與『人』叶之類。）非寬於古，而嚴於今也。厥後，四聲以詩韻唐矣，《中原》以曲韻北矣。夫曲也，有不奉《中原》爲指南者哉？奈何南詞之草草若是？原本所載舊詞，古樸多雜韻，今所收則多叶矣。然尚有傳奇家，好新製曲名，而目不識《中原音韻》爲何物者，殊可笑。然亦間取其曲名頗佳，曲律不拗，或稍借一二字者收之，隨標注其訛，弗誤後學。（止從周氏舊韻，未及會稽新編。）

一、慎更删

是集既仍舊貫，何以復有改削？不知原本亦有曲同而並載，及調冗而多訛者，可删也。亦有律拗而尚存，及韻雜而難法者，可更也。（並見原注。）此亦百中之二三，亦必明注其説，而删且更之，不一擅改而頓忘其舊。

譜中舊曲，其删者甚少。卽所當更，大都取先輩名詞，及先詞隱傳奇中曲補之。因先生屬玉堂諸本，未遍流傳，尚有藏稿幾種未刻，特表見其一二云。

一、采新聲

先生定譜以來，又經四十餘載，而新詞日繁矣。搦管從事，安得不肆情搜討哉？然恐一涉濫觴，便成躍冶，寖失先進遺矩，則棄置非苛也。夫是以取舍各求其當，而寬嚴適得其中。

前輩諸賢，不暇論。新詞家諸名筆（如臨川、雲間、會稽諸家），古所未有，眞似寶光陸離，奇彩騰躍。及吾蘇同調（如劍嘯、墨憨以下），皆表表一時。先生亦讓頭籌，（見《墜釵記》【西江月】詞中，推稱臨川云。）予敢不稱膺服？凡有新聲，已采取什九。其他僞文采而爲學究，假本色而爲張打油，誠如伯良氏所譏，亦或時有。特取其調不强入，音不拗嗓，可存以備一體者，悉參覽而酌收之。

人文日靈，變化何極？感情觸物，而歌詠益多。所采新聲，幾愈出愈奇。然一曲，每從各曲相湊而成。其間情有苦樂，調有正變，拍有緩急，聲有疾徐，必於鬭筍合縫之無迹，過腔接脈之有倫，乃稱當行手筆。若夫勉强湊插，聲情乖互，即或牌名巧合，勿取濫收。

一、稽作手

詞何以必表姓字？蓋聲音之道通乎微，一人有一人手筆，一時有一時風氣，歷歷盡然。昔維先詞隱《南詞韻選》，近則猶龍氏《太霞新奏》，所錄姓字爲確。其他諸集，不過草草從坊本傳訛，總屬烏有。即如先詞隱【繡帶引】一套，誰不知之，而漫書他人姓字，更可笑。予兹集，乃博訪諸詞家，實核其作手，可一覽而知其人，論其世，非止浪傳姓字已也。

詞家作曲，而每諱之，或曰『無名氏』，或稱别號某以當之。嗟乎！曲則何罪而諱之若是？試思新聲一傳，羣響百和，維時授以清歌，則嬌喉吐珠，協比絲竹，飛花逗月，震坐傾懷。更令習而登毯，則鏇緣在握，遞笑傳顰，骨節寸靈，雅俗心醉。夫以雕蟲薄技，迺能博此榮施。正如唐諸伎上酒樓，爭歌怨柳；何必李青蓮逼御座，歡對名花？曲何負於我，而藐忽視之也哉！然則先詞隱於諸集中，每稱『無名氏』以相掩覆，亦復未能免俗耳。今悉改正，而表其姓氏云。（既原譜初刻，止稱詞隱，至龍氏翻板，而先吏部之名始著。）

一、從詮次

凡曲之序，當從鱗次，無取積薪。每調各以舊曲主盟，而佐以新聲，無容攙越。或爲全套所牽，或爲二三搭曲所帶。間有參差，亦各從其類，以便查閱。

一、俟補遺

是集於兵燹之餘，勉爾成帙，殘闕頗多，未免挂漏。於諸名家著作，尚有聞而未及見，見而未及錄；更有備諸案頭，倉惶攜走而失卻者。復種種再期廣求，爲續編之計。

時丙戌小至日〔一〕，寓吳山，沈自晉漫書於盧氏園亭。

姪永馨較錄〔二〕。

【箋】

〔一〕丙戌：順治三年（一六四六）。

〔二〕永馨：即沈永馨（一六三三—一六八〇），字建芳，一字天選，號遯庵，一號篆水，吳江（今江蘇蘇州）人。沈璟（一五五三—一六一〇）姪孫。明亡後堅隱不仕。工詩詞、散曲，曾入驚隱詩社。著有《通暉樓詩稿》、《輟耕堂詩稿》等。傳見《吳江沈氏家譜》卷六定庵公支上、乾隆《吳江縣志》卷三三等。

重定南詞全譜凡例續記

沈自晉

重修詞譜之役，昉於乙酉仲春。而烽火須臾，狂奔未有寧趾。丙戌夏，始得僑寓，山居猶然，旦則攤書搜輯，夕則捲束置牀頭，以防宵遁也。漸爾編次，乃成帙焉。春來病軀，未遑展卷，擬於長夏，將細訂之。適顧甥來屏寄語〔一〕：曾入郡，訪馮子猶先生令嗣贊明〔二〕，出其先人易簀時手書致囑，將所輯《墨憨詞譜》未完之稿，及他詞若干，畀我卒業。六月初，始攜書並其遺筆相示。翰墨淋漓，手澤可挹，展玩愴然，不勝人琴之感。雖遺編失次，而典型具存，其所發明者多矣。先是甲申冬杪〔三〕，子猶送安撫祁公〔四〕，至江城，（祁公前來巡按時，托子猶遍索先詞隱傳奇及余拙刻，並吾家諸弟姪輩諸詞殆盡。嚮以知音，特善子猶，是日送及平川而別。）卽諄諄以修譜促予，予唯唯。越春初，子猶爲苕溪、武林遊，道經垂虹言別，杯酒盤桓，連宵話榻，丙夜不知倦也。別時，與予爲十旬之約。不意鼙鼓動地，逃竄經年，想望故人，鱗鴻杳絕。迨至山頭，友人爲余言，馮先生已騎箕尾去，予大驚惋。卽欲一致生芻往哭，而以展轉流離，時作獐狂鼠竄，未能行也。予忘故人乎？而故人乃以臨死未竟之業相授，迺不潛心探索，尋其遺緒，而更進竿頭，不幾幽冥中負我良友！於是卽予所裒輯，印合於《墨憨》，凡論列未備者，時從其說，且捐己見而裁注之，必另注馮稿云何，非予見所及也。（附和子猶《辭世》原韻二律：『憶昔離筵思黯然，別君猶是太平年。杯深吐膽頻忘醉，漏盡論詞劇未眠。計日幸瞻行旆返，踰期驚聽訃音傳。生芻一束烽烟阻，腸斷蒼茫出水邊。』一。『感托遺編倍愴然，塡修樂府已經年。豕訛幾字疑成夢，棗到三更喜不眠。詞隱琴亡憑汝寄，墨憨薪盡問誰傳？芳魂逝矣猶相傍，如在長歌短嘆邊。』二。）

閱來稿，自《荊》、《劉》、《拜》、《殺》迄元劇古曲若干，無不旁引而曲證，及所收新傳奇，止其手筆《萬事足》，並袁作《眞珠衫》、李作《永團圓》幾曲而已。餘無論諸家種種新裁，卽玉茗、博山傳奇，方諸樂府，竟一詞未及。豈獨沉酣於古，而未遑寄興於今耶？抑何輕置名流也！子猶嘗語予云：『人言香令詞佳，我不耐看。傳奇曲，只明白條暢，說卻事情出便彀，何必雕鏤如是？』噫！此亦從膚淺言之，要非定論。愚謂以臨川之才，而時越於幅，且勿論，乃如范、如王，以巧筆出新裁，縱横百變，而無踰先詞隱之三尺，固當多取芳模，爲詞壇鼓吹。染指斯道者，其舍諸？今既從馮參舊，且不惜以所收新曲，時取證《墨憨》，仍恐作者趨今忘古，失我友遺意耳。（來籍中，得華亭徐君所錄古曲若干〔五〕，辨論頗析。予雖不甚解徐君論古意義，然亦間取其合格而可備用者，入譜以資今云。）

大抵馮則詳於古而忽於今，予則備於今而略於古。考古者謂：『不如是則法不備，無以盡其旨而析其疑。』從今者謂：『不如是則調不傳，無以通其變而廣其教。』兩人意不相若，實相濟以有成也。雖然，先詞隱傳流此書以來，填詞家近守規繩，尚憂蕩簡；歌曲家人傳畫一，猶恐踰腔。至文士不知音律，漫以詞理樸塞爲恨者有之。乃今復如馮，以拙調相錯，論駁太苛，令作者歌者，益覺對之惘然，絕不揀取新詞一二，點綴其間，爲詞林生色，吾恐此書卽付梨棗，不幾乎愛者束之高閣，否則置之覆瓿也。敢以是質諸知音。

因憶乙酉春，予承子猶委託，而從弟君善實慫恿焉。知雲間荀鴨多佳詞〔六〕，訪其兩公子於金閶旅舍，以傾蓋交，得出其尊人遺稿相示。其刻本爲《花筵賺》、《鴛鴦棒》、《夢花酣》，錄本爲《勘皮靴》、《生死夫妻》，稿本爲《花眘旦》、《雌雄旦》、《金明池》、《歡喜冤家》。及閱其目錄，尚有《鬧樊樓》、《金鳳釵》、《晚香亭》、《綠衣人》等記數種，未見。乃悉簡諸稿，得曲樣新奇者，謄及百餘闋，珍重而歸。君善謂予：『頃不見《勘皮靴》及《生死夫妻》末齣捲場詩乎？云：「曲學年來久已荒，新推袁、沈擅詞場。」又云：「幸有鍾期沈、袁在，何須摔碎伯牙琴？」以知音似此推許，而兄不早繼詞隱芳規，纘成一代之樂府，復因循歲月何？』乃急取新詞，幸填譜稿。其遲迴未入者，尚存種種，不意轉盼狂奔，付之烏有矣。惜哉！

時丁亥秋七月既望〔七〕，吳江沈自晉重書於越溪小隱。

（以上均《善本戲曲叢刊》第三輯影印清順治間刻本《南詞新譜》卷首）

【箋】

〔一〕顧甥來屏： 即顧來屏，字鳴九，又字必泰，崑山（今屬江蘇）人。沈自晉甥。通音律，善詞曲，著有散曲集《耕烟集》。撰傳奇《摘金園》，《南詞新譜總目》著錄，已佚，《南詞新譜》選曲一支。妻沈蕙端（沈自晉姪女），字幽馨，能詩詞，尤精曲律，著有《幽芳遺稿》等。

〔二〕馮子猶先生令嗣贊明： 馮贊明，蘇州（今屬江蘇）人，字號、生平均未詳。馮夢龍（一五七四—一六四六）子。

〔三〕甲申： 崇禎十七年、順治元年（一六四四）。

〔四〕祁公： 即祁彪佳（一六〇二—一六四五）。

〔五〕華亭徐君： 即徐迎慶（一五七四—一六三六）。

〔六〕雲間荀鴨： 即范文若（一五九〇？—一六三七）。

〔七〕丁亥： 順治四年（一六四七）。

南詞新譜後敘

沈永隆〔一〕

《南九宮譜》，譜南人之曲也。曷言乎南？ 異北也。何異乎北？ 蓋自我明祖，回百六，躋三五，始風吳會，嗣格幽燕，以故播諸詩歌，奏諸明堂清廟，咸取南詞，以載賡明德。顧其流及下，聲律允和，去抗激趨，婉柔卑疏，莽崇綿麗，誠猶《江漢》化美，歌始『二南』也。

曁我郢隆，惠風融暢，人樂管紘。學士大夫，竊從烟雲花月之間，舒寫情思。於是旗鼓騷壇，如臨川先生，時方諸李供奉；我先詞隱，時比諸杜少陵。兩家意不相伴，蓋兩相勝也。豪俊之彦，高步臨川，則不敢畔松陵三尺；精研之士，刻意松陵，而必希獲臨川片語。亦見夫合則雙美，離則兩傷矣。

迨乎鄭衛風淆，麗則乖雅，巴人高唱，郢客響沉。家君於是奮然以釐定樂章，用爲繼美。時惟雲間荀鴨，雅推家君漢大，而自號夜郎（見《博山堂傳奇·勘皮靴》捲場詩句）。然兩人並沾沾以各得鍾期，無慚鼓吹，不若臨川與先詞隱，私心猶共軒輊也。於是泱筴鳩編，廣羅諸名詠，而刪繁留當，十不二三。適范公令子以尊人祕稿見遺，詞態欲仙，應聲而舞。家君藉是以益勵丹黄，所謂見西施之容，歸而衆飾其粧者也。

顧集未半而烽烟飈起，鼠竄狼奔。從叔君善冒鋒鏑，走書家君，以促令卒業。顧乃挾此而夙興夜寐，於茆店孤舟，啼風號雨之下，秃筆枯拈，殘芸碎點，蓋兩閲寒暑而始告成。嗟乎！南國鼎移，東遷禍烈，太史灑淚於陳編，國人吞聲於閭諺。一代鴻章，數王休問，不滋懼流風歇絶哉！夫子反魯正樂，其在迹熄詩亡之後乎？家君亦猶是志也。

譜既成，乃呼隆而命之曰：『向者若肄舉子時，是譜也，吾不若見。妄意若之異日，隸太常，詔雅樂，當進而洞析黄鐘，肇明律曆，庶幾煌煌煒煒，以勿墜我十五帝風，安用此遊人冶女之什，唱和《花間》耶？ 不謂轉眼滄桑，功名灰冷，秦淮明月與烟霧同銷，玉樹清歌並悲笳互奏，能不顧懷周道，傷心昔遊也？ 今而後，若姑從事此，以卒我志。』言未旣，淚且交下。隆亦不敢仰視，第勉草數章，用附入譜，聊見我南人歌南之意，且以當萊舞高堂、詠言卒歲云爾。若乃風情軼宕，奇藻遐標，爲家君之左文舉而右德祖，則有楊子景夏與顧子來屏在〔二〕，隆何敢望焉？

男永隆謹識。

（《善本戲曲叢刊》第三輯影印清順治間刻本《南詞新譜》卷末）

【箋】

〔一〕沈永隆（一六〇五—一六六七）：字治佐，號洌泉，吳江（今江蘇蘇州）人。沈自晉子。明諸生。晚年從父隱居吳山。工傳奇、散曲，精通聲韻曲律，曾續范文若傳奇。著有《不珠集詩》等。傳見《吳江沈氏家譜》卷六容襟公支上、乾隆《吳江縣志》卷三三、《復社姓氏傳略》等。

〔二〕楊景夏：名弘，字景夏，別署脈望子，青浦（今屬上海）人。生平未詳。撰《認氈笠》傳奇，已佚，《南詞新譜》選曲三支；《後精忠》傳奇，《傳奇彙考標目》别本著錄，已佚。

寒山堂新定九宮十三攝南曲譜（張彝宣）

《寒山堂新定九宮十三攝南曲譜》，清張彝宣輯。現存清鈔本，一本題此名，另一本題《寒山曲譜》，《續修四庫全書》第一七五〇册均據以影印。

張彝宣（？—一六五一後），一名大復，字心其，一字星期，號寒山子，室名寒山堂，吴縣（今屬江蘇）人。生於萬曆初年，家貧，居蘇州閶門外寒山寺。好塡詞，不治生産。著有《詞格備考》（浙江圖書館藏精鈔本）、《元詞備考》（中國國家圖書館藏鈔本）、《南詞便覽》（中國國家圖書館藏殘鈔本）等。撰傳奇二十九種，今存十種；雜劇《萬壽大慶承應雜劇》六種，皆佚。傳見民國《吴縣志》卷七五。參見周鞏平《張大復戲曲作品考辨》（《戲曲研究》第十九輯，文化藝術出版社，一九八六）、黄仕忠《〈寒山堂曲譜〉考》（《傳統文化與現代化》一九九七年第六期）、鄭陽《張大復戲曲研究》（蘇州大學碩士學位論文，二〇一〇）。《寒山堂新定九宫十三攝南曲譜》中『譜選古今傳奇散曲集總目』，由張彝宣與其子繼良、繼賢同輯。

新定南曲譜凡例

張彝宣

一、九宫十三攝者，謂仙呂宫、正宫、中呂宫、南呂宫、黄鐘宫、道宫、羽調、大石調、小石調、般涉調、越調、商調、雙調也。本是六宫七調，所以名九宫者，並調以名宫，又因羽調與仙呂通用，大石、般涉、小石、道宫等四調，存曲無幾，名存若亡，故曰九宫也。自樂書不傳，元音淪佚，後世之所云宫調，實源自西域之龜茲。隋開皇間，龜茲樂人傳其琵琶於中土。琵琶四柱七調，有萬寶常者，取其七調，用撥絃移宫之法，附會於五音、二變、十二律，旋相爲宫，得八十四調。而不用二變及徵調，僅有四十八調。五代又亡其二十，宋又亡其十二，金又亡其三，故僅餘十三調也。昔人多不明其理，遂謂九宮之外，又有十三調；仙呂宮之外，又有仙呂調；正宮之外，又有正宮調。不知正宮乃正黄鐘宮之俗名，安得又有調哉？更謂某調在九宮，某調在十三調，强加分離，直同癡人説夢。始作俑者，乃毘陵蔣氏。賢如詞隱，尚不敢爲之更正，自僧以下，可無論矣。又謂在九宮者，曰引子、過曲；在十三調者，曰慢詞、近詞。不知引子、過曲，乃曲之專名；慢詞、近詞，乃詩餘之專名。但以曲本源於詞，而慢詞多采作引子，近詞多采作過曲故矣，二者豈有分别哉？今索本返原，僅分十三調，而慢詞仍歸引子，近詞仍歸過曲。

一、曲創自胡元，故選詞訂譜者，自當以元曲爲圭臬。蔣氏草創，但本乎陳、白二氏舊目，每目繫以一詞，未暇兼顧其他。沈氏沿其舊而增益之，所見又未廣。故予此譜，不以舊譜爲據，一一力求元詞，萬不獲已，始用一二明人傳奇之較早者實之。若時賢筆墨，雖繪采儷藻，不敢取也。蓋詞曲本與詩餘異趣，但以本色當行爲主，用不得章句學問。曲譜示人以法，祇以律重，不以詞貴，奈何捨其本而逐其末也？

一、引子祇是略道一齣大意，無論文情聲情，極不重要。是以引子皆用散板，而作傳奇者，或捨去不填，或僅作一二句，或用詩餘絶句代之。卽舊曲之有引子者，老頓亦多節去不唱。故此譜删去不收。蓋此譜以實用爲主，不炫博，不矜奇。引子無甚謬體，各譜皆同，俱可爲法，不必求於本譜也。

一、犯調衹是將同一宫調，或同一管色之宫調中，二調以上，以至若干調，各摘數句，合成一曲便是。凡稍明律法者，皆可爲之，不必以前人爲式也。故此譜但收過曲，不收犯調。但古曲中之犯調，其音韻美聽，沿用已久，如【一秤金】、【五馬風雲會】、【渡江雲】之類，則直可作正調看，不必問其所犯何調也。如此等古調，皆附收於每宫之末，俾學者采用。且犯調本是因爲一部戲文中，百數十曲，不欲其一調數用，卽以此爲補救之法。若一散套，一雜劇，不過用十餘曲，或數十曲而已，正調已足采用，何須犯調？且犯之法雖易明，若求音律和美，兩調接筍處如天衣無縫者，非精通音聲，不易措手。必須有頭有［中殘闕十字］低合調，［中殘闕一百八十二字］數十［中殘闕十五字］種鈔本，當能［中殘闕十二字］知之。

一、尾聲定格，本是三句、二十一字、十二拍，不分宫調，皆是如此。金董解①元《西廂記》及元人北劇皆然，其由來之久可知。後世遂有【三字兒煞】、【凝行雲煞】、【收好因煞】等等名字，實皆由正格變來，原不足辯。但以其沿用日久，姑另立一卷，附於譜末。實則俱可通用，某宫調必用某尾聲格者，此故作深語欺人，不須從也。

一、閉口、撮脣、穿齒等，是從歌法上言，與曲律無與。並非某字必須用閉口，某字必須用撮脣，某字必須用穿齒。舊譜均加以標識，反令學者目迷，予皆删去。

一、平仄四聲，稍知書者皆知之。曲譜本爲作曲者而作，豈有不讀書而執筆作曲之人？何勞一一明注字側也？此譜俱去之。

一、譜之難訂，厥在襯字；襯字之設，原在於疏文氣，足文義，爲曲調最巧處。然詩餘已有襯字，昔人論之甚詳。如李易安【聲聲慢】『卻是舊時相識』之『卻』字，便是襯字，試取他詞比較便知。但世人皆以爲正字者，比較之難且繁也，曲詞亦然。故往往將襯作正，不得已而移板增拍，致令全調俱乖。此譜於此，再三著意，力搜襯字最少之曲，以爲法則。舊譜於襯字皆旁書，極易混淆，此加朱〇，一目了然矣。

一、本譜原爲作曲者而作，故解說以簡明爲主，不事博核矜奇，學者識之。

寒山子重訂。

（《續修四庫全書》第一七五〇册影印清鈔本《寒山堂新定九宫十三攝南曲譜》卷首）

【校】

①解，底本作『介』，據人名稱號改。

九宫譜定（查繼佐等）

《九宫譜定》，一名《訂正九宫譜》，現存清初金閶綠蔭堂刻本（《鄭振鐸藏珍本戲曲文獻叢刊》第六一册據以影印），署『東山釣史、鴛湖逸者仝輯』。

按東山釣史即查繼佐（一六〇一——一六七六），初名繼佑，因應縣試時誤寫繼佐，遂沿用，初字三秀，更字支三，又字伊璜。入清後更名省，字不省，號與齋、敬修子，曾隱姓名爲左尹，别號非人氏，别署方舟、釣叟、釣史、東山釣叟、東山釣史、湖上釣叟、西湖釣史等，所居近東山，居廬名樸園，人稱東山先生或樸園先生。海寧（今屬浙江）人。崇禎六年癸酉（一六三三）舉人，南明魯王時授兵部職方主事。入清後不復出。康熙時，曾因『莊廷鑨明史案』牽連入獄，幸得釋。晚辟敬修堂於鐵冶嶺下，講學其中，學者稱『敬修先生』。家蓄戲班，時稱『十些班』。著有《罪惟錄》、《魯春秋》、《國壽錄》、《東山國語》、《兵榷》、《知是編》、《敬修堂詩集》、《敬思堂雜著》、《東山遺集》等，評點丁耀亢《續金瓶梅》小說。撰雜劇《續西廂》，傳奇《眼前因》、《梅花讖》、《鳴鴻度》、《玉瑑緣》、《非非想》等，均佚。又有《牡丹亭評本》。傳見《國朝耆獻類徵初編》卷四六三、黄容《明遺民錄》卷四、《皇明遺民傳》卷四、《昭代名人尺牘小傳》卷四、《國朝書畫家筆錄》卷一、《國朝書識》卷三、《國朝書人輯略》卷一、《清畫家詩史》甲上、《兩浙輶軒錄》卷二等。參見沈起編，張濤、查穀纂注《查東山先生年譜》（《嘉業堂叢書》本）。

鴛湖逸者，姓高，名字、生平均未詳，嘉興（今屬浙江）人。沈起《查東山先生年譜》附劉振麟、周驤《東山外紀》云：『與同社禾中高公有《訂正九宫譜》行世。』鴛湖、禾中，皆指嘉興。

九宫譜定序

查繼佐

《白雪》非作者之難也，以言其調最高，歌《白雪》者難耳。而文壇誤用之，千古不受一唾。顧歌不必定以最高爲善也①，古②琴十三徽之間，豈無若人聽耶③？□□高人能之，高則不人能□□□□人矣。且聲音之道，總□□□出其口，又入其耳，而務逸殊耳。□求之愈刻，則口之應之益宜工，耳之享之不厭多，而口之給之又妙於獨，所以舊譜乃貴新聲。今日試歌《霓裳羽衣》諸曲，亦定有不愜人意者。不謂古音定能無窮也，但離譜無從作新。譬四時寒暑有一定之節，然後風雨雷電從而變化；無變化，四時不工。

舊《九宫譜》，大略耳，其中錯紊頗多，且甚俚率。余友沈子曠、宋遂聲、宋彦兮，相依數十年，子曠每有特解，而數子歌最工，又時時得從陸君揚、陳瑞初、汪異先、陳素如、蔡令斐，揚扢音調，互有發明。今來嶺南，與鴛湖逸者偶及聲事，遂取故譜釐正之，意欲再增許目錄，未及也。顧卽是可以歌矣，可以作歌矣。其爲詞之工，作者之事。惜玉茗以工詞，塡不工之調，致歪歌者之口，作者其知之哉！

東山釣史撰〔一〕。

【校】

①也，底本漫漶，據文義補。

②古，底本漫漶，據文義補。

③耶，底本漫漶，據文義補。

【箋】

〔一〕題署之後有陽文方章『東山釣史』。

九宫譜定總論

查繼佐

套數論

套數之曲，元人謂之樂府，與古之辭賦，今之時義，同一機局，有起有止，有開有闔。須先定下間架，立下主意，排下曲調，然後遣句，然後成章。切忌湊泊，切忌將就。如常山之蛇，首尾相應；又如鮫人之錦，不著一絲紕纇。務要意新語俊①，字響調圓，有規有矩，有色有聲。所謂動吾天機，不知所以然而然，方是神品。下此雖循途守轍，極意敷衍，終非全璧②。

務頭論

務頭之説，《中原音韻》於北曲臚列甚詳，南曲則絶無人語及之者。然南北於法，係是調中最緊要句字。凡曲遇揭起其音，而宛轉其調，如俗之所謂做腔處，每調或一句，或二三句；每句或一字，或二三字，卽是務頭。古人凡遇務頭，卽施俊語，否則詆爲不分務頭，非曲所貴。周氏所謂『衆星中顯一月之孤明』也。

引子論

出場有引子，或一或二，在過曲之前，每句盡一截板。亦有不用引子，卽唱快板小曲，以代引子者，如仙吕之【醉扶歸】、【皂羅袍】、【望吾鄉】、【青歌兒】、【望梅花】、【解三酲】，如正宫之【醉太平】、【朱奴兒】、【四邊靜】、【洞仙歌】，如越調之【蠻牌令】、【憶多嬌】、【江神子】、【江頭送別】，如黄鐘之【賞宮花】、【出隊子】、【神仗兒】、【滴溜子】、【太平歌】、【黄龍滚】，如商調之【簇御林】、【一封書】、【水紅花】、【梧葉兒】，如仙吕入雙調之【好姐姐】、【六么令】、【步步嬌】、【月上海棠】、【山東劉衮】、【玉胞肚】，如中吕之【駐馬聽】、【駐雲飛】、【撲燈蛾】、【縷縷金】、【麻婆子】、【紅繡鞋】、【馱環著】、【風蟬兒】、【太平令】，如南吕之【節節高】、【一江風】、【呼唤子】、【大硏鼓】、【懶畫眉】。各調皆有引子，獨羽調無一引子，或當借仙吕引子用之。

過曲論

過曲者，引子下第一曲也，無有不贈板者，或皆有贈板，而彼此可互爲前後者。或過曲以下，挨次不可亂，或亦可刪一二，換一二者，或止一過曲，可於本宮隨便接去者。大率按《琵琶》、《幽閨》、《白兔》、《荊釵》諸劇本爲之，或不甚錯。其他本誤接以别宮者甚多，不可不察也。而所爲近詞，亦大略附於過曲，不必更别一門。

換頭論

換頭者，卽前腔，首句稍多寡，以便下板接調。或以換頭誤爲起調，非也。過曲常有第一語便可加板者，以此曲或偶作接調故也。若以此爲第一過曲，必須直起，竟用底板，至於再作前腔，乃始用板，卽不必換頭可也。篇中或【么】或【衮】，大率卽是前腔云云。或有二換頭、三四換頭不同耳。

犯論

犯者，割此曲而合於彼之謂也，采集一名命之。此製曲以後，知音者之事，然未免有安有不安。余以只犯本宮爲便，或偶犯別宮，則音調必稍異，如【醉太師】、【貓兒出隊】之類，只宜直作本曲之名，不必分作犯體。至有犯而失其所自來者，亦然。或有卽犯本宮而不甚安者，亦宜慎用之。

賺論

【賺】卽【不是路】，多有異名，亦多異體，各宮皆有之，然腔不過是，非有異也。譜中或有一宮不載【賺】者，是其失考，疑而闕之也。凡劇到移宮換調，緩急悲歡，必須藉此曲爲過接，萬不可少。至於分名，不必太拘。

尾聲論

尾聲者，遲以媚之也，或名【餘文】，或名【餘音】，或名【情不斷】，總是十二板。凡一曲名或二，或四，或六，或八，或二曲名各二、各四，俱不必用尾。如仙呂之【木丫牙】、【美中美】、【油核桃】、【金鳳釵】、【上馬踢】、【攤破月兒高】、【蠻江令】、【涼草蟲】、【臘梅花】，如大石調之【一撮棹】、【下山虎】、【人月圓】，如南呂之【鎖窗寒】、【太師引】、【三學士】、【針線箱】、【解三酲】、【東甌令】、【望梅花】、【金蓮子】、【香羅帶】、【金梧桐】、【醉太平】，如黃鐘之【刮地風】、【三段子】、【歸朝歡】，如商調之【啄木鸝】、【黃鶯兒】、【簇御林】、【高陽臺】，或二、或四，皆可不必用尾。然大套必用尾。

板論

板有四節，贈板則有八節，如一歲之四時而分八候。聲與氣通，自然之理也。但製曲便有文理，不免加數贈字，贈字之上，斷不可下板。然無贈字，曲便不變，唱者無處作巧；而贈字過多，使人棘口。或以實字作贈字，尤不合律。至於接調，原無贈板，至後必快，若贈字太多，益不可唱，作者慎之。

平仄論

凡諸曲之叶處，平而可以使仄者不多，必能自謳，而或任意用之，無礙也。至每句所定四聲，或於上、去、入統用一仄字代之，此平仄斷不可淆也。且有數曲，上、去亦不可易。蓋上聲之腔，自下而上；去聲之腔，自上而下，大見不同。若入聲作叶，借北音爲腔，不得已也。其或一曲而譜彼此平仄異，則從其當者，毋以愛文字而强置之，致不協調。

韻論

用韻之雜，無礙於謳，然而聲不工矣。『先天』之溷於『監咸』，固不辨閉口與否之異；卽『先天』溷於『桓歡』，爲微開，爲中空，豈一律哉？如『支思』之列於『齊微』，頗爲詩韻所惑。以『庚青』而奸『眞文』，則尤不可解矣。作者須知大齡便用廣韻，不至以險字自苦，亦一法也。

字論

字有五音，爲脣，爲舌，爲齒，爲鼻，爲喉。此外爲撮口，爲滿口，爲開口，爲閉口，爲穿牙縮舌，爲半滿半撮等，尤宜細辨。如『江陽』之收鼻音，九開而一收，否則逸於『家麻』；『庚青③』之收鼻音，一開而九收，否則逸於『眞文』；『東鐘』之收鼻音，五開而五收，否則逸於『魚模』。況一字有三聲，有起，有腹，有尾，古人言之詳矣。至於此韻誤收別韻，賢者不免，吾意歌工盡去其愎，去其傲，則幾矣。

腔論

腔不知何自來，從板而生，從字而變，因時以爲好。古與今不同尚，唯審者之裁取之。改舊作新，翻繁作簡，旣貴清圓，尤妙閃賺。腔裏字則肉多，字矯腔爲骨勝，總期停勻適聽。近又貴軟綿幽細，呼吸跌宕，不必以高裂爲能，所爲時也。

各宮互犯論

犯則新聽。或犯而不考何調，從來相習，仍係本宮，作詞者亦只因之。至明犯別宮，且一曲而三四宮雜者，不可復存本宮，因另載於後，以第一句屬何調領之。至有習用，斷不可少，如【金絡索】、【九迴腸】等曲，聲情俱妙，又似不宜以互犯黜之。如羽調【排歌】之在仙呂，黃鐘【賺】之在正宮，明是錯亂，旣正之矣。

程曲論

舊譜所載，亦似未詳，贈字作正，有板而缺，今更詳明。至於『又一體』等，參差不同，不知其由來，亦姑按古用之。意欲更采新詞，去其俚鄙，未能也。

用曲合情論

凡聲情既以宫分，而一宫又有悲歡、文武、緩急等，各異其致。如燕飲陳訴，道路軍馬，酸淒調笑，往往有專曲。約略分記第一過曲之下，然通徹曲義，勿以爲拘也。

東山釣史識。

【校】

①俊，底本作『俟』，據文義改。

②璧，底本殘，僅存上半『辟』，據文義補。

③青，底本作『清』，據韻部改。

【箋】

〔一〕此文當爲查繼佐撰。任中敏《新曲苑》第二册收録此文（中華書局，一九四〇）。

九宫譜定凡例

鴛湖逸者

一、宫譜，所爲準也。字句一定，四聲劃然。其詞義未醇，初欲取美詞易之，且恐未合，又不便教歌者，仍之。

一、四聲，平、上、去、入之謂也。歌之相習，往往亂之。果平仄協，按聲求之，即平讀而曲在矣。所以音調，千古不沒。

一、曲名，間或有遺漏者，原譜尚失廉考，即容續補。

一、用曲合情，今雖附注，亦大約爾爾。因作者若無入門，聊爲饒舌，解人惟所取擇。

一、本宮接調，不必定挨何曲。然古人所次，妙在接處得聲，故宜略按舊本。若有贈板與無贈板，斷不宜顛倒。

一、點板或活，或字句不同，又或全然不合，亦誤此名，俱算變體，取用唯聲節之佳者。

一、互犯有最協情者，如【金絡索】、【九迴腸】、【醉宜春】之類，斷不可刪，故亦附存。

一、本宮所犯，未詳何宮，仍留本宮，嗣容細考。

一、入聲借作三聲，爲北曲用，南曲偶以爲韻，不得已以北聲便之，後作者萬不宜借韻北字。

一、九宮爲南曲譜，北曲六宮譜失傳，沈子曠獨得祕本，嗣刻。

鴛湖逸者識。

（以上均清初金閶綠蔭堂刻本《九宮譜定》卷首）

音韻須知（李書雲）

《音韻須知》，李書雲輯，朱素臣校，現存康熙二十九年（一六九〇）刻孝經堂藏版本、清刻本（《續修四庫全書》第一七四七冊據以影印）。

李書雲（一六一八—一七〇一），名宗孔，字書雲，以字行，號祕園，泰興（今屬江蘇）人，徙居江都(今江蘇揚州江都區)。以商籍，登順治四年丁亥(一六四七)進士，歷任員外郎、御史、給事中，官至大理寺少卿。康熙十八年(一六七九)，解印歸里，蓄家班自娛。康熙三十年(一六九一)，帝南巡，卽家晉大理寺少卿。朱素臣(約一六二一—一七〇一後)校訂《西廂記演劇》，爲之作序，且由家班演出。著有《奏疏》、《宋稗類鈔》、《問奇一覽》、《音韻須知》、《字學七種》、《伊洛經義訓釋》、《李書雲正字帖》、《瘖歌存稿》等。傳見佶山《兩淮鹽法志》(嘉慶十一年刻本)卷四六、《江蘇藝文志·揚州卷》等。

問奇一覽音韻須知自序

李書雲

揚子雲以淵博絕世，門多載酒問奇，字學固不易也。《易》云：『蒙以養正，聖功也。』字無訛稱，全在蒙童時正之。邇來章句訓詁之師，多係粗淺者流，附會相沿，語句不清，音律不正，加以方隅所囿，平仄不協。童而習之，如白染皂，入之詩詞歌賦，類多乖舛，深可嘆息。蓋緣較試取士，初不重此，卽縉紳中言譚，亦多含糊。遂致『六書』假借、轉注二義，置若罔聞，而聲音釐正，間存一線於梨園，無惑乎操觚家遍天下，識字者寥寥也。

偶閱豫章張氏《問奇集》一帙[一]，析疑辨難，不爲無功。第搜羅未廣，詿誤猶存。適吳門朱子下榻蕭齋[二]，因取經籍中奧僻字及轉音通用者，相與尋繹，隨檢隨筆。又以楊升庵《古字駢音》，賦詩則宗沈韻，塡詞則宗周韻，沿循至今，未之或歧。然以二韻合論，則高安較勝。蓋正四①聲，辨五音，晰陰陽，嚴反切，數百年來詞壇奉爲典章，無庸變亂，居然使天下之音不一而一，衆趨共軌，亦曰吾從衆而已。

茲因《問奇集》成，復及韻學，一以正字，一以正音。二者固不可偏廢。是集以高安爲主，吴興附見於下，賦詩、填詞，一舉兩得。其間舊所合者，今分之；舊所誤者，今更之，則予折衷諸家，畫一以定也。至切韻捷法，已具《問奇集》中，茲不更及。稿就，並附剞劂。雖守轍循途，猶是前人囿習，而於詩詞家未必無小補云。

（南京圖書館藏清刻本汪廷儒編《廣陵思古編》卷二）

【校】

①四，底本作『曰』，據文義改。

【箋】

〔一〕豫章張氏：即張位（一五三八—一六〇五）。

〔二〕吴門朱子：即朱素臣（約一六二一—一七〇一後）。

北曲司南（張遠）

《北曲司南》，張遠輯，已佚。張遠（一六三二—一六九九後），字邇可，號梅莊，又號雲嶠，蕭山（今屬浙江）人。諸生，康熙二十一年壬戌（一六八二）歲貢，會試不第。三十五年（一六九六），選縉雲縣教諭。著有《易經本義發明》、《詩經析疑》、《詩韻存古》、《北曲司南》、《杜詩會稡》、《昭明文選會箋》、《李太白詩箋》、《張遹可集》（含《蕉園集》、《梅莊詩文集》、《雲嶠集》）等。與侯官張遠同時同姓名。傳見光緒《縉雲縣志》卷六六、民國《蕭山縣志稿》卷一六、《晚晴簃詩匯》卷四七、鄧之誠《清詩紀事初編》卷七、錢仲聯主編《清詩紀事・康熙朝卷》等。

北曲司南序

張　遠

曲者，古詩之流也。《三百》後，變爲騷，爲賦，爲樂府，爲歌行，爲古，爲近體，爲詞，爲北曲，爲南曲，體制不同，乃夫諧聲按律，彼此一轍。騷、賦諸體不一，而曲則有譜。曲不按譜，譬彼問津卻舟，求濟其道無由。

間閱《嘯餘》北譜，句舛音乖，踳駁實甚。徧索元劇相校核，見其變原本，逗破句，混襯字，失通韻，龐亂紛拏，不勝覼縷。緣是，不憚勞苦，參訂異同，定爲譜。語其大略，有格律一定者，有字句不拘者，有一調異名者，有調同意異者，有音調合一、彼此兼收者，詳載譜中，可考而知也。

既卒業，命歌者按其拍，爲之歌黃鐘，美哉音龐乎厚矣；歌宮①，端重而不佻；歌正宮，雄之甚；歌仙呂，其聲疏越而清新；歌中呂，抗如隊如，何其鬱以紆也；歌南呂，慨兮慷，一似重有憂者；歌雙調，健而捷，裊而激，有幽并之遺風焉；歌商，怨矣而不怒；歌越，婉而曲，泠然善也；歌大石②，其爲聲也藴藉而多風。此其大較也。

少選爲之，歌道宮，飄以忽，往而復，仙乎仙乎？歌小石，嫵以媚；歌般涉，軋者扎，蘧然奮矣；歌歇指，嘽以緩，鏗然有餘音；歌高平，愴乎悲，有遺憾；歌角，嗚嗚然，喔喔然，吾不忍聞此聲也，歌者越度而起。

若此者，有正宮，有正調，有移宮，有換羽，有變商、變角、變徵。請事斯譜，是在知音。若夫南北逕庭，相去萬里，南譜之訂，俟諸異日。

（中國國家圖書館藏清康熙間刻本張遠《梅莊文集》不分卷）

【校】

①『宮』前，疑有脱字。

②石，底本作『呂』，據文義改。

新定十二律京腔譜（王正祥）

《新定十二律京腔譜》，現存康熙二十三年甲子（一六八四）停雲室原刻本，《善本戲曲叢刊》第三輯、《續修四庫全書》第一七五三冊據以影印。

王正祥，字瑞生，别署友竹主人，室名停雲室，茂苑（今屬江蘇蘇州）人。著有《新定十二律京腔譜》、《新定十二律崑腔譜》、《新定宗北歸音京腔譜》、《新定考正音韻大全》、《新定重校問奇一覽》等。

新定十二律京腔譜序〔一〕

王正祥

原夫六經皆載道之書也，（中略）而欲居然爲詞曲之儀型也，不亦難乎！①若夫《南音三籟》，雖能博采聯套，而其不可宗者，在乎兼存岐路；《南詞新譜》，雖能較查犯調，而其不足取者，在乎偏論旁枝。皆非所以爲《九宮》補過而適足爲《九宮》滋弊者也。然則《九宮》之固陋如是，而通行已久，亦獨何歟？蓋幸也譜中有崑板存焉，所以塡詞之士，奉爲章程；歌曲之儔，遵爲模範耳。殊不知雖定其板，未辨其腔，其於審聲，以知音之說，亦已不可問矣。協律之謂，何忍令其紊雜如斯乎？乃若弋曲之與崑曲並行也，實行於未有崑腔之先，於今爲盛。詞隱自藏其拙，竟不能定板核腔，而後人亦無有能著弋譜者。無怪乎世俗之弋曲，以信手之板爲板，而以信口之腔爲腔者也。頹波泛濫之下，不有砥柱於中流，詎不爲詞壇欠事耶？

予不自遜，因欲成一弋腔譜，蓋以從前之所未有而亟爲指南也。但詞曲一道雖非古樂矣，而不得不以五音十二律定之。蓋五音各異，其於分貼十二律，最爲詳確。如春行木令，而太簇、夾鐘、姑洗皆宜屬角焉；夏行火令，而中呂、蕤賓、林鐘皆宜屬徵焉；秋行金令，而夷則、南呂、無射皆宜屬商焉；冬行水令，而應鐘、黃鐘、大呂皆宜屬羽焉。惟土令分旺於四時之季月，是則姑洗、林鐘、無射、大呂俱有宮音也。然而應鐘爲陰將盡而陽生之始，故其律實爲變宮；蕤賓爲陽已盡而陰生之始，是徵也，而實爲變徵矣。黄鐘乃一陽初動，本屬於羽而旺於四季，故又得宫音之名也。

予今所定新譜，惟以曲腔之低昂揚抑而細爲審度之，分其門，别其類。若者爲陽生之曲，則宜歸於黄鐘也；若者爲陰生之曲，則宜歸於蕤賓也。其他如由一陽而至於過盛，由少陰而至於當復，皆以曲情之若何，而體認精明以分晰之，使歌聲者領會於其間，自不致出入乖違也。

曲類既别，後正曲體。定其一定之板，分其各異之腔。不襲夫古法，不狃於偏見，較核精詳，名曰《十二律京腔譜》，蓋即子輿氏所謂『不以六律，不能正五音』之微意也。至如《音韻大全》，則切音精晰，分合得宜也；《問奇一覽》，則注釋詳明，典故兼備也。是亦有心詞學之一助也，均附譜後，不亦宜乎？卷次既列，因欲申明予所以定譜之意，故更贅數語以序之。序之者，有得於心而紀之也。

時康熙歲次甲子仲冬長至前一日，友竹主人題於黄山梵室。

【校】

①本序以上文字，與王正祥《新定十二律崑腔譜序》（見後）除一處異文（見《崑腔譜序》校記）之外，完全相同，彼全録，此略。

【箋】

〔一〕本序與王正祥《新定十二律崑腔序》文字多同，只末尾部分稍異，兹録該部分。

新定十二律京腔譜總論

闕　名〔一〕

堯民鼓缶而歌，夷斯一唱三嘆，歌唱之所由來也舊矣。自《卿雲》有歌，以成揖讓；《箕山》有歌，以成隱逸。厥後《麥秀歌》、《滄浪歌》、《龜山操》、《蟪蛄吟》，皆古人感其遇而暢其心之所欲言耳。《傳》曰：『子與人歌而善，必使反之，而後和之。』韓昌黎云：『燕趙多感慨悲歌之士。』則歌之大義，唱之所從出也。夫曲之藉乎絲竹相協者曰歌，一人成聲而衆人相和者曰唱，古人所以別歌唱之各異也。歌之聲也，柔和委婉；唱之聲也，慷慨激昂。古之樂府歌章，院本源流，規模已列。

迨乎有明，乃宗其遺意，而崑、弋分焉。崑曲之相傳也，猶賴有諸詞名家，如高則誠、唐六如、沈青門、梁少白輩，較羽論商，而腔板始備。若夫弋曲之失度也，則其音雖存，而知者鮮矣。嘗閱《樂志》之書，有唱、和、歎之三義：一人發其聲曰唱；衆人成其聲曰和；字句聯絡，純如繹如，而相雜於唱和之間者曰歎。兼此三者，乃成弋曲。由此觀之，則唱者即起調之謂也，和者即世俗所謂接腔也，歎者即今之有滚白也。精於弋曲者，猶存其意於腔板之中，固泠然善也。無如曲本混淆，罕有定譜。所以後學惘憒，不較腔板，不分曲滚者有之；不辨牌名，不知整曲犯調者有之矣。夫崑、弋既已並行，而弋曲之板既無傳，腔多乖紊，予心愍焉，而忍令其蕩廢如是乎？爰操三寸不律管，而孳孳焉從事於不容已也。夫平章風月，檢點歌聲，誠非予事。然而際茲盛世，賡歌吁嘆之餘，正不妨考律研詞，而神遊於羲皇以上也。

顧弋曲蕩廢如是，而一旦以爲己任，果何從而定乎？予則屏去北曲之六宫十一調等名，而以月令之全律定之。蓋以曲既分爲南北，所以變其成法，即如整衣者必挈其領，而得手應心之道在是矣。十二律既定，而閏月律附之。至於各律之外，更別其爲通用、附錄、犯調，列此三等之曲，皆名曰『調』。予蓋以月令之目次而定諸律之曲，所以改《九宫》之按律未全也。分別曲腔之相似者，合爲一律，所以較《南詞新譜》之爲《九宫》翻案，而究致紊曲紊雜也。曲體則考核之而歸於一格，襯字則刪去之而止存正文，所以改《九宫》之曲文字句不一也。聯套則品第之，兼用與慢詞、緊詞則條分之、縷晰之，所以正《南音三籟》之爲《九宫》補過。而猶有重載同一牌名之曲也，重句止按通行而不循其舊格，牌名整犯無混，引、尾聯屬成章，所以改《九宫》之乖謬而無倫次也。曲有與各律俱不相似者，則另歸一調，所以正《南音三籟》之復蹈《九宫》之前轍，而不辨岐音也。曲有流通取用者，則另歸一調，所以正《南音三籟》之尚守《九宫》之鄙見而不知變通也。曲有未經通行者，細爲選擇，於其間載之而不遺，所以較《南詞新譜》之既爲《九宫》輔佐，而又無匡救之術，卒致混雜遺漏也。犯調所犯句數，考對確當，而犯之不能自然與夫任意牽合者，概不濫收，勉强注疏者，即爲重核，所以較《南詞新譜》之既爲《九宫》演派，而徒多蔓延之葛藤也。無所可用之曲不堪入選者，概爲刪除，所以改《九宫》之僅存虛名也。如是參考，罔或缺略。乃又從而慎選其詞，必求其曲體正格，以便行於今，以便傳於後。

是譜也，不謂之弋腔譜，而謂之京腔譜者，言非世俗之腔所可同年語也。蓋庶幾哉塡詞家有所宗矣，高唱者有所法矣。一切臆見紛紜、妄爲聚訟者，與夫隨意下板、信口成腔者，亦可憬然如有獲矣。而予前此之愁焉不安者，今始快然無憾也已。律之既定之，予豈樂爲之問世哉？或名山藏焉可也，或枕中祕焉可也，置之座右而爲娛心志之一助焉可也。然而吾知其必不能藏之、祕之，而止自娛者也，則知我者，其惟此《十二律京腔譜》也！

【箋】

〔一〕此文當爲王正祥撰。

新定十二律京腔譜凡例

闕　名〔一〕

一、詞隱《九宮》，茫無定見，乃竊取北曲宮調，强爲列次，又且舛錯不倫。殊不知北曲宮調已屬效法，乖謬既定，《南曲全譜》豈可襲其陋習？予今所定新譜何所憑，而定乃盡善乎？予思曲乃樂之緒餘，言樂者自不能舍五音十二律而他求也，今以十二律合五音之宗旨，以分諸曲部之紀綱。全律既定，又定閏月律，以敍與各律俱不相似之曲。蓋太簇以迄大呂，一歲推遷，人所易辨也。然而此譜之自黄鐘始者，何也？一取其天統以肇基，一取其一陽初動，爲詞音發源也。六律屬於陽，六吕屬於陰，但云律而不及吕者，陽兼乎陰之意也；但云十二律而不及閏律諸調者，名既正而言自順也。

一、凡音有五，宮、商、角、徵、羽是也。宮爲土，爲君，附於月令之姑洗、林鐘、無射、大呂，其聲也典雅沉重。商爲金，爲臣，合於月令之夷則、南呂、無射，其聲也嗚咽悽愴。角爲木，爲民，合於月令之太簇、夾鐘、姑洗，其聲也富貴纏綿。徵爲火，爲事，合於月令之中呂、蕤賓、林鐘，其聲也雄壯激昂。羽爲水，爲物，合於月令之應鐘、黄鐘、大呂，其聲也輕清隱逸。更如應鐘爲變宮，陽將盡而數當變；蕤賓爲變徵，陰復始而數當變；黄鐘爲一陽初動，屬於子亦附於宮。此即十二律呂分貼五音之本原，其他如隔八相生。所論黄鐘爲宮，太簇爲商，姑洗爲角，林鐘爲徵，南呂爲羽，蓋黄鐘乃一陽初動，君象也；太簇爲春之首月，庶職初舉，臣也；姑洗爲春之季月，農工伊始，民也；林鐘爲夏之季月，耕耘孔亟，事也；南呂爲秋之仲月，萬有告成，物也。此等疏解，頗稱切當，然其所詳者，不過言及君、臣、民、事、物之大義而已。至於《璇璣》、《玉衡》，其説本之於《書》；《河圖》、《洛書》，其説本之於《易》。暨及所云『隔八相生』之説，則又諸子相傳，以爲如是。雖皆配合律呂，各有圖識，然其所指證之處，專在天文，實與論樂一道，俱無干涉也，因而概不細載。兹譜中各律之内，俱按五行之陰陽升降，而以各曲分析於其間，蓋亦審之至精而辨之至微矣。

一、弋腔之名何本乎？蓋因起自江右弋陽縣，故存此名，猶崑腔之起於江左之崑山縣也。但弋陽舊時宗派，淺陋猥瑣，有識者已經改變久矣。即如江浙間所唱弋腔，何嘗有弋陽舊習？况盛行於京都者，更爲潤色，其腔又與弋陽迥異。予又不滿其腔板之無準繩也，故定爲十二律，以爲曲體唱法之範圍，亦竊擬如正樂者之『雅頌各得其所』云爾。況乎集衆美而歸大成，出新裁而闢鄙俗，則又如製錦者之必求其華贍也，尚安得謂之弋腔哉？今應顏之曰《京腔譜》，以寓端本行化之意，亦以見大異於世俗之弋腔者。

一、定律之大意，雖出新裁，而敍曲之有法，原宗舊派。蓋京腔故老所傳來派，其腔板雖非畫一，而曲音儘可入耳。故譜內一律之曲，以其音調彷彿者，以類而敍。即如【長短拍】之與【排歌】同律，【獅子序】之與【宜春令】同律，豈有毫髮之舛錯乎？可見京腔乃詞曲正宗，而定律者非有矯强於其間也。若夫《九宮》所分宮調，一宮之中，曲音高低不等；一調之內，曲情徐疾不同。此皆敍曲失於考核，詞家又無所權衡，刻意奉爲成法，以致一齣之中，音調參差，豈不爲知音者長嘆息乎？今兹譜內所敍之曲，最爲詳慎，原不與《九宮》之敍法相同。由此觀之，即以崑腔而論《九宮》亦不可宗，愈見《京腔新譜》爲不可少，而此譜之既成，誠可爲知者道也。

一、京腔詞曲，雖通行於外者，每有混淆字句，此無他故也：一則淺學詞人，未能究心於其間，或損或益，漸失曲體之眞，而歌聲者識見不廣，亦竟不爲之探討，而强諧腔調，甚至以襯字認爲曲文，滚白混入詞句者，謬而又謬，皆因無譜相傳之故也。夫曲文之中，何句不可用襯？然而論其正體，何嘗有一襯字？即如五言絕、七言律、詩餘諸調令中，豈有一字之襯乎？京腔無譜，所以混淆如是，而崑腔現有《九宮》，而襯字多寡不一，並無一定之格，豈可爲詞學典章？今特查明各曲，字眼之過多者，即係襯字，而爲減去，字少者，即爲添準，斯爲全璧而可傳矣。又如《九宫》中有襯字之曲，儘有不必去襯而連襯爲曲者，如【紅衲襖】一曲，《九宫》之『丈人行』一體，若再去其襯字，則字句短促，腔調難於舒展。兹故將『吃的是煮猩脣』一體，並襯字而合正文，以成【紅衲襖】之正格，庶使情文兼備，腔板相協，永垂模範可也。此又於務必去襯之外，而又有此以襯入曲之例也。

一、古傳奇中，即如《荊》、《劉①》、《拜》、《殺》，其中曲文，句頭、襯字多寡，猶可不較，蓋彼時並無曲譜之故也。乃《九宫》既定之後，尚有二曲同名，實則句頭多寡不等。如【博頭錢】一曲，《金印》之與《臥冰》，大不相同。查《金印》之曲通行，《臥冰》者不可爲法。予則概取其通行，不必存『又一體』之説也。所以譜中之曲，止取一體爲格，而將『又一體』之字句多寡、平仄背謬者，或另改其名，如【小桃紅】之又一體改爲【小紅桃】，【五韻美】之又一體改爲【五美韻】是也。如是又或查明句頭之所犯何調，而存於犯調之中，如【太師引】之又一體改爲【太師令】，【漁家傲】之又一體改爲【漁家挂山燈】是也。如是考核妥切，以便後之好學深思者，凡遇舊本傳奇，每有一樣牌名而曲文各别者，不妨按律而更改之，蓋止正其曲體，而無礙其詞藻也。又如《九宫》之曲，旁分注平、上、去、入，亦爲畫蛇添足。夫曲體之文，平仄已列，何必另外附及？况若不識曲文之平仄，安敢填詞乎？兹譜概不載及，以礙行款。

一、前人所著聯套之曲，接續得宜，排場始覺接洽。《九宫》無聯套之曲，亦無緊慢之分，豈非詞部缺陷？觀其過曲、慢詞、近詞之名，皆係院本、雜劇、隊舞、細舞、絃索官腔，以及各方俗尚所記曲名，此乃北曲源流，無關南曲之體也。大抵聲音之道，與時偕行，即使清廟明堂、郊社雅奏，而時移世改，亦有變更矣，孰謂詞曲而可仍舊貫乎？乃若《南音三籟》，雖有聯套，其所分宮調，亦按《九宮》偏見，殊未妥叶。況其所載聯套，每將一套之曲，截及兩套曲文，或選於傳奇，或選於時曲，甚至截及三四套不等者。彼不過欲分天、地、人三等詞曲，以爲評章高下之計耳。殊不知選曲不論其詞華，但取其當行可法、平仄相宜，以便於歌唱而已。如有俚鄙之曲而可以爲曲體者，即當錄用。苟非然者，即字字珠璣，行行錦繡，而於曲體正格，實爲背謬，又何足取？即如湯臨川『四大夢』諸作，詞語隱僻，而於曲律一道，全然不諳，世俗以爲拱璧奇珍，妄加歎賞，而有識者視之，不啻如覆甕之需耳。況乎選曲以爲法則，原不專重詞華，如但以其文采流麗而選之，則藝林充棟，文翰如林，何書不可入選，而乃沾沾焉必以劇場歌唱之備爲耗費心思之具歟？是其識見不廣，學問卑靡可知，而不爲大方非笑者幾希矣。且其兼用之與單用，一概不辨，凡在必需之曲，未能詳載，此又較之《九宮》而更不如者也，豈可爲度曲之津梁也？至於彼所取『三籟』之名，先已失體。夫籟乃因風成韻，天地間自然之音。如天籟者，風聲動也；地籟者，草木萬物爲風所撼也；人籟者，言語喧囂、自遠而聞於近，無非風之所從來也。若夫詞曲，皆由脣齒間出之，又安得以籟爲比擬乎？更查《南詞新譜》，亦無聯套，其舛錯與《九宮》相類，其固陋與《三籟》依希。災梨禍棗，俱無取裁，予所以掩卷而不勝三嘆也。茲譜敍明聯套，以便詞家取用。今故先列次序，以定聯套規模，以見某律某調之中，有此幾套也。次定目錄，以查曲體名數，以見某律某調之中，有此幾曲也。但各律各調所載，每有一二套數，其中所用之曲，大同小異。卽如【園林好】爲首，而套内有【江兒水】、【玉交枝】等曲；亦有【沉醉東風】爲首，而套内亦有【江兒水】、【玉交枝】等曲。諸如此類，若將曲文按套全載，則恐猶是牌名，而曲文平仄稍異，猶非定格矣。況乎猶是一曲，除止宜套數中用，止宜單用之外，更有套數、單用俱宜者，用處雖有不同，而曲文字句，無非一格，所以不必重載。無論套數、單用，總之卽查一曲之體，以爲法則也。至若所敍聯套、牌名，寧敍其全，概不減省。或者劇場聯絡之處，不須用及全套者，自可於中少爲減去一二，但不可以不在套内之曲而添入之也。今各律各調所敍曲體，先敍聯套，再敍兼用，更敍慢詞，終敍緊詞，總無重載，以辨曲文之定格也。十二整律，一例而敍。惟閏月律，止有慢詞曲體；通用調，皆通用曲體；附錄調，無兼用緊詞曲體；犯調，無緊詞曲體。種種區別，俱具深思。

一、京腔獨無點板之曲譜，以致今人隨意下板。夫西調小令尚有一定腔板，豈南北通行之曲，而獨無一定之腔板乎？然則京腔舊唱，自信有板，而問其板則漠然不知；信口成腔，而究其腔則惘然無本。舊派唱頭，止將一二偶然走板出調者，恣意譏評。殊不知整曲尚無準板，何獨以此相糾？是不知大綱而專求小節者也。卽如曲中【園林好】，乃各本傳奇皆有，伶人常唱之曲。而《尋親》之『念卑人』，唱頭則有似【解三酲】；《琵琶》之『兒今去』，唱頭又似【風入松】矣。猶是一曲，唱頭各異，豈非腔板無傳之故歟？今將各曲點定其板，以示一定成規。更計曲中每句末字，乃是詞句段落②之處，應當止點。頭、腰、底三板者，逐一點明。倘或遇此一字，乃是上、去二聲，則較之平、入二聲字，其腔稍長，而板數難以盡載。如欲與行腔比例，而唱又覺稍短。茲於譜內，凡遇句頭之上、去二聲字，但點一頭板，而注一短豎，有如—式，以明其不拘板數也。更如一律之中各曲，末句幾字不等，而臨了板數則一。今將諸律曲終，不論句段，止取末句幾字點定。一樣模範，惟有臨了一字，止點頭板，不點腰、底，亦不點上、去之一豎者，何也？蓋因或有聯套牌名，暨及其二牌名之接板者，常有不用前曲臨了一字腰底之板，而板數多寡難以一概而定也。更計凡在一律之曲，以其曲終臨了幾字板數相同之故，皆以○爲式，而先爲點明於某某律首篇綱領之下。其通用調、附錄調，各種之板各異，又不與以前各律同論。若夫犯調之板，例遵整曲句頭，查明某句，一例而點，故不贅及。至於所定全譜之板，一定慢唱者，止載一曲之曲文，而點明慢板。更有一等之曲，每有其一、其二皆唱慢板者，曲中板數雖同，而惟獨首句唱法有所不同。蓋其一之首句或者無板，而其二之首句一定有板，是以不得不辨。今茲譜內，凡有應當兩曲皆慢唱而無換頭者，查其首句無板者，止載一曲，而將首句雙行載之，各自點明其板；如首句業已有板，則不必雙行載矣。若夫聯套之曲，乃是一定規模，所以不必載及。緊板若遇兼用、單用之曲，或情景不同之處，未可與聯套一概而論，必有緊板慢板各別者，故必將前詞重載之。而點明緊板，卽於前詞之下注明『緊板』二字，猶之崑腔之『有贈板』、『無贈板』之說也。更如有換頭者，則必另寫一曲，以見換頭之起句不同也。除換頭幾字另點板數外，以下曲文字句與前詞相同，亦有照前一例而點，然亦有另點一種板數者，何也？蓋因曲文既爲换頭，不妨亦换其板，使伶人另成巧腔耳。如是分析妥切，而定板之苦心可知矣。

一、譜内之曲，皆以京腔唱爲正格，而或間有可以崑腔唱者，如【朝元令】、【二犯江兒水】、【賽觀音】、【人月圓】之類，若用在宴會同場，原可京腔唱；若用在起兵演陣之處，全以威武取勝者，必須崑腔唱，庶使樂器相助而便於排場。以故凡遇此等之曲，雖點京腔板，而於牌名之下注明『亦可點崑板』五字。又如緊詞之曲腔，本來短促難以成其妙音，故此斷不可與京腔板之曲同列。況點綴排場，正需此等小曲，以便接續劇場上下，原不必京腔唱也。所以各律之有緊詞者，皆點崑腔板。

一、板既有定，則腔調亦當區别，而曲乃大成。兹將腔分三種：曰行，曰緩轉，曰急轉；調分三種：曰翻高，曰落下，曰平高。行腔者，句頭之中，下餘兩三字，則於其間頓挫成聲，故謂之行腔也。緩轉腔者，曲文句頭，止餘一字，勢在難行，而其腔又纍纍乎如貫珠者，然於斯時也，必擊鼓二聲，以諧音調，故謂之緩轉腔也。急轉腔者，曲文句頭，止餘一字，而其腔亦僅不絶如縷，腔宜急轉，乃可收聲，二聲之鼓可以不擊，故謂之急轉腔也。翻高調者，從低唱而至高之謂也。落下調者，從高唱而至低之謂也。平高調者，從高唱而至本句之終之謂也。以上各種，分疆别界之處，若不注明，恐無所辨。若欲於曲中字旁，詳明注疏，奈爲行款、字句所限，難以羅列。兹故概以圈、點、豎分析之。如遇‖式者，行腔也；●式者，緩轉腔也；●式者，急轉腔也；○—○之式者，翻高調也；○—○之式者，落下調也；——之式者，平高調也。又計諸律曲腔，各有相似之曲，此亦如引、尾之有統轄也。各律表明相似，以便後學易知。又恐一律之曲，頗有世俗未經通行者，故獨舉人所共知之一曲，以示本律之曲，其腔大約類此。如黃鐘律曲腔皆似【二郎神】，大呂曲腔皆似【八聲甘州】也，所謂舉一可以概百也。若夫當行、當轉，與夫宜翻、宜落、宜平各律，俱有不同之處。每有高低一調而收者，又有由高而就高者，更有由低而就低者，又有無行腔者，亦有無緩急轉腔者，更有無翻高、落下、平高等調者。十二整律與閏月律，種種不一，故爲逐一注載於某某律首篇綱領之下。

一、論滾白，乃京腔所必需也。蓋崑曲之悅耳也，全憑絲竹相助而成聲。京腔若非滾白，則曲情豈能發揚盡善？但滾有二種，不可不辨。有某句曲文之下，加滾已畢，然後接唱下句曲文者，謂之加滾。亦有滾白之下，重唱滾前一句曲文者，謂之合滾。然而曲文之中何處不可用滾？是在乎塡詞慣家用之得其道耳。如係寫景、傳情、過文等劇，原可不滾；如係閨怨離情、死節悼亡，一切悲哀之事，必須暢滾一二段，則情文接洽，排場愈覺可觀矣。今茲譜內諸曲，用滾關鍵，概不拘定，以見是曲可滾，而宜加宜合，惟精明詞學者量度而用之。予又謂凡著傳奇，宜於曲文段落③之處，或用四六詩句，或用長短文法語句聯屬，近情切理，不拘幾段，雙行另載於其間。在京腔卽作滾白用，卽使崑唱開演，亦可作賓白用。或者嫌其太繁，詞家寧可全備，使後人自可酌量刪改。至於滾白之界限，既可通融，而句數長短，亦無一定，所以板數多寡，亦無一格也。若夫合滾之後，再唱前句曲文，則此句曲板又不同前唱之板矣。亦如滚白一例，隨聲下板可也，故不另載板數。

一、查《九宫》曲文，有重句處，似乎一定不移。然而京腔唱頭，但要腔板相協，可重則重，不必拘定古法也。卽以崑腔而論，如【雙聲子】之九句、十句，《九宫》皆有重句，而通行則不重唱。【入破】套内，並無重句，而通行必須重唱。由此以知重句之不可拘泥也。今於各律各調之曲，逐一較閲，如遇應當重唱之句，正文雖無此格，唱頭則有此體，重之可也。如遇《九宫》雖重，而通行之京腔、崑派皆不重唱者，譜内概不重載。

一、天道有盈虚消息之數，故閏月所由成。譜中另有一種之曲，其音與十二律各不相似者，如【鎖南枝】、【孝順歌】之類是也。卽以崑腔論之，每遇此等之曲，笛音相和，必須出調而唱。至若京腔，唱之於收腔末字等處，另須泛出一調，乃得其音之正，所以有異於諸曲也。惟其有異於諸曲，故於整律之後，置一閏月律，以敍此等之曲。

一、曲中如【紅衲襖】、【不是路】、【入賺】、【鷓鴣天】之類，諸套曲文，前後俱可取用。《九宫》必分列於某宫，甚矣其不知通融也。茲譜内將此等曲以類敍之，另成一卷，謂之『通用調』。調之云者，蓋云律外之曲，以備各律通行取用之選也。但本調曲腔，不能如一，亦有崑板者，亦有無板者，今爲分列點明，以爲詞部取裁而已。其末句幾字之板，亦不能歸於一格，所以不比以前諸律而詳載也。

一、詞隱所訂《九宫》，未能索本探原，所以止定崑譜，而且尚有遺漏之曲。如【漁燈兒】一套，雖爲北調宗派，而準作南曲，自露綬《水滸》用之，膾炙人口久矣。何以《九宮譜》中與《南詞新譜》，皆不載入？予細審其音，原可京腔唱，何忍棄置？但其曲腔與諸律以及通用，又不相似，故另行敍爲附錄。而亦名之曰調者，外之之辭也。然調中之曲，不無拗體，未免板數多歧。所以末句幾字之板，亦不能歸於一格，亦不比以前諸律而詳載也。

一、《九宮》更有未點崑板之曲，詞人視爲虛器。予爲於中采擇，點明京腔板，而亦歸於附錄調。但此等曲體頗拗，偶有幾句稍似某律者，卽於牌名之下注明『稍與某律相似』。然不附入本律者，何也？蓋因曲係變格，不可混入各律也。此調將【河傳序】等類，列爲聯套，其【疊字錦】、【漁父第一】等曲，敍爲慢詞，以見崑腔無板之曲，茲亦可傳，不使滄海遺珠耳。

一、查【雁魚錦】一曲，其中句頭所犯各律最多，崑腔以爲犯調而敍之。及至逐一考較，頗有不貼切之句，不知所犯何調也。若欲徹底較正，勢必添減字句，此亦何難。然而京腔舊派《思鄉》全劇，加以滚白，通行已久，似無庸損益其詞也。茲故連曲帶滚，仍存舊名【雁魚錦】，而不必糾其雜犯。然而此曲既不可混在整律、閏月，又不可入於通用、犯調，置之附錄，殊爲得所。又查《綵樓·祭竈》之【銷金帳】、【霸陵橋】二曲，頗堪入耳。但其句數長短，與曲體甚是不同，疑爲曲中帶滚，以致越格耳。若欲棄之，又覺可惜。今查《詞林萬選》，乃知此二曲卽詩餘之【春霽】、【秋霽】也。今正此名，而錄其《封神》之『暗想』、『慈親』二曲，亦存爲附錄，以定楷模。

一、犯調之曲，《九宮》有分爲本宮犯，以及各宮互犯者。夫曲文既犯，何必强爲分別？況詞曲而至犯調，無非學士騷人遭興炫才，以發難端，於歌者原非詞曲正體。而《九宮》每將犯調各曲，或相雜於整曲之間，或妄置於某宮之後，皆不得其宜也。至於《南詞新譜》，務以多集犯調爲能事。夫展轉湊泊，犯之不已，將來何所限量，豈能是犯皆收？況其所注句頭，亦有不叶之處，何以服衆？兹譜録及犯調，止爲采擇其通行可用者，或接筍吻合如無縫天衣者，或聯絡成章如一氣呼吸者，始爲重較所犯某曲某句而選入之。至於敍曲之法，亦查其可以聯套者，敍明前後聯成套數。其他如兼用、慢詞，亦如各律各調之例，挨次敍之，但無緊詞耳。若夫犯調之板數，以及三種腔調，俱查所犯某曲第幾句句頭，遵依整曲，一例而點之，一例而詳載之。更如整曲曲終，常有重唱之句，但犯調所取句頭，俱在曲文之中，難以重唱，故並無重句，而惟獨末句當重則重，以故每有重句。蓋亦遵定各律各調之整曲，一例而收聲也。

一、查《九宮》犯調，曲内所注犯及某曲之某句，儘有並無本曲者。如【月雲高】末二句，注爲犯及【渡江雲】，而《九宮》全部並無【渡江雲】之曲；予則核其字句，實與【駐雲飛】末二句相合，今注爲犯及【駐雲飛】可也。又如【錦庭樂】所注第五、六、七句，注爲犯及【滿庭芳】，而《九宮》全部止有【滿庭芳】之引；予則辨其無本，歸爲整曲而敍可也。又如【金絡索】末三句，注爲犯及【寄生子】，而《九宮》全部並無【寄生子】之曲；【三换頭】第四、五、六、七句，注爲犯及【蠟梅花】，而細查本曲，並無相似句頭；予則各歸爲整曲，以類而敍可也。又如【風雲會】、【四朝元】以及【漁家燈】等曲，據《九宮》小注所犯與各曲句頭比對，甚不貼切，予乃考較允協，改其名爲【水柳圍橋】、【江風令】者有之，改名【兩紅燈】者有之。蓋核實其所犯某曲句頭，而不得不改其名也。諸如此類，《九宮》概名犯調，予所以改正之。至若《九宮》整曲之又一體，亦有詳核句頭而歸於犯調者，予於較正曲體一例，言之詳矣。

一、曲之有引，自宜冠在曲前，然一律有一律之引，各有聯屬，如黃鐘之引，不可用於大呂曲前是也。是譜將各律之引，各敍本律之首，使引得其所而不相奸，所以提綱挈領也。其通用、附錄、犯調，俱無引。

一、詞家易視【尾聲】，隨筆而書，未嘗不諧絲竹。殊不知一律之曲，自有一律之煞，平仄上下，分別最微，如應用【尚輕圓煞】者，不可用【情未斷煞】也。兹將各律之煞，考核妥切，止列平仄之式，概不載及句語，亦爲分派詳明。凡有一律，卽將本律之煞附後。至於通用、附錄、犯調，既無其引，所以亦無其煞。

一、引、尾之用十二整律，以及閏月律，既各分別矣。若夫通用、附錄、犯調，劇場詩句上下，原可不必引、尾，或者排場、局勢，亦須引、尾，則當如何？曰：有道焉。通用、附錄，可視本劇緊慢若何，而於十三等引、尾之中，選擇借用。至於犯調，卽視所犯某律句頭多者，卽查某律引、尾用之，以示不忘水源木本也。

一、《九宮》附載之曲，除可以京腔唱者，虛衷遴選，點明京腔板外，更有如【雌雄畫眉】、【山東劉衮】、【三十腔】之類，板既難明，腔亦難辨。予嘗反覆討論，終不能以諧音調，猶如異域瑰麗之物，莫得而識之也。或者世有周郎，必欲使之成聲，則《九宮》具在，較之可也。茲譜删而不載，勿使傳信之書，更令人傳疑耳。

一、查《九宮》之【番竹馬】、【玉劄子】、【道合】三曲，按其腔調，無論崑腔、京腔皆有，似乎北調。茲故删去而不存，以見傳奇中遇此三曲，皆當北唱也。如欲查此三曲之崑板，則亦考之《九宮》。

一、按《中原音韻》久爲詞曲權衡，然其中亦有岐音紊雜，殊不諧於歌唱，亦予所歉然者也。況其一韻之中，儘有可分爲二者，或二韻、三韻，可合爲一者。今爲考核字音之母，因悟衆音之正，不能自祕，因將各韻改移。音有各别者，分之部伍，安其所也；音有相似者，合之位置，得其宜也。務使罔或游移，無相越俎。而更敘明先陽後陰，更其名，正其義，加之以切音，按之以次序，另成全帙，以附曲部之後，亦以見書必同文，而不爲偏隅異域聚訟饒舌者之所惑也。此其間有至理存焉，故名之曰《音韻大全》，非獨塡詞歌曲者所當知也。

一、字有音，音歸韻，韻中遇有鼻音、滿口音、撮口等音，在崑唱者或致不辨，而京腔所唱，人人皆知，是以概不贅注。惟有閉口音最易誤認，是以不得不辨。今茲所定《音韻大全》，有『嚴兼』、『吟心』二韻，乃閉口音也。譜内一應曲中，如遇此二韻中之字，皆於字外加圈，使人觸目會心，以寓考核精詳之意。

一、四方音有不齊，故韻或稍異。前人塡詞，皆按《中原音韻》，尚且不無臆見參差，多致出入者，如『齊微』偶借『支思』、『魚模』濫混『歌戈』之類，亦姑存其曲而不爲較正。蓋《中原音韻》本不可宗，而予既定《音韻大全》，識者自能遵奉，所以不必苛求舊曲之舊韻也。

一、嘗閲豫章張氏所著《問奇集》，其中考較字音，有一字而數音者，以明各有所宜，誤讀諸字，以正前人之咎，異音駢字，以警習俗之非。凡在留心學問者，不可不知；而填詞歌曲之人，尤不可不解也。予因其藍本，而更爲探討。於其間援據確典，附彙成書，以備參考。至於原集所載怪誕諸字，自有《字彙》、《海篇》可查，兹故不錄。若夫切韻捷法，猶屬未妥，各方鄉音，何庸比對，分毫字辨，人所易知，凡此三者，皆不具載。

（以上均中國國家圖書館藏清康熙二十三年甲子停雲室原刻本《新定十二律京腔譜》卷首）

【校】

①劉，底本作『流』，據戲曲名改。

②落，底本作『絡』，據文義改。

③落，底本作『絡』，據文義改。

【箋】

〔一〕此文當爲王正祥撰。

新定十二律京腔譜題識[一]

闕名

京腔盛行，惜無曲譜。兹故選曲歸律，定其腔板，更附《考正音韻大全》、《重較問奇一覽》，彙成全帙，並付梓人，誠詞壇之寶筏，而亦曲部之指南也。

（中國國家圖書館藏清康熙二十三年甲子傳雲室原刻本《新定十二律京腔譜》卷首書名頁）

【箋】

〔一〕底本無題名。

新定十二律崑腔譜（王正祥）

《新定十二律崑腔譜》，南北曲曲譜，清王正祥編纂。現存康熙二十四年（一六八五）停雲室刻本，民國間貴池劉世珩《暖紅室彙刻傳奇》據以重刻（一九五八年古典文學出版社據以影印）。

新定十二律崑腔譜序〔一〕

王正祥

原夫六經皆載道之書也，而樂之寓義綦大。蓋古昔聖賢格神人，恊上下，胥賴乎樂。樂也者，可以驗氣數之盛衰，推政治之得失者也。以故季札往觀周樂，預識興亡；太史遍采《國風》，懸知消長。厥後秦火之餘，《樂經》既失，罕覯其傳。秦漢而還，猶取『璇璣玉衡』之説，以合五音詮次，如宫、商、角、徵、羽，分屬君、臣、民、事、物是也。卽漸而流爲樂府，卽今郊社享祀之歌章，多出於此。遞相紛更，遂有北曲。北曲者，隋開其徑，唐繼其美，而大備於元。至於南曲之所從來也，果安在哉？《三百篇》後因而有詩，詩餘爲詞，詞又變而爲曲。詩盛於唐，詞行於宋，而曲始興於明，排場既具。先有弋腔，興自江右；後有崑腔，興自江左，是爲南曲。①由此觀之，則曲分南北，相去霄壤，未可同日語也。

按及元人宫調，仙吕等宫，是爲六宫；大石等調，是爲十一調。卽今《百種》諸書，其所彰明較著者，如是而已。然而考其所本，則甚謬也。嘗觀律吕相合，《河圖》、《洛書》之數，無非陰陽相配之義，無關論樂取裁。至於五音律吕之論，考其宫聲七調，乃有正宫、高宫、中吕宫、道宫、南吕宫、仙吕宫、黄鐘宫，皆生於黄鐘者也；商聲七調，乃有大石調、高大石調、雙調、小石調、揭指調、商調、越調，皆生於太簇者也；羽聲七調，乃有般涉調、高般涉調、中吕調、平正調、南吕調、仙吕調、黄鐘調，皆生於南吕者也；角聲七調，乃有大石角、高大石角、雙角、小石角、揭指角、商角、越角，皆生於應鐘者也。而惟獨徵音七調則缺之，或以其變徵而不能成聲乎？夫變徵而無其調，似也，而宫音爲變宫，何獨仍有其調乎？是可疑也。更可異者，既名七調，何以宫聲之調皆謂之宫，商、羽聲之調乃謂之調，角聲之調則又謂之角？夫此等宫調，皆北曲所取法者，已混淆如是。更觀其以黄鐘爲宫，太簇爲商，姑洗爲角，蕤賓爲變徵，林鐘爲徵，南吕爲羽，應鐘爲變宫，其所見如是者，蓋不過君、臣、民、事、物，一歲之事也，無關於樂也。

及閲蔡氏《新書》，其説又復不同。其五調皆用外轉，黄鐘爲宫，則無射爲商，夷則爲角，中吕爲徵，夾鐘爲羽，大吕爲變官，蕤賓爲變徵。以其在宫調之内，故俱謂之宫。惟夷則爲正角，不用，而用南吕爲宫，餘皆依其本律。黄鐘宫，一也；無射爲高宫，二也；南吕宫，三也；蕤賓爲道宫，四也；中吕宫，五也；夾鐘爲正宫，六也；大吕爲仙吕宫，七也。其商、角、羽調皆仿此，其説如是。夫以在天之五行，配乎言樂之五音，秩然羅列，猶有難解。而蔡氏之言，又從而紛更倒置之，是其臆見，妄爲贅解，予甚不滿焉。且其言宫而非專屬乎宫，言調而非專屬乎調，甚無謂也。

及查《宫調總論》，旋相爲宫，以律爲經，復以律爲緯，每律得十二調，合之十二律，共得八十四調。蓋其時未有牌名，因調而爲之歌章，故有諸宫、諸調之稱謂。即如『古歌行』、『少年行』等類，存其名，以便於歌者。自盛唐以來，始有牌名，後復甚繁。而北曲所唱者，較之八十四調，與牌名迥異。唱頭原以牌名，當是時也，及至欲去其宫調之名，而奈因優伶之輩，借正樂而爲餬口之計，豈可舍其宮調之名歟？因而於中生巧，言宮調太繁，省其八十四爲四十八，可見愚蠢之至也。按其數『八十四』、『四十八』，並無成數關礙，無非『四』字那上，『八』字移下，文人可不哂哉？大抵既有牌名，則斷乎不可更以宮調稱謂之矣。乃元人所分六宮十一調，雜亂無章，已非後學典則矣。

至若曲分南北，聲音迥異，又不啻秦越人之相去遠也。大抵北曲宗派，乃係樂府歌章，以及院本源流，故隋謂之『康衢戲』，唐謂之『梨園樂』，宋謂之『華林戲』，元謂之『昇平樂』，又有『行家生活』、『戾家把戲』之别。其曲有煞尾者謂之『套數』，時行小令謂之『葉兒套數』。當是時也，傅粉墨而登場者亦有之，而搬演之輩，寥寥無幾。若狚，若靚，若狐，若鴇，若猱，若捷譏，若引戲，若正末，又謂之末泥，若執磕瓜以扑靚之副末，皆與南曲劇場宗派大相逕庭。是南北曲各别之故，大略可見矣。

明時雖有南曲，而其所尚，猶有絃索官腔。至嘉、隆間，乃漸改舊習。玉步既更，始備眾樂器，而劇場乃爲大成。以此論之，則南北曲大不相侔者，夫人而知之矣，何以詞隱所定《九宮》，亦以北曲宮調而彷彿之乎？夫南曲通行，幾三百年矣，而曲譜之行於世者，則無不競宗《九宮》，此則予之所不可解者也。夫北曲所取宮調，已屬大謬，況乎南北異音，豈可又宗其謬，而究不得指歸？蓋既欲另定南曲之譜，自當探索本原，另分曲部，何得亦拾北曲宮調之唾餘，而爲南曲之條目乎？查其仙呂、正宮、黃鐘、南呂、中呂，乃五宮也，彼若欲以北宮爲宮，予則不解其缺其一也。又查其商調、越調、羽調、大石調、小石調、般涉調、雙調、仙呂入雙調，乃八調也，彼若欲以北調爲調，予則不解其既缺其四，而又謬添一仙呂入雙調也。不特此也，彼名曰『九宮』，而僅有其五，附『十三調』，而僅有其八，此皆更不可解者也。或曰『彼欲以月令爲宮也』，而撰之月令，則忘其九，蓋止有黄鐘、中呂、南呂也；『欲以五音爲調也』，而按以五音，則失其三，蓋止有商與羽也。此於不可解之中，而恨不能起詞隱而質其故也。況其曲體不一，每存『又一體』之名，注解支離，常有『姑闕之』等語。至於不敍聯套之曲，不分兼用、單詞，或稱過曲者有之，或稱慢詞、近詞者有之。即使詞隱自思及此，恐亦不可解也。其他如犯調之考核未協，牌名之整犯交錯，襯字混入正文，平仄彼此各異，其不可解處，指不勝屈。而欲居然爲詞曲之儀型也，不亦難乎！

若夫《南音三籟》，雖能博采聯套，而其不可宗者，在乎兼存岐路；《南詞新譜》，雖能較查犯調，而其不足取者，在乎偏論旁枝。至如《骷髏格》一書，每以連圈以代字句，此乃效法唐時未有牌名，按圈成句，是强宗梨園來派也。殊不知梨園之曲，乃北曲本源，又非南曲可比，此其所仿之意，已爲大謬。其他所辨曲板、句頭，俱無一可取者。以上等書，皆非所以爲九宮補過，而適足爲九宮滋弊者也。

然則《九宮》之固陋如是，而通行已久，亦獨何歟？蓋塡詞撰曲，乃文人之餘事，不過隨聲附會，或以寫景言情，或作傳奇紀事，展轉效法，自信有本，又安有好古之士，糾其謬而繩其愆也？況乎歌曲之儔，遵爲模範，競相推戴，莫知其非，又安能追溯本原，闢除種種乖謬，而另成新譜哉？

予也稽古之暇，間亦涉獵塡詞。偶閲九宮之不可爲法，未嘗不爲之慨然浩嘆也，因欲變其成法而定其新譜。然既欲爲詞壇指南，必先得其所以定之之道。因思詞曲一道，雖非古樂矣，而不得不以五音十二律定之。蓋五音各異，其於分貼十二律，最爲詳確。如春行木令，而太簇、夾鐘、姑洗皆宜屬角焉；夏行火令，而中呂、蕤賓、林鐘皆宜屬徵焉；秋行金令，而夷則、南呂、無射皆宜屬商焉；冬行水令，而應鐘、黄鐘、大呂皆宜屬羽焉。惟土令分旺於四時之季月，是則姑洗、林鐘、無射、大呂俱有宫音也。然而應鐘爲陰將盡而陽生之始，故其律實爲變宫；蕤賓爲陽已盡而陰生之始，是徵也，而實爲變徵矣。黄鐘乃一陽初動，本屬於羽而旺於四季，故又得宫音之名也。

予今所定新譜，惟以曲腔之低昂揚抑而爲審度之，於其間以相似之曲，歸於一律。若者爲陽生之曲，則宜歸於黄鐘也；若者爲陰生之曲，則宜歸於蕤賓也。其他如由一陽而至於過盛，由少陰而至於當復，皆以曲情之若何，而體認精明，以分析之，使歌聲者亦能領會於其間，始知從前宫調之名，皆混雜也。曲類既別，後正曲體。舊曲之板數過多者，删之；舊曲之無板者，選校可唱而點明之。不襲夫古法，不狃於偏見，較核精詳，名曰《十二律崑腔譜》，蓋卽子輿氏所謂『不以六律，不能正五音』之微意也。至如《音韻大全》，則切音精晰，分合得宜也；《問奇一覽》，則注釋詳明，典故兼備也。是亦有心詞學之一助也，均附譜後，不亦宜乎？卷次既列，因欲以更定新譜之故，以使知音者共證之，遂書數語，以志予意云。

時康熙歲次乙丑仲秋之望前三日，友竹主人題於黄山梵室。

【校】

①『先有弋腔』五句，王正祥《新定十二律京腔譜序》作『崑弋遂分，是爲南曲。』

【箋】

〔一〕本序與王正祥《新定十二律京腔譜序》除末尾部分文字略異外，文字幾完全相同。此錄全，略於彼處，以校箋説明。

新定十二律崑腔譜總論〔一〕

闕　名〔二〕

古帝王治定功成而樂作，則樂也者，原所以感天地，格鬼神，誠非細事也。至於宴享之樂，亦能感通情性，和洽人心，斯樂之爲義大矣哉！以云演劇之音樂，此其最小者也。自隋及唐，始因古樂而變爲樂府歌章，爰分宮調，此仙呂、大石等名所由昉也。而宮調總論又分爲八十四調，此院本登場之始也。蓋其時未有牌名，著成一曲，卽借樂府所有宮調之名而定其曲。元時北曲，雖有牌名，竟妄竊宮調之説，以惑歌唱人之耳目，而後人亦罕有知其謬者。若夫南曲，先有弋腔，後有崑腔，蓋南曲之與北曲相去天淵也明矣。乃詞隱《九宮》一書，仍追仿北曲，謬附宮調之來派，以爲南曲之準繩。殊不知唐時梨園所演習者，較之有明所興南曲，相去亦復天淵也，强附遙宗，不亦悖乎？況其間敍宮敍調，舛錯背謬，種種不可爲訓。嗣《九宮》而作者，則有《南詞新譜》、《南音三籟》，其紊雜偏漏，更不可宗。其爲天下後世詞學之害者，將何極歟？予心慭焉，而欲較正之。爰操三寸不律管，而孳孳從事於不容已耳。夫平章風月，檢點歌聲，誠非予事。然而際茲盛世，賡歌吁咈之餘，正不妨考律研詞，而神遊於羲皇以上也。

顧《九宮》錯雜如是，而一旦以爲己任，果何從而定乎？予則屏去北曲之六宮十一調等名，而以月令之全律定之，如整衣者必挈其領，而得手應心之道在是矣。十二律既定，而閏月律附之。至於各律之外，更別其爲通用、附錄、犯調，列此三等之曲，皆名曰『調』。予蓋以月令之目次而定諸律之曲，所以改《九宮》之按律未全也。分別曲腔之相似者，合爲一律，所以較《南詞新譜》之爲《九宮》翻案，而究致敍曲紊雜也。曲體則考核之而歸於一格，襯字則刪去之而止存正文，所以改《九宮》之曲文字句不一也。聯套則品第之，兼用與單詞則條分之、縷晰之，所以正《南音三籟》之爲《九宮》補過。而猶有重載同一牌名之曲也，重句止按通行而不循其舊格，牌名整犯無混，引、尾聯屬成章，所以改《九宮》之乖謬而無倫次也。曲有與各律俱不相似者，則另歸一調，所以正《南音三籟》之復蹈《九宮》之前轍，而不辨岐音也。曲有流通取用者，則另歸一調，所以正《南音三籟》之尚守《九宮》之鄙見而不知變通也。曲有未經通行者，則錄其可以崑唱而點明其板，所以較《南詞新譜》之既爲《九宮》輔佐，而又無匡救之術，卒致混雜遺漏也。犯調所犯句數，考對確當，而犯之不能自然任意牽合者，概不濫收，勉强注疏者，即爲重核，所以較《南詞新譜》之既爲《九宮》演派，而徒多蔓延之葛藤也。無所可用之曲不堪入選者，概爲删除，所以改《九宮》之僅存虚名也。至如《骷髏格》之以連圈代字，妄效唐人未有牌名之注疏，殊於南曲風馬牛也。而其所辨句頭、板數，顛倒是非，自以爲是，予則屏棄之。如是裁度，罔或缺略。乃又從而慎選其詞，必求其曲體正格，以便傳於今，以便行於後，蓋庶幾哉塡詞家有所宗矣，歌曲者有所本矣。聚訟紛紜，而惟以《九宮》爲詞學典則者，亦可憬然悟、翻然改矣。而予前此之惄焉不安者，今始快然無憾也已。

律之既定也，予豈樂爲之問世哉？或名山藏焉可也，或枕中祕焉可也，置之座右而爲娛心志之一助焉可也。適有客謂予言曰：『崑曲至今而大行於劇場矣，雖有《九宮譜》，而實不堪以寓目。今茲十二律告竣矣，如撥雲而豁霧矣，如滌垢而拭塵矣，與其藏之，無寧行之；與其祕之，曷若表之；與其自娛之，何難使究心音律者，共爲擊節歎賞之？』予唯唯。乃又贅此論，以答世之質予者。

【箋】

〔一〕此文與《新定十二律京腔譜總論》文字相同處甚多。

〔二〕此文當爲王正祥撰。

新定十二律崑腔譜凡例〔一〕

闕　名〔二〕

一、詞隱《九宮》，茫無定見，乃竊取北曲宮調，强爲列次，又且舛錯不倫。殊不知北曲宮調已屬效法，乖謬既定，《南曲全譜》豈可襲其陋習？予今所定新譜何所憑，而定乃盡善乎？予思曲乃樂之緒餘，言樂者自不能舍五音十二律而他求也，今以十二律合五音之宗旨，以分諸曲部之紀綱。全律既定，又定閏月律，以敍與各律俱不相似之曲。蓋太簇以及大吕，一歲推遷，人所易辨也。然而此譜之自黄鐘始者，何也？一取其天統以肇基，一取其一陽初動，爲詞音發源也。六律屬於陽，六吕屬於陰，但云律而不及吕者，陽兼乎陰之意也；但云十二律而不及閏律諸調者，名既正而言自順也。

一、凡音有五，宫、商、角、徵、羽是也。宫爲土，爲君，附於月令之姑洗、林鐘、無射、大吕，其聲也典雅沉重。商爲金，爲臣，合於月令之夷則、南吕、無射，其聲也嗚咽悽愴。角爲木，爲民，合於月令之太簇、夾鐘、姑洗，其聲也富貴纏綿。徵爲火，爲事，合於月令之中吕、蕤賓、林鐘，其聲也雄壯激昂。羽爲水，爲物，合於月令之應鐘、黄鐘、大吕，其聲也輕清隱逸。更如應鐘爲變宫，陽將盡而數當變也；蕤賓爲變徵，陰復始而數當變也；黄鐘爲一陽初動，屬於子亦附於宫。此即十二律吕分貼五音之本原也，其他如隔八相生。所論黄鐘爲宫，太簇爲商，姑洗爲角，林鐘爲徵，南吕爲羽，蓋黄鐘乃一陽初動，君象也；太簇爲春之首月，庶職初舉，臣也；姑洗爲春之季月，農工伊始，民也；林鐘爲夏之季月，耕耘孔亟，事也；南吕爲秋之仲月，萬有告成，物也。此等疏解，頗稱切當，然其所詳者，不過言及君、臣、民、事、物之大義而已。至於《璇璣》、《玉衡》，其説本之於《書》；《河圖》、《洛書》，其説本之於《易》。暨及所云『隔八相生』之説，則又諸子相傳，以爲如是。雖皆配合律吕，各有圖讖，然其所指證之處，專在天文，實與論樂一道，俱無干涉也，因而概不細載。兹譜中各律之内，俱按五行之陰陽升降，而以各曲分析於其間，蓋亦審之至精而辨之至微矣。

一、定律之大意，出於新裁，而敍曲之有法，不宗舊派。故譜内一律之曲，以其音調彷彿者，以類而敍之，非有矯强於其間也。若夫《九宫》所分宫調，一宫之中，曲音高低不等；一調之内，曲情疾徐不同，此皆敍曲失於考核。詞家取爲權衡，刻意奉爲成法，以致一劇之中，音調參差，豈不爲知音者長嘆息乎？今兹譜内最爲詳慎，原不與《九宫》之敍法相同。此譜之既成，誠可爲知者道也。

一、詞曲雖通行於外者，每有混淆字句，此無他故也：一則淺學詞人，未能究心於其間，或損或益，漸失曲體之眞，而歌聲者識見不廣，亦竟不爲之探討，而强諧腔調，甚至以襯字認爲正文，互相差謬。夫曲文之中，何句不可用襯？然而論其正體，何嘗有一襯字？即如五言絶、七言律、詩餘諸調令中，豈有一字之襯乎？况《九宫》襯字，多寡不一，並無一定之格，豈可爲詞學典章？今特查明各曲，字眼之過多者，即係襯字，而爲減去，字少者，即爲添凖，斯爲全璧而可傳矣。又如《九宫》中有襯字之曲，儘有不必去襯而連襯爲曲者，如【紅衲襖】之類，《九宫》之『丈人行』一體，若再去其襯字，則字句短促，腔調難於舒展。兹故將『吃的是煮猩脣』一體，並襯字而合正文，以成【紅衲襖】之正格，庶使情文兼備，永垂模範可也。此又於務必去襯之外，而又有此以襯入曲之例也。

一、古傳奇中，即如《荊》、《劉①》、《拜》、《殺》，其中曲文，句頭、襯字多寡，猶可不較，蓋彼時尚無曲譜之故也。乃《九宫》既定之後，尚有二曲同名，實則句頭多寡不等。如【博頭錢】一曲，《金印》之與《臥冰》，大不相同。查《金印》之曲通行，《臥冰》者不可爲法。予則概取其通行，不必存『又一體』之説也。所以譜中之曲，止取一體爲格，而將『又一體』之字句多寡、平仄背謬者，或另改其名，如【小桃紅】之又一體改爲【小紅桃】，【五韻美】之又一體改爲【五美韻】是也。又或查明句頭之所犯何調，而存於犯調之中，如【太師引】之又一體改爲【太師令】，【漁家傲】之又一體改爲【漁家挂山燈】是也。考核妥切，以便後之好學深思者，凡遇舊本傳奇，每有一樣牌名而曲文各別者，不妨按律而更改之，蓋止正其曲體，而無礙其詞藻也。又如《九宫》之曲，旁分注平、上、去、入，亦爲畫蛇添足。夫曲體之文，平仄已列，何必另外附及？況若不識曲文之平仄，安敢塡詞乎？兹譜概不載及，以礙行款。

一、前人所著聯套之曲，接續得宜，排場始覺接洽。《九宫》無聯套之曲，亦無兼用、單詞之别，豈非詞部缺陷？觀其過曲、慢詞、近詞之名，皆係院本、雜劇、隊舞、細舞、絃索官腔，以及各方俗尚等類所記曲名，此乃北曲源流，無關通行南曲之體也。大抵聲音之道，與時偕行，即使清廟明堂、郊社雅奏，而時移世改，亦有變更者矣，孰謂詞曲而可仍舊貫乎？乃若《南音三籟》，雖有聯套，而其所分宫調，亦按《九宫》偏見，殊未妥協。況其所載聯套，每將一套之曲，載及兩套曲文，或選於傳奇，或選於時曲，甚至載及三四套不等者。彼不過欲分天、地、人三等詞曲，以爲評章高下之計耳。殊不知選曲不論其詞華，但取其當行可法、平仄相宜，以便於歌唱而已。如有俚鄙之曲而可以爲曲體者，卽當錄用。苟非然者，卽字字珠璣，行行錦繡，而於曲體正格，實爲背謬，又何足取？卽如湯臨川『四大夢』諸作，詞語隱僻，而於曲律一道，全然不諳，世俗以爲拱璧奇珍，妄加歎賞，而有識者視之，不啻如覆甕之需耳。況乎選曲以爲法則，原不專重詞華，如但以其文采流麗而選之，則藝林充棟，文翰如林，何書不可入選，而乃沾沾焉必以劇場歌唱之備爲耗費心思之具歟？是其識見不廣，學問卑靡可知，而不爲大方非笑者幾希矣。且其兼用之與單詞，一概不辨，凡在必需之曲，未能詳載，此又較之《九宮》而更不如者也，豈可爲度曲之津梁也？至於彼所取『三籟』之名，先已失體。夫籟乃因風成韻，天地間自然之音。如天籟者，風聲動也；地籟者，草木萬物爲風所撼也；人籟者，言語喧囂，自遠而聞於近，無非風之所從來也。若夫詞曲，皆由脣齒間出之，又安得以籟爲比擬乎？更查《南詞新譜》，亦無聯套，其舛錯與《九宮》相類，其固陋與《三籟》依希。災梨禍棗，俱無取裁，予所以掩卷而不勝三嘆也。兹譜敍明聯套，以便詞家取用。今故先列次序，以定聯套規模，以見某律某調之中，有此幾套也。次定目錄，以查曲體名數，以見某律某調之中，有此幾曲也。但各律各調所載，每有一二套數，其中所用之曲，大同小異。卽如【園林好】爲首，而套內有【江兒水】、【玉交枝】等曲；亦有【沉醉東風】爲首，而套內亦有【江兒水】、【玉交枝】等曲。諸如此類，若將曲文按套全載，則恐猶是牌名，而曲文平仄稍異，猶非定格矣。況乎猶是一曲，除止宜套數中用、止宜單用之外，更有套數、單用俱宜者，用處雖有不同，而曲文字句，無非一格，所以不必重載。無論套數、兼用、單詞，總之卽查一曲之體，以爲法則也。至若所敍聯套、牌名，寧敍其全，概不減省。或者劇場聯絡之處，不必用及全套者，自可於中少爲減去一二，但不可以不在套內之曲而添入之也。今各律各調所敍曲體，先敍聯套，再敍兼用，更敍單詞，以辨曲文之定格也。十二整律，一例而敍。惟閏月律，止有單詞曲體；通用調，皆通用曲體；附錄調，無兼用曲體；犯調之曲，聯套、兼用、單詞，俱有種種區別，俱具深思。

一、曲板雖同，而曲音緊慢各別。除聯套諸曲，各有一定唱法，不必區別外，其他如兼用、單詞，亦有本係慢曲，而間或出於淨、丑、雜腳口中，原可不用絲竹相和，而可以緊唱者，如【步步嬌】、【江兒水】之類是也；又有本係緊曲，而間或出於生、旦等腳口中，原可亦用絲竹相和，而可以慢唱者，如【光光乍】、【撲燈蛾】之類是也。由此觀之，崑譜之難分慢詞、緊詞也明矣。茲譜敍明聯套之後，卽查其若者爲兼用、若者爲單詞，分別敍之。至於敍曲之法，將慢唱爲正格，而間或可以緊唱者敍於前，卽於牌名之下注明『亦可緊唱』四字；再將緊唱爲正格，而間或可以慢唱者敍於次，卽於牌名之下注明『亦可緩唱』四字；更將止可緊唱而斷難慢唱者敍於終。以見崑唱排場所用不同，故難按曲而分其緊慢，然其中自有正格，自有偶用，不可不辨也。似此敍明前後，以見各有層次存焉。

一、《九宮》譜曲中，板數多寡不一，用在排場，甚爲不協。夫一曲有一曲板數，豈可任意添減？兹與審音者再四考訂，將或多或寡之板，重爲較正，去其有餘，補其不足，以便排場。至於贈板之說，亦覺謬甚。蓋因遇及曲腔甚慢者，不得不爲迂徐聯絡耳。夫一板之中，必有三眼，所以量準而下，正板者也。贈板者，三眼居中之一眼也，是當與小鼓齊聲而下，止宜謂之『眼』，豈可亦謂之『板』乎？從來曲無贈曲，何得板有贈板？予故於諸曲中，概不點及所謂贈板者。

一、《九宮》譜有重句處，亦未允當。如【雙聲子】之九句、十句，《九宮》皆重，通行則不重唱。【入破】套內，並無重句，通行每有重唱，何其相反也？予較諸曲，如係應當重唱之句，《九宮》雖未重載，予今重載之；如《九宮》雖重載，而通行皆不重唱者，予即去其重復之句。

一、天道有盈虛消息之數，故閏月所由成。譜中另有一種之曲，其音與十二律各不相似者，如【鎖南枝】、【孝順歌】之類是也。予謂其與各律諸曲有異，故於整律之後，置一閏月律，以敍此等之曲。

一、曲中如【紅衲襖】、【不是路】、【入賺】、【鷓鴣天】之類，諸套曲文，前後皆可取用。詞隱不辨，分列於各宮，何其固也？予將此等曲以類而敍，謂之『通用調』。調之云者，蓋云律外之曲，以備各律流通取用之選也。

一、《九宮》中每有遺漏之曲。如【漁燈兒】一套，世俗謂之北調南唱，予以其可成妙音，允宜準作南曲，自露綬《水滸》用之，膾炙人口久矣。惜乎《九宮》不載，予特存之。更查《九宮》載及無板之曲，夫既無其板，載之似乎無用。但前人既有此曲，予自可新定其板。今將一應從未有板等曲，於中采擇，苟可諧聲，卽定以板數而並存之，庶免滄海遺珠之嘆。

一、查【雁魚錦】一曲，其中句頭所犯各律最多，《九宮》以爲犯調而敍之。及至逐一考較，頗有不貼切之句，不知所犯何調也。若欲徹底較正，勢必添減字句，此亦何難。然而《思鄉》全劇，加以襯字，通行已久，似無庸損益其詞也。兹故連襯入曲，仍存舊名【雁魚錦】，而不必糾其雜犯。然而此曲既不可混在整律、閏月，又不可入於通用、犯調，置之附録，殊爲得所。

一、犯調之曲，《九宫》有分爲本宫犯，以及各宫互犯者。夫曲文既犯，何必强爲分别？況詞曲而至犯調，無非學士騷人遺興炫才，以發難端，於歌者原非詞曲正體。而《九宫》每將犯調各曲，或相雜於整曲之間，或妄置於某宫之後，皆不得其宜也。至於《南詞新譜》，務以多集犯調爲能事。夫展轉湊泊，犯之不已，將來何所限量，豈能是犯皆收？況其所注句頭，亦有不叶之處，何以服衆？兹譜録及犯調，止爲采擇其通行可用者，或接筍吻合如無縫天衣者，或聯絡成章如一氣呼吸者，始爲重較所犯某曲某句而選入之。至於敍曲之法，亦查其可以聯套者，敍明前後聯成套數。其他如兼用、單詞，亦如各律各調之例，挨次敍之。

一、查《九宫》犯調，曲内所注犯及某曲之某句，儘有並無本曲者。如【月雲高】末二句，注爲犯及【渡江雲】，而《九宫》全部並無【渡江雲】之曲；予則核其字句，實與【駐雲飛】末二句相合，今注爲犯及【駐雲飛】可也。又如【錦庭樂】所注第五、六、七句，注爲犯及【滿庭芳】，而《九宫》全部止有【滿庭芳】之引；予則辨其無本，歸爲整曲而敍可也。又如【金絡索】末三句，注爲犯及【寄生子】，而《九宫》全部並無【寄生子】之曲；【三換頭】第四、五、六、七句，注爲犯及【蠟梅花】，而細查本曲，並無相似句頭；予則各歸爲整曲，以類而敍可也。又如【風雲會】、【四朝元】以及【漁家燈】等曲，據《九宫》小注所犯與各曲句頭比對，甚不貼切，予乃考較允協，改其名爲【水柳圍橋】、【江風令】者有之，改名【兩紅燈】者有之。蓋核實其所犯某曲句頭，而不得不改其名也。諸如此類，《九宫》概名犯調，予所以改正之。至若《九宫》整曲之又一體，亦有詳核句頭而歸於犯調者，予於較正曲體一例，言之詳矣。

一、曲之有引，自宜冠在曲前，然一律有一律之引，各有聯屬，如黃鐘之引，不可用於大呂曲前是也。是譜將各律之引，各敍本律之首，使引得其所而不相奸，所以提綱挈領也。其通用、附錄、犯調，俱無引。

一、詞家易視【尾聲】，隨筆而書，未嘗不諧絲竹。殊不知一律之曲，自有一律之煞，平仄上下，分別最微，如應用【尚輕圓煞】者，不可用【情未斷煞】也。茲將各律之煞，考核妥切，止列平仄之式，概不載及句語，亦爲分派詳明。凡有一律，即將本律之煞附後。至於通用、附錄、犯調，既無其引，所以亦無其煞。

一、引、尾之用十二整律，以及閏月律，既各分別矣。若夫通用、附錄、犯調、劇場詩句上下，原可不必引、尾，或者排場、局勢，亦須引、尾，則當如何？曰：有道焉。通用、附錄，可視本劇緊慢若何，而於十三等引、尾之中，選擇借用。至於犯調，即視所犯某律句頭多者，即查某律引、尾用之，以示不忘水源木本也。

一、《九宫》附載之曲，有可以點板者，虚衷遴選，點明板數。如【雌雄畫眉】、【山東劉衮】、【三十腔】之類，板既難明，腔亦難辨。予嘗反覆討論，終不能以諧音調，猶如異域瑰麗之物，莫得而識之也。或者世有周郎，必欲使之成聲，則《九宫》具在，較之可也。茲譜删而不載，勿使傳信之書，更令人傳疑耳。

一、查【二犯江兒水】原係南曲，世俗謬作北唱，今改正其板，以歸閏月律。又查【番竹馬】、【玉劄子】、【道合】原係北曲，詞隱誤載南譜，今收於《宗北歸音》之附録『餘音』内，以見傳奇中遇此三曲，皆當北唱也。

一、近世有《骷髏格》一書，觀其注疏，自謂羽翼詞譜，甚至有祕而不宣，視爲心傳之奇書者，予則大不滿者也。夫牌名之所由來也，不過見景觸物，度曲成腔，隨意爲記。如見啄木之鳥，卽名爲【啄木兒】之類是也。故於協調成聲之際，以圈爲字句之關鍵，以便先列板數，使文人按此規模而填詞焉。《骷髏格》動輒以連圈接續，是誠無謂矣。總之，未有牌名之前，止按字句下板成腔，無可爲識，不得已而用圈爲界。乃牌名既定，句字燎然，安用此法爲哉？况乎犯牌名之曲，原係後人纖巧湊泊，非以前預有犯調也。乃格中細將犯調分疏，自以爲確切無疑，及查較本調諸曲，腔板甚多不叶。卽如《格》中所查【三換頭】，云一至五爲【木丫牙】，六至七爲【美中美】，八至九爲【蠻江令】，十至十一爲【木丫牙】，注疏分明，若有所據而云然者。及查【木②丫牙】、【美中美】等句，無一句相同，則可知【三換頭】一曲必非犯調也。諸如此類，誤人甚多，豈得謂之可傳乎？况其取名『骷髏』，先已謬甚。夫一人之身，未可與千萬人之身比類也。卽以骷髏而論，豈無長短異相之不同乎？蓋此書足以惑愚瞽，而不能以惑賢豪，與草木同腐焉可也，是誠骷髏也！十二律既定，吾不知此等之書，猶堪覆甕否？

一、按《中原音韻》久爲詞曲權衡，然其中亦有岐音紊雜，殊不諧於歌唱，亦予所歉然者也。況其一韻之中，儘有可分爲二者，或二韻、三韻，可合爲一者。今爲考核字音之母，因悟衆音之正，不能自祕，因將各韻改移。音有各別者，分之部伍，安其所也；音有相似者，合之位置，得其宜也。務使罔或游移，無相越俎。而更敍明先陽後陰，更其名，正其義，加之以切音，按之以次序，另成全帙，以附曲部之後，亦以見書必同文，而不爲偏隅異域聚訟饒舌者之所惑也。此其間有至理存焉，故名之曰《音韻大全》，非獨塡詞歌曲者所當知也。

一、字有音，音歸韻，韻中遇有滿口音、撮口等音，人人皆知，概不贅注。惟有閉口音、鼻音最易誤認，是以不得不辨。今茲所定《音韻大全》，有『嚴兼』、『吟心』二韻，乃閉口音也。新定『盈星』韻，卽舊『東鐘』、『庚青』二韻，皆鼻音也。『東鐘』之韻，字字皆從鼻音而出，猶可不辨而知，惟『庚青』韻在乎疑似之間，故必須按字拈出。茲譜內一應曲中，如遇閉口字音，卽於字外加〇，鼻音之字，卽於字外加□，使人觸目會心，以寓考核精詳之意。

一、四方音有不齊，故韻或稍異。前人塡詞，皆按《中原音韻》，尚且不無臆見參差，多致出入者，如『齊微』偶借『支思』、『魚模』濫混『歌戈』之類，亦姑存其曲而不爲較正。蓋《中原音韻》原不可宗，而予既定《音韻大全》，識者自能遵奉，所以不必苛求舊曲之舊韻也。

一、嘗閱豫章張氏所著《問奇集》，其中考較字音，有一字而數音者，以明各有所宜，誤讀諸字，以正前人之咎，異音騈字，以警習俗之非。凡在留心學問者，不可不知；而塡詞歌曲之人，尤不可不解也。予因其藍本，而更爲探討。於其間援據確典，附彙成書，以備參考。至於原集所載怪誕諸字，自有《字彙》、《海篇》可查，茲故不錄。若夫切韻捷法，猶屬未妥，各方鄉音，何庸比對，分毫字辨，人所易知，凡此三者，皆不具載。

（以上均清康熙二十四年停雲室刻本《新定十二律崑腔譜》卷首）

【校】

①劉，底本作『流』，據文義改。

②木，底本作『本』，據文義改。

【箋】

〔一〕此文與《新定十二律京腔譜凡例》文字相同處甚多。

〔二〕此文當爲王正祥撰。

新定十二律崑腔譜題識〔一〕

闕　名〔二〕

崑曲爲《九宮》所誣，曲體失眞，種種乖謬，予爲較正定格，敍明聯套、兼用、單詞，重核板數，以合律呂。更附《音韻大全》、《問奇一覽》，允爲詞學典則云。

（清康熙二十四年停雲室刻本《新定十二律崑腔譜》首封）

【箋】

〔一〕底本無題名。

〔二〕此文當爲王正祥撰。

新定宗北歸音（王正祥）

《新定宗北歸音》，别題《新定宗北歸音京腔譜》，王正祥纂曲，盧鳴鑾、粱溪施銓參訂，荊溪儲國珍點板。現存康熙間停雲室藏板本（《續修四庫全書》第一七五三册、《鄭振鐸藏珍本戲曲文獻叢刊》第六一册據以影印）。

（新定宗北歸音）序

盧鳴鑾〔一〕

慨自六經缺一，古樂無傳。緬懷疇昔，遐企聲容，不禁浩然興嘆，曰：『予生也晚，不獲聆二帝三王之樂，所謂鳳凰來儀，百獸率舞，盡善而盡美者，徒付之想像而已。』及觀後世樂志諸書，諸子紛更，百家聚訟，侈談律吕，競辨宫商，各出己見，彼此不同。蓋因秦火殘編，無從考訂，管窺乎，蠡測乎，又孰得古樂之宗旨乎？近代所用樂章，掌於太常，鐘虡僅在，管籥猶存。此唯用於宗廟郊社之間，遙宗漢魏規模，諧聲成句，以合拜颺之禮儀度數而已。至於古樂之本原，則未之討論於其間，實因無所憑而討論，亦無所用其討論也。

邇來伶人，不知有古時之音樂，妄以劇場所有南北曲，謂之音樂，殊不知此乃泰山之拳石，巨海之勺水也。世有執拳石而謂之泰山，掬勺水而謂之巨海者哉？然而就曲論曲，亦有拳石、勺水之本原在焉，不可不知也。自院本開其徑竇，而乃有北曲，見景觸物，定其牌名。所謂行家生活者，良家之所唱也；戾家把戲者，教坊之所習也。其宗派始之於隋，乃有康衢戲焉；行之於唐，乃有梨園樂焉。與夫宋之華林戲、元之昇平樂，皆係四闋雜劇。故有煞尾套數、葉兒套數之別。其所分各色之名，若正末，若副末，若狚，若狐，若靚，若鴇，若猱，若捷譏，若引戲，搬演之際，大都弇鄙無文，然亦時尚如是，無容推求也。所可議者，襲取院本宮調之名，將各曲分析之，如仙呂等之六宮，大石等之十一調，殊失審音之正耳。世俗遵爲定論，甚至南曲部伍，亦效其尤者，習矣不察，誠可哂也。

然而，予又量度元人，無非以此爲應試文章，原不重在分門別類也。夫元時之以詞曲取士者，何也？蓋因劇場之事，無取不備，求通才而考吏治，正可以詞曲小試之。試觀《百種》全集，廣收眾美，文采煥溢，後人縱能填詞，無有出其右者。予但惜其同是一曲，作者既眾，體裁各異，至於通行傳奇北曲，字句多寡，板數未能畫一，予素所擬之議之者也。

歲之春仲，客自江上來者，相與質證古今，偶以北曲之無定譜也，而折衷於予焉。予曰：『大抵傳奇以南曲爲主，而以北曲爲賓。全本之中，多則間用北曲四套，少則二三套不等。此則今時劇場之大綱也。』客曰：『北曲雖非劇場全用，然亦間用之曲也。南曲既經較正，已定爲京、崑二種之十二律矣，盍更以北曲之從未有譜者，而亦定一成書乎？』予曰：『此非予之責也，然亦乃所願也。』因於花晨展卷，月夕濡毫，去其宮調之名，較其體格之正，按元視今，重加考核，列其卷次，顔之曰《宗北歸音》。蓋以樂不離乎五音，務使宗之得其可宗，歸之適所宜歸也。且予之必欲以五音以分曲數者，實因京崑之曲腔相似，皆止有五等，知音者細心體認，自能知之，非予命名之矯誣也。

譜成，予止存爲備覽，無意付之梓人。詎意客之好事，引一剞劂氏至，謂予曰：『此天下之良工也，請出是譜，試其藝，以鼓其名，可乎？』予不獲已，勉從客請，遂並書弁語以志之。至於曲部之條分縷析，宗之之道，歸之之法，以及各種區別之處，予於凡例中詳言之，故不贅及云。

時康熙歲次丙寅榴月端陽後三日，平江盧鳴鑾題於黃山梵室〔二〕。

【箋】

〔一〕盧鳴鑾：號南浦，平江（今屬江蘇蘇州）人，或爲邳州（今屬江蘇）人。子盧起鰲，廩監生，咸豐《邳州志》卷一五有傳，云：『父鳴鑾卒時，年已百歲矣，起鰲亦七十，哀毀骨立。』民國《邳志補》卷一六『盧起鰲傳』後補注引施閏章（一六一八—一六八三）《贈百歲盧翁鳴鑾》詩：『萬曆年初舊遺民，丹顔碧眼自爲春。經傳伏勝家應遠，酒過麻姑醉幾巡。戲綵趨庭稱皓首，比肩讓齒剩何人？下邳從古存仙迹，黃石於今有後人。』

〔二〕題署之後有印章二枚：陰文方章『盧鳴鑾印』，陽文方章『南浦』。

新定宗北歸音凡例

闕　名〔一〕

一、論以北曲分爲五音，蓋有至理存焉也。夫聲音之道，至精至微，而宫、商、角、徵、羽五音備焉，在天配乎金、木、水、火、土，在人配乎君、臣、民、事、物，其義大矣。若夫古樂一道，通鬼神，驗興衰，是以言樂者斷不能舍五音之稱謂焉。至於詞曲之音，不過娱情適志之小技，雖與古樂天淵，然亦音樂之餘，不得不謂之音也。夫北曲在南曲之前，惜乎無譜相傳，此其故何也？蓋因隋唐之際，始立北曲之本原，迨後事遠年湮，故老無有存者，縱有定譜，保無淪没乎？所以不傳也。迨乎有元以塡詞舉第，騷人學士戶誦家絃，無非競耀才華，以北曲爲仕路梯階，所以詞藻雖傳，而曲譜未定。予今欲定北曲之譜，何從而定乎？予則屏去北曲宫調之名，而以五音爲之條目，其舊時某宫某調之曲，其音彼此彷佛者，合爲一音；舊時雖在一宫一調，其音各有不同者，或分爲二音、三音。夫必欲去宫調之名，何也？蓋因未有牌名以前，院本絃索之來派，故有宫調之名，無涉於劇場之詞曲也。況今牌名久定，豈可以院本等類，與當世盛行之傳奇同日而語哉！予今定此譜曰《宗北歸音》，夫曰『宗北』者何？蓋元人著作乃北曲，源流自當宗之。予閲及《百種》諸曲，美不勝錄，所以不選詞華，專取其句頭平仄相宜，於通行傳奇之曲可以比對者，錄其一曲，摘明元曲襯字，小字書之，是爲曲體，存之於前，此不忘本原之意也。即以通行傳奇之曲，連其襯字，俱作正文，點定其板，以副元人著作，是爲曲格，存之於後，此今純從衆之意也。故曰『宗北』也。『歸音』者何？ 歸於宮、角、徵、商、羽之五音也。宮音屬土，分旺於四時之季月，其音典雅沉重，將【點絳脣】、【端正好】、【粉蝶兒】三套歸之； 角音屬木，合於春月，其音富貴纏綿，將【新水令】一套歸之； 徵音屬火，合於夏月，其音雄壯激昂，將【一枝花】、【貨郎兒】二套歸之； 商音屬金，合於秋月，其音嗚咽悽愴，將【集賢賓】一套歸之； 羽音屬水，合於冬月，其音輕清隱逸，將【鬬鵪鶉】、【醉花陰】二套歸之。故曰『歸音』也。此則定譜命名之大意也。

一、曲體不可不辨也。元人填詞，既不專付伶人，協絲竹，而演於劇場，所以句頭不一，平仄皆岐，允爲曲體者甚少。而後之填詞者，既不按元曲之準繩，耑重詞華，而又字句多寡，平仄不叶，則宜另立紀綱，爲北曲定一模範。乃計不出此，徒爾因循舊習，凡遇填及北曲，不過視其劇場局勢，或用於文，或用於武，皆按時行舊套而填之，所以句頭襯字，皆失曲體之眞。而今時伶人，又惟知遵奉師傳，唱頭板數，不啻如世傳異寶。豈不知其師亦係庸流，安敢損益其詞，止視曲中句數長者板數多，句短者板亦少，而其腔之巧者，乃唱純之故耳。以此之故，每有句頭失準，板數出入，莫知其非。甚至猶是一曲，各人唱頭腔板迥異，紛紛自以爲門類，訛以傳誤。豈非詞人之咎在於前，伶人之過承於後？ 所以北曲一道，爲不可問也。予今既取通行中之一曲以配元曲，則體格俱備，使將來之詞人，按體而用襯，以去舊襯，按格而填詞，點定準板，以此爲垂後北曲之典章可也。若夫通行傳奇，北曲甚多，若欲徹底較正，勢難收錄無遺，故不能是曲皆較正之。惟願將來填詞之士，悟及已往曲體之愆，凡遇用及舊套之曲，按予所定體格，添減其句頭，又摘清其襯字，使伶人去舊從新，較定其不一之腔板，其有功於詞壇者，正所謂先聖有云『擇善而從，擇不善而改』也。夫謀道修業之大端，亦以改之爲貴，而況詞曲乎？ 然予亦非偏執己見，而强立詞曲之章程也。實因北曲混淆已甚，故爲另輯全書，以寓迴瀾返正之意。至於所錄元曲，原未嘗損益其詞，而通行之曲，則不妨稍爲添減字句，彼此合度。試付伶人，按予所定之曲而唱純之，亦成爲巧腔矣。若夫所錄之曲，止取元曲中之一體，但元人雜劇中注云【混江龍】、【後庭花】、【青哥兒】等曲，句頭原可增損。今宗元派，將【混江龍】取其通行可用者，選其三體，雖係名同曲異，以其俱在一音，故不另別其名也。其【後庭花】亦有三體，亦係名同曲異，其同在一音者，仍名『又一體』； 另歸一音者，則謂之【河西後庭花】。蓋元本原有此名，以辨【後庭花】句頭不同之處，予亦從其舊也。其【青哥兒】共有四體，同在一音者，仍名『又一體』； 另歸一音者，則改名爲【小青哥】，注明目錄牌名，以及本曲牌名之下，所以標其異也。又討北曲之有【幺篇】，即如南曲無換頭之【前腔】也，句頭平仄，並無不同，故不重載。各套曲中用及【幺篇】者，予則去其院本俗套【幺篇】之名，更其名曰『其二』，列於次序之中，以俟詞人量度而用。

一、論次序、目錄所宜定也。次序者，所以敍明聯套也。元人劇場所用牌名，雖云列次分明，然而用曲甚繁。且多怪誕牌名，考其句頭，度其腔板，不甚通行，且劇場用及，焉能廣收？ 予故於中刪除若干，止將必需之曲，凡有一音歸及幾套，即爲挨列次序，按套全載，標目云『聯套牌名次序』。次序中所列之曲，詞人於中酌量，尚可減損一二也。至於每套皆係時行對子，填詞歌曲之人，自能知之。一套牌名，列次既畢，又列一套，則標目云『又聯套牌名次序』。凡有幾套，俱仿此可也。蓋次序者，以便查某音之中，有此幾套也；若夫目錄，所以便於查較各曲也。次序之詳明也，所以爲聯套而設也。所以常有同名同體之曲，此套亦有、彼套亦載者，若夫目錄，峕爲曲體而設，故無同名同體之曲。今於次序之後，定準目錄，使人知有某音，而某音之中，知有幾曲也。凡在一音，諸曲牌名一一羅列，使人查其前後，殊爲一目瞭然。

一、論較定板數，所以便於歌唱也。現今通行京腔，北曲從來無有定板。予既因其曲腔，以分五音，故卽點定畫一之板，以定各曲範圍，使知音者知所以歸音之妥切也。但京腔不比崑腔，止有頭、腰、底三種之板。如曲中之字，遇及上、去二聲，或者稍緊之曲板，數在三板以外者，卽點一頭板，下注豎劃，有如¦|式，以見板數甚多，隨腔而下，不能盡載也。至於京腔並無絲竹相助，故其腔調各有不同，予爲一一定之。有行腔焉，字句至此，行所當行也；有急轉腔、緩轉腔焉，字句至此，轉所當轉也。行腔則以‖爲辨，急轉腔則以●爲辨，緩轉腔則以●爲辨，各有體裁者也。有翻高調焉，由低唱而漸卽於高也；有落下調焉，由高唱而漸卽於低也；有平高調焉，全句皆高唱也。翻高調則以○—○爲辨，落下調則以○—○爲辨，平高調則以——爲辨，各有貼切者也。如此詳載而定京腔，板之規模始立矣。乃若崑腔之板，雖經前人點定，似乎不必紛更。殊不知曲體句頭，紊雜不一，則其所點之板，豈可爲法乎？予既先正曲體，後配曲格，擇其元曲之允當者宗之，則其字

句之間，與以前通行之曲，不無大同小異，所以重較其舊板，而另爲點明一定不易之板也。然以其有絲竹相助，故亦止有頭、腰、底三種之板，惟删其過多，補其不足而已。更計崑唱北曲，是曲皆係有板。後世伶人，重在劇場搬演，故將各套首篇一二曲，皆去其頭、腰之板。如【端正好】、【點絳脣】、【一枝花】、【醉花陰】之類，原係皆有板數，相沿至此，皆作無板唱，猶之南曲之有引也。殊不知北非南比，並無無板之曲。予今考核精明，凡有一曲，皆有新定點板。如以其不相宜於劇場之故，則於演唱之際，視其傳奇局勢若何，而將予所添板等曲，或者仍作無板唱，亦無不可。予蓋寧載其全，以俟知音共證。如是探索，而較崑板之紀綱始備矣。

一、論單用之曲不可不知也。北曲用在劇場，大抵聯套爲多。間或有可以單用之曲，亦卽在聯套之內，如【混江龍】套內之有【寄生草】，【新水令】套內之有【沽美酒】是也。諸如此類，可以單用之曲，卽於目録中，並本曲牌名之下，注明『亦可單用』四字，所以分别其餘之曲，斷乎不可單用也。

一、論元曲與通行之曲兩不相合，則另爲選曲也。予今選曲，惟元人著作則宗之。但《百種》全集内，有《馬陵道》、《漁樵記》、《抱粧盒》、《昊天塔》等劇，聯套佳篇，現今膾炙人口，通行於世，但逐一較對原本，與今時尚，大有不同之句頭。蓋因後人任意筆削，以合現行腔板，所以不同也。諸如此類之齣，予亦不録。元人原曲亦不録，今人筆削之曲，惟視此套一樣牌名，另行遴選，取其可宗者，以爲標榜，而以通行之曲，一例比對而載之可也。

一、論北曲中罕見之牌名不能盡載也。予按元人六宮十一調內之曲，計其牌名，共有四百六十一，其所用及套數之中者，止有二百三十四。以此觀之，元人著作如此之富，猶取之不盡，用之不及，以故有其名而無其曲者甚多也。今時劇場所用，又安能遍及乎？況予所定者，皆通行必需之牌名，故不載及隱僻罕見之牌名。然而好事者偏見探索，每有用及此等怪誕之牌名者。卽如《邯鄲夢》傳奇之有【絳都春】，《定天山》傳奇之有【錦上煞拍】，以及【哈嘍叱】之類，元人曲本，並無此等牌名，此曲中之邪魔外道也。諸如此類，雖或見於排場，予以其無本之曲，且京、崑兩腔俱不能發妙音，故概行擯棄之。

一、論選曲有法，存者當存，而去者當去也。卽如與【南普天樂】間用之【朝天子】，較之與【端正好】套內之【朝天紫】，體格不同，而元本亦不載。予以其劇場所必需，故止存其格於附錄『餘音』之內，而於目錄牌名以及曲格牌名之下注明之，以見與宮音一體不同也。若論【端正好】套內之【朝天紫】，元本相傳，亦稱爲【朝天子】。殊不知唐時牡丹花乃有『朝天紫』之名，想因偶見此花，定此牌名，蓋『紫』也，非『子』也。予恐失其命名本意，故改正之，而並注明目錄牌名以及曲體牌名之下。又如【番竹馬】、【道合】、【玉劄子】三曲，元本亦未載，以致《九宮》誤作南曲。予今亦存於北譜，但因此等之曲，與五音各曲俱不相似，故亦止錄其格於附錄『餘音』。至於【耍孩兒】有【五煞】以至【一煞】，稍有不同，其腔不雅，與五音亦不相似，無論京腔、崑腔，與夫各方俗尚，下至乞丐，其腔大都相仿，詞家竟可不用。奈元本所有，而且頗行，故亦錄其格於附錄『餘音』末簡，此刪詩存《鄭》、《衛》意也。其【賞花時】句數短促，不入聯套，元人用於楔子中。蓋楔子者，即如古傳奇中開場，唱及『囉哩嗹』之類，院本俗套，故去之。又如【黃龍衮】即【鵪鶉兒】，【下小樓】即【上小樓】，不必異其名而重載其曲也。【撲燈蛾】即【疊字犯】，非南非北，未見成其妙音，且元人曲中所無，故並去之而不存耳。

一、論【煞尾】另有體裁者也。全曲收聲，端在【煞尾】，務期簡潔峭拔，乃爲得勢。北曲者，原係院本源流，不比傳奇所用，故其【煞尾】冗長，爲不可宗。茲故不宗元體之【煞】。至於通行傳奇之【煞】，較之元人之【煞】稍短，用於劇場，猶覺其長也。茲故於各音中，揆及本音、音調若何，另作一【煞】，句頭短勁，其格各有不同，以便詞人按此而用。惟有【端正好】爲首，而以【朝天紫】收者，原可不用【煞尾】。

一、論曲中收音之字所當分晰也。北曲並無入聲字，故但凡遇及入聲，皆作平、上、去三聲用也。蓋惟視及本句文理若何，而收作某聲，自得其音之正。然世之昧於辨别者，每致誤認。故每遇入聲字，應當借作某聲用者，即以小圈附於字隅，亦有益於愚蠢者也。至於鼻音、閉口音等字，其字各歸一韻，按韻常閱，似亦易知，原可不必贅及。但世俗淺學，猶致不辨，况乎四方音韻不等，如在優伶不無自誤，更以誤人者。茲故凡遇曲中口圈之字，即鼻音也；〇圈之字，即閉口音也，似此區别，頗謂詳明。優伶之輩，不學無術，得此書者，大長其學問云爾。

（以上均《續修四庫全書》第一七五三冊影印，清康

（熙間停雲室藏板本《新定宗北歸音京腔譜》卷首）

【箋】

〔一〕此文當爲盧鳴鑾撰。

新定宗北歸音題識

闕　名〔一〕

北曲盛行於元，通行及今，字句混淆，罕有一定。予爲分歸五音，摘清曲體，配合曲格，新點京腔板數，裁成允當，殊堪豁目賞心。

（同上《新定宗北歸音京腔普》書名頁）

【箋】

〔一〕此文當爲盧鳴鑾撰。

南九宮譜大全（胡介祉）

《南九宮譜大全》，胡介祉據沈自晉《南詞新譜》增補，今存殘稿本，凡七卷，中國國家圖書館藏。參見魏洪洲《胡介祉〈南九宮譜大全〉三考》（《古籍整理研究學刊》二〇一四年第六期）、《胡介祉〈南九宮譜大全〉編纂考》（《文獻》二〇一五年第二期）。

胡介祉（一六五九—一七二二後），生平詳見本書卷六《廣陵仙》條解題。

南九宫譜大全序〔一〕

胡介祉

音律之義大矣哉！習者多而知者少。藉第欲得其梗概，以範圍淺近之耳目，夫亦何難？如必裒集編摩，使諧聲協律之流奉若高曾，矩矱規繩而畫一也，良非易已。蓋引商刻羽，探本尋源，門戶體式，格勢劇科，聲調引序之咸宜；清濁高下，短長疾徐，哀樂剛柔，出入周疏以相濟。辨之不爽毫髮，按之罔失錙銖，非用物也宏，取精也多。累月窮年，心專志篤，曷由窺厥堂奥，其敢遽卓然成大觀也哉？

余童年於五聲十二律卽粗識大意，耳聆絲竹，目覩詞章，美好妍媸，間或以己意參其去取。第時方習制舉業，揣摩之不暇，未遑營心歌曲，自輯一編。抑見聞未廣，寧云識鑒遽精耶？後洊歷中外，簿書餘閒，徵鼓吹數部，童子六七，效斑衣之舞，以娛奉慈顔，乃漸得與之相親相近矣。於是簡往古舊曲，近今新聲，播諸管絃，度其節奏。聲音格律，有似是而實非，字同而韻異者，莫不低徊反覆，婉轉思維，務使作者之心傳神於歌者之口，登場之曲合拍於擊節之聲。庶幾釐定有成，聽古樂而思臥，可知免夫。雖然見聞廣矣，識鑒精矣，尚散見諸書，如珠之走盤，未嘗貫之而纍纍也。歸田以來，擔荷已息，身世相忘，乃今而後，得以繼從前三十餘年之未敢、未遑者，思有以竟其業、慰其心焉，顧猶逡巡者二三載。

戊寅仲春〔二〕，偶檢架上傳奇、雜劇，不下數百千本；九宮十三調新舊曲譜，無慮數十種。遂欣然把卷，翻閲數過，爰命筆而纂輯成編，顔曰《南九宮譜大全》。大率本吴江伯英沈君之《南詞新譜》，而以各家祕譜參之。夫沈氏自詞隱先生以銓部歸隱，寄情聲韻，博采古今之羣書，間存寄托之新製，以創成《詞譜》於前。迨其似續，又以家學淵源，迭相唱和，釐訂增益，以纘述《新譜》於後，而伯英獨集其成。前後五十餘年間，阿大、中郎，封胡、遏末，無不精於度曲，聖於塡詞。即中閨之頌椒咏絮者，出其片紙寸幅，渢渢乎皆可按之紅牙，譜之金石。沈氏固多才哉！余又何能踵其後塵也？

然語不云乎：『莫爲之前，雖美勿彰；莫爲之後，雖盛難繼。』況夫伯英嘗論馮氏子猶《墨憨詞譜》曰：『馮則詳於古而忽於今，余則備於今而略於古。考古者謂不如是則法不備，無以盡其旨而析其疑；從今者謂不如是則調不傳，無以通其變而廣其教。實相濟以有成也。』假令生伯英於今日，不知其釐訂增益又復何如？余安得不踵其後塵耶？是以遍就新譜，增其所有，益所未見。存者，固不妄爲删削；闕者，亦不自揣闇陋，稍塡補一二。其餘别集、雜刻，所采選搜羅亦十四五。至凡正書襯字，標注旁音，悉仍其舊。或迹涉可疑者，互引各譜以相質證，要之與伯英《新譜》先後發明耳。始於戊寅仲春，成於癸未仲秋〔三〕，歷經六載，手自鈔録，數易其稿而後編成，凡若干卷。謂之『大全』者，豈敢遽自以爲全書竟無缺略也哉？亦猶伯英繼詞隱先生之後，而曰『廣輯』云爾。乃今而後，昔之未敢、未遑者，庶有以竟其業、慰其心也夫。夫詞隱先生以作爲述者也，伯英以述爲述者也，余則竊比於伯英者。後有踵事增華，更集其大成，如余之於伯英，何不可哉！何不可哉！

燕越種花翁胡介祉〔四〕。

（中國國家圖書館藏稿本《南九宮譜大全》卷首）

【箋】

〔一〕底本無題名。

〔二〕戊寅：康熙三十七年（一六九八）。

〔三〕癸未：康熙四十二年（一七〇三）。

〔四〕題署之後有方章二枚：陽文『介祉之印』，陰文『茨村』。

御定曲譜（王奕清等）

《御定曲譜》，又名《欽定曲譜》、《康熙曲譜》，清王奕清等奉敕編纂，成書於康熙五十四年（一七一五）。現存《四庫全書》本（《景印文淵閣四庫全書》第一四九六冊、《文津閣四庫全書》第五〇〇冊據以影印，民國間上海掃葉山房據以石印）。

王奕清（一六六五—一七三七），字幼芬，號拙園，太倉（今屬江蘇）人。文淵閣大學士兼禮部尚書王掞（一六四四—一七二八）長子。康熙三十年辛未（一六九一）進士，選庶吉士，散館授編修，官至詹事。曾代父赴西北軍前效力，乾隆元年（一七三六）召還。主修《欽定詞譜》、《欽定曲譜》。傳見《清史稿》卷二八六、《詞林輯略》卷二、《婁東書畫見聞錄》、民國《太倉州志》卷二〇等。

御定曲譜凡例

闕　名〔一〕

一、詞者，詩之餘；而曲者，又詞之餘也。揆歌之所昉，曰『詩言志，歌永言』，則《三百篇》實爲濫觴，一變而爲樂府，再變而爲詩餘，寖假而爲歌曲矣。當爲樂府之時，雖亦名之曰『古詩』，而《三百篇》之音不傳；當爲詩餘之時，雖亦號之曰『樂府』，而古樂府之音不傳。自傳奇、歌曲盛行於元，學士大夫多習之者，其後日就新巧，而必屬之專家。近則操觚之士，但填文辭，惟梨園歌師，習傳腔板耳。即欲考元人遺譜，且不可得，況唐宋詩餘之宮調哉？故斯譜另編於詞譜之後，無庸妄合。

一、《嘯餘》舊譜，前載玉川子《嘯旨》，又廣及《皇極經世》聲音之數、《律呂本原》、《樂府原題》、《唐宋詩餘》、《樂府致語》，皆別爲卷帙，於本譜無所發明，故概刪不錄。至《中原音韻》、《洪武正韻》二書，久行於世，亦不更載。

一、北曲宜準《中原音韻》，南曲宜準《洪武正韻》，舊譜出入處甚多，悉爲訂正。

一、每曲字句多寡、音聲高下，大都不出本宮本調，而塡者之縱橫見長，歌者之疾徐取巧，全在偷襯、互犯。譜中不過成法大略耳，在善用譜者，神而明之，斯無印板之病。

一、自崑腔作後，絃索之學，講者漸衰。所以南九宫譜，雖不擇詞章，足爲科律；北六宫譜，絕少師傳，不點板眼。蓋板有三：曰頭板，迎聲而下者是也；曰掣板，節於字腹者是也；曰截板，煞於字尾者是也。然亦隨宜消息，欲曼衍則板可贈，欲徑淨則板可減，欲變換新巧則板可移，南北曲皆然。

一、譜中右旁四聲，就現在本字加注，非果字字不可易也。然在句内入拈發調之字，斷不可易，習者審之。

一、字有陰聲、陽聲、齊齒、捲舌、收鼻、開口、合口、撮口、閉口之別。惟閉口極難得法，『侵尋』易混『眞文』，『覃咸』易混『寒刪』，『廉纖』易混『先天』，故獨加圈識别焉。

一、北曲六宫十一調内，缺道宫、高平調、歇指調、角調、宫調，僅十二宫調。南曲九宫十三調，蓋以仙吕爲一宫，而羽調附之；正宫爲一宫，而大石調附之；中吕爲一宫，而般涉調附之；南吕爲一宫；黄鍾爲一宫；越調爲一宫；商調爲一宫，而小石調附之；雙調爲一宫；仙吕入雙調爲一宫。共爲九宫十三調也。

一、宫調雖分，互有出入。《嘯餘》舊譜，於曲名下偶注一二，殊未詳核。今據元人宫調全目，逐一注明，庶令作者不患拘閡。

一、《嘯餘》舊譜，北曲每首列作者姓名，下注所出傳奇，南曲則但列傳奇名目，都無作者姓名；又多有起調、接調，兩首出自兩處者，不得不另立一行。今既難遍注作者姓名，止將傳奇名目注每曲之尾，亦便於連合【幺篇】，不使若又一體也。

一、疊前曲調，昔謂之【幺】，亦曰【幺篇】，卽【前腔】、【換頭】也。有起處增減字句者，則曰【換頭】；有一字不異者，止曰【前腔】。但起調首句句盡，下一截板接調，卽通句點板耳，只宜連貫一處，而以『幺』字、或『前腔』、或『換頭』二字隔之，不可分行立題，使若另爲一體。

一、凡書中作者，例應書名，舊譜都以字行，或著別號。今欲概易以名，而不可考者十有二三，恐反致錯雜，姑仍其舊。

一、入聲在北曲，悉準《中原音韻》，派作平、上、去三聲，不可互易，而在南曲，則與上、去同爲仄聲。故應用仄而遇入聲，但注入聲，一如上、去；惟應用平而借入聲者，注云『作平』；其有宜平而仄、宜仄而平、宜上宜去而入，則注曰『宜某聲』云。

一、舊譜既於句首右偏小書『襯字』，又於句下雙行小書『韻句』，相連不斷，使觀者目眩。今句韻皆方其外，一覽瞭然。至每句字數，有目共知，不必更注。

一、曲譜從無善本。元有《太平樂府》，明有《雍熙樂府》，世所盛推，然皆選擇詞章，薈萃名作，與製譜無涉。《嘯餘》舊譜，又多舛譌。今北曲參考《元人百種》所載諸家論說，南曲稍采近日所行《九宮譜定》一書，擇其根柢雅馴者，附於卷首。

（《景印文淵閣四庫全書》第一四九六冊《御定曲譜》卷首）

【箋】

〔一〕此文當爲王奕清撰。

新編南詞定律（呂士雄等）

《新編南詞定律》，呂士雄等輯。現存康熙五十九年（一七二〇）刻本（《續修四庫全書》第一七五一——一七五三冊據以影印），康熙間刻、乾隆間香芸閣印本。

呂士雄，字子乾，長洲（今江蘇蘇州）人。生平未詳。毋丹《〈新編南詞定律〉非第一部戲曲工尺曲譜考辨》（《文獻》二〇一四年第五期）稱朱色套印工尺譜本爲乾隆間刻本，徐應龍重校。

新編南詞定律序

胤　禛〔一〕

觀夫六義者，詩之本也；　六律者，樂之源也。黄鐘起於一陽，三分損益，隔八相生；　變而爲十二律呂，陰陽合配，五音互生，自然而然，少無造作。故千百世之下，無能出其範圍。此學者所共知也。

三代以下，止有古詩。自梁沈約用韻，至唐而聲律始嚴，近體、排律、樂府、截句，駸駸乎盛矣。迨後宋、金、元、明，詩餘詞曲，格範愈多，總皆不出『詩言志，歌咏言』之意，然皆文詞簡素，用意純樸。有不得其門而入者，未免視爲泛泛，不肯鑽研，蓋因其有聲無色，非所以快心志、悦耳目也。至於傳奇，則聲色俱備，實足動人，一詠一歌間，雖婦人女子、山童牧豎，無不欣然於忠孝、姦佞、善惡之間，或爲贊揚，或爲唾駡，面目雖假，啼笑若真，未嘗不可以感激人心，助宣教化焉。

今操觚之士，各以意見，創爲新詞，傳爲譜曲，自元迄今，不下數千百本矣。若九宫譜，則有沈伯英、馮猶龍、張心其、蔣惟忠、楊升庵、鈕少雅、譚儒卿諸家，所作不一，大意皆同，而板式、正襯、字眼，多致舛誤。其所病者何也？蓋歌唱必出於梨園，方能抑揚宛轉，以曲肖其喜怒哀樂之情，此其所長也；至於文章句讀，不能諳其文義，則未免於刺謬者有之，此梨園之所以爲病也。詞曲必出於文人，方能搜奇擷藻，以闡發其人情物理之正，此其所長也；至於按曲點板，不能諧其律吕，則未免於牽强者有之，此又操觚者之所以爲病也。至九宫之過曲、犯調，多采諸傳奇、散曲，引子多采諸詩餘，其中有精有粗，有俚有文，總因操觚者不屑與梨園共議，而梨園中又無能捉筆成文，遽自著作，是以苟延至今，終不能令人開卷一快。

今姑蘇吕子乾，留心翰墨，好問博學。以及同里劉子秀〔二〕、唐心如〔三〕，錢塘楊震英〔四〕，筦江金輔佐〔五〕，則各有所長，或諳於律，或審於音，皆不易得之才。而翕然彙聚，斟酌成書，亦詞律之幸也。於中或删或補，或增或減，務使前後正犯相同，不致矛盾。又有少年好學，如鄒景僖、張志麟、李芝雲、周嘉謨等〔六〕，並力檢校。不數月間，編類集成，名之曰《新編南詞定律》，共得十三卷，分帙爲八，以取八音克諧之意。爰筆爲序，少志其事，於知音者當不無小補耳。

時康熙五十九年歲次庚子菊月穀旦，主人自識〔七〕。

【箋】

〔一〕胤禛（一六七八—一七三五）：清宗室，愛新覺羅氏，聖祖玄燁（一六五四—一七二二）第四子。康熙三十七年（一六九八）封貝勒，四十八年（一七〇九）封雍親王。即位前，號恕園主人、圓明居士。六十一年（一七二二）即位，次年改年號雍正（一七二三—一七三五）。著有《雍邸集》。傳見《清史稿·世宗本紀》、《清實錄·清世宗實錄》等。參見馮爾康《雍正傳》（人民出版社，一九八五）等。

〔二〕劉子秀：即劉璜，字子秀，姑蘇（今屬江蘇蘇州）人。生平未詳。

〔三〕唐心如：即唐尚信，長洲（今江蘇蘇州）人，名號、生平均未詳。

〔四〕楊震英：即楊緒（約一六七一—一七二〇後），字震英，號而緒，錢塘（今屬浙江杭州）人。生平未詳。

〔五〕金輔佐：即金殿臣，字輔佐，莞江（今廣東東莞？）人。生平未詳。

〔六〕鄒景僖、張志麟、李芝雲、周嘉謨，名號、籍里、生平均未詳

〔七〕題署之後有印章二枚：陰文方章『游戲三昧』，陽文方章『恕園主人』。

（新編南詞定律）敍

呂士雄

予聞鳳皇鳴而律呂諧，詩頌作而詞曲生，皆所以調陰陽、宣教化也。樂府關乎世道，豈淺尠哉？自宋元迄今，詞曲尤盛，然或文雖藻麗，而演之於氍毹則淡無生色；或敷演似佳，展之於案

頭而文多俚鄙。是以曲盛於元，如《荊》、《劉》、《拜》、《殺》等曲，人皆稱曰當行，故後之塡詞者，莫不以元曲爲模範也。

但歲月既久，不無好奇穿鑿之弊，或以正字外多加襯字，正體作爲犯體，九宮之譜迭興，各出臆見，不能畫一。塡詞家正襯既爾淆訛，度曲者板拍豈無舛錯耶？今於古今之劇、諸家之曲，靡不深蒐极考，彙諸詞曲，斟酌損益，分其正襯，定其板式，集而成帙，使塡詞度曲者，開卷瞭然。雖不敢以管窺愚見爲固，是俟世之同志者，或可爲千慮一得之所禆云耳。

時康熙五十九年九月上浣，茂苑呂士雄識〔一〕。

【箋】

〔一〕題署之後有印章二枚：陽文方章『子乾』，陰文方章『呂士雄印』。

（新編南詞定律）序

楊緒

憶三十載前，薄遊山左。時隨園胡公爲廉使〔一〕，聽讞之暇，徵歌選音，遂博采諸家舊譜，斟酌考訂，浹歲而成書，曰《隨園譜》，藏爲祕笈。緒時留連衙署，忝與校閱，因得乞其全稿而歸。後來京師，寢食斯道，每與同儕考索律調，悉以此譜爲準繩，以其較坊刻所行，爲詳且贍也。

今庚子歲〔二〕，諸識音者一時振作，采取諸譜，然亦多取於隨園。舉向來失傳者，悉薈萃一堂，芟其繁蕪，正其訛謬，審節按板，分類定音，無一不協諸宮商，至精至當，務合乎古而宜於今，不紐於成而隨於俗。編輯既竣，顏曰《新編南詞定律》。視向之《隨園譜》者，覺考核愈詳愈備，而畫一始出，眞所謂銖兩毫①釐之無失者矣。緒苦心已久，今既幸聞見益廣，學之有宗，且又深幸後起者之規範，凜然一勞而永逸也乎！

時康熙庚子九月吉旦，錢塘楊緒撰〔三〕。

【校】

①毫，底本作『豪』，據文義改。

【箋】

〔一〕隨園胡公：即胡介祉（一六五九—一七二二後），室名隨園，參見本書卷六《廣陵仙》條解題。約康熙三十年（一六九一），胡介祉任河南提刑按察使，三十四年罷官。若其時楊緒二十歲，則約生於康熙十年（一六七一）。

〔二〕庚子歲：康熙五十九年（一七二〇）。

〔三〕題署之後有印章二枚：陰文方章『而緒之印』，陽文方章『楊氏震英』。

（新編南詞定律）序

劉璜

夫聲律之學，人多目爲淺易，不知出於心聲，發於性情，準於五音，而暢導其陰陽相生之氣也。自宋元以來，作家如林，往往但騁其才華，而鮮究其音律，相沿舛錯，因循差謬者有之，以至正襯字眼、腰底板式，訛以傳訛，無由考正。

茲編慨聲律之互淆，研宫商於一定，命集同人而纂輯之，凡一調一音、一字一板，必審校精當而不遺餘力焉，顔之曰《新編南詞定律》。是書之綱舉目張，條分縷晰，普曲辨音，協調定板，靡不穩確不易，誠可以釋前人未解之疑，可以範後人岐趨之軌。吾知騷壇起舞，藝苑稱奇，斯有以永垂不朽者矣。璜以薄識菲材，得隨諸同志之後，參考詳閲，共襄成書，深爲厚幸。而世之知音者，亦必擊節稱快云。

時康熙五十九年菊月重九後一日，姑蘇劉璜識〔一〕。

【箋】

〔一〕題署之後有印章二枚：陰文方章『劉璜』，陽文方章『子秀自書』。

新編南詞定律序〔一〕

金殿臣

考諸古昔，惟歌章樂府，迄於近代，始多傳奇。余薄遊海内四十餘載，好學之念時不能已。索諸宫譜，種種不一，雖有抱負，不能一伸。今新編斯譜，凡正襯之字眼、板式之合拍、正曲之句讀、犯調之次序，一一分明，毫無假借。析而分之，既無乖舛；翕而合之，亦無差謬。以此方見一筆直下之功，非他搜羅考核之力也。幸諸公同心戮力，各盡所長，自春而秋，厥功告竣。愚衰朽之年，得與斯譜，快然一閲，亦深幸矣。

時康熙五十九年重九日，芜江金殿臣記〔二〕。

【箋】

〔一〕底本無題名，據版心題。

〔二〕題署之後有印章二枚：陰文方章『輔佐私印』，陽文方章『金氏殿臣』。

(新編南詞定律)凡例

闕名

一、凡刊行宮譜，原恐宮調混淆，句拍舛錯，使填詞度曲者便於考核，並非好異炫奇也。但今諸譜，大有異同，總難定一。卽有操觚之士，不諳度曲，唯憑紙說，動引五音六律。或據曲律，云：『宮商宜濁，徵羽宜清，黄鐘富貴纏綿，正宮綢繆雄壯。』又云：『宮爲土、爲君，月令爲姑洗、林鐘、無射、大呂，其聲也典雅沉重；商爲金、爲臣，月令爲夷則、南呂、無射，其聲也嗚咽淒愴。』今世之稍讀書者，孰不知之？而不諳度曲，其典雅沉重、富貴纏綿之音，從何而辨耶？豈不成捕風捉影乎？或云：『九宮混雜，置而不較，定爲十二律呂，分貼五音隔八相生之說。』斯雖論音聲之本，但與詞曲大相徑庭，亦非確論。且宮調元聲，其來已久，安可廢乎？今此譜悉細考諸譜，憑之曲調，去取合度，予奪折中，公諸識者，知非一人之臆見也。

一、凡諸舊譜，曰《南音三籟》，曰《骷髏格》，曰《九宮譜》，既多紕繆，卽『九宮』之名，已失其實矣。但存其名而無其目，何曾有九宮十三調耶？今但以其所傳所行之曲，一一考正，並不强爲牽扯，悉仍舊貫。

一、凡諸譜之曲，與正體或增減一二字者，或損益一二襯字者，即爲又一體。今以句讀相同、板式不異者，即爲一體；　至句拍皆不同者，始爲又一體。

一、凡諸譜有幾曲所收宮調不同者，今細審其曲應入某宮某調者，悉皆收正，不致異同。

一、凡諸譜所收之曲，繁簡不同，今以通行可唱可傳者存之。　其體異不行，不足法者，悉皆不録。

一、凡諸曲之引，各分宮調，賴以起合字句，奚可混雜？　或係近詞，或同詩餘，今悉對清較正。

一、凡各宮之【賺】，諸譜不一，然亦無甚差別，惟句之長短，字之多寡，少有互異，今仍依其舊，分列各宮。　殊不知『賺』者，乃掇賺之意。　如《拜月亭》之『山徑路幽僻』，係中吕【尾犯序】，四曲唱畢，若即以黄鐘【耍鮑老】『朝廷當時』之曲接唱，非但宮調不同，亦且難按板拍。　故善於詞曲者，即用『且與我留人』之二【賺】以間之。　諸如此類頗多，實作家之巧意，亦歌者之方便門也。　切不可因差一二字，拘礙云某宮【賺】係幾字，【不是路】係幾字，則大乖前人之旨矣。

一、凡曲之襯字，細考諸譜，或分句不明，點板各異，以襯爲正、以正作襯者甚多，皆緣不知唱法，不諳板眼，是以詿誤。　今將正襯字句幾何，及板式數目幾何，一一分別注明。

一、凡諸譜所論詞曲，刻定第幾句當幾字，似非確論。　是以字句板式，屢有混雜差謬。　如湯海若所撰之曲，襯字更多，奚可刻定乎？　今以某曲當幾句幾拍，詳之以正襯板式，則宮調庶無亥豕之訛矣。

一、凡詞曲字面，四聲易知，不須復贅，唯鼻音、閉口，混收音者頗多。如《中原音韻》之庚青、眞文、侵尋、先天、監咸、廉纖之韻，最易混淆。今以收鼻音者用〇，閉口者用口，圈於每字之上，一一記之，庶曲之字音不致誤收。

一、凡諸本詞曲，正襯句讀，甚多混雜。今以襯字之上加〇，詞曲之句則記〇於旁，讀則記●於旁，則不致連斷舛錯，以便查考。

一、凡諸曲，如●者曰正板，又曰頭板，乃方出音卽下板者是也；如乚者爲擪板，又曰腰板，乃字出已半拍於音之中者是也。如一者爲底板，又曰截板，乃字音已完方下板者是也；又一曰喚板者，或起曲前，或曲中話白畢、將唱已前拍者是也。又○〃二者，皆曰虛板，乃可用可不用者是也。其襯板之正板則×，擪板則㐅，底板亦×，皆總拍於板之正眼。凡作家無不知者，故姑列此式於前，而不點於詞曲。

一、凡【煞尾】，各譜未全載明斯爲何煞，今一一細考，悉注其名，然亦無甚有關於宮調也。

一、凡《西廂記》之曲，本係北調，後李日華、陸天池惜其詞句之佳，就以其北詞改爲南曲，顛倒互用，使詞章血脈斷續，已失元人本旨矣。且唱其句讀，終屬牽强。今雖收入南譜，然不可爲法。其《臥冰》之文理鄙俗，詞曲亦不可爲法。

一、凡《殺狗記》之曲，本係元人所作，且《荊》、《劉》、《拜》、《殺》之名，膾炙詞人之口。今細考其詞句，混淆舛錯頗多，必非原本。且此劇以弋陽及棚偶，久爲演唱，或將科渾間雜，或以滚白混淆，以訛傳訛耳。今以其元人古劇，諸譜相沿錯謬已久，難於棄置，然亦深不足法也。

一、凡諸譜犯調之曲，或各宫互犯，或本宫合犯，細查諸譜，不無異同。且其定句間或參差，或犯同而名不同者，諸論不齊，各相矛盾，難於定準。今以正體之句詳定，則其所犯集曲幾句，亦定準矣。其有向來皆爲正體，後或穿鑿改爲犯調者，而不知詞曲相同之句讀頗多，如【宜春令】首二句，與【啄木兒】、【浣溪沙】相似，豈當作犯曲耶？今查係正體者，不必强爲犯調而畫蛇添足也。其合調者存之，不合者悉删去。

一、凡曲牌名，多有一曲二三名，甚至四五名者，最易惑人耳目。如《精忠記》之【洞仙歌】，化爲【楚江秋】；《八義》之【節節高】，變爲【生薑芽】。又【滿園春】、【鋪地錦】、【鵲踏枝】、【雪獅子】，本一曲有四名；【步步嬌】、【鬧蛾兒】、【潘妃曲】，一曲三名。如此之類，或騷人隨意穿鑿，或作家有心規避，其本源實一詞也。若不細注於正體之下，則不免壺壼之别、魚魯之失矣。

一、凡曲中之『這』字，本無鷓音，查《説文》、字典，皆因彦字，往往見諸《朱子全書》及《宗門語録》，皆用『者』字。再『呆』字，亦無音挨處，實音保，『獃』字卻音魚開切。然『這』、『呆』二字，通行已久，一更『者』、『獃』，反覺好奇，故二字仍從俗借用。

（以上均《續修四庫全書》第一七五一册影印清康熙五十九年刻本《新編南詞定律》卷首）

新編南詞定律題識〔一〕

闕名

是編也，選諸傳奇以及元明散套，凡輯二千餘曲。其中文辭、句讀、正襯、字眼、板式，務必從古從俗，並非一己之臆見，强爲穿鑿。公諸識者，以博一笑。

（清康熙間刻、乾隆間香芸閣印本《新編南詞定律》内封〔二〕）

【箋】

〔一〕底本無題名。

〔二〕此本未見，據黄仕忠《日藏中國戲曲文獻綜録》圖版録入（頁三八八）。

太古傳宗（湯斯質等）

《太古傳宗》，清唱曲譜集，康熙間蘇州曲師湯斯質、顧峻德傳譜，乾隆間莊親王允祿（一六九五—一七六七）命曲師朱廷鏐、朱廷璋、鄒金生、徐興華重訂，剞劂付梓。現存二卷本與六卷本。二卷本録《太古傳宗琵琶調西廂記曲譜》二卷，凡二十折，現存乾隆十四年（一七四九）内府刻本。六卷本現存乾隆十四年（一七四九）内府刻本、民國間石印本，包括《太古傳宗琵琶調西廂記曲譜》二卷，凡十折（僅爲二卷本《琵琶調西廂記》中卷上部分）；《太古傳宗琵琶調宫詞曲譜》二卷，凡四十六套，多爲元、明散曲；《太古傳宗絃索調時劇新譜》二卷，凡二十四曲，多爲清代流行戲曲。參見傅雪漪《罕見的戲曲音樂書〈太古傳宗〉琵琶調》（《中國音樂》一九八四年第九期）、鄭祖襄《關於〈太古傳宗〉琵琶調樂譜的幾個問題》（《音樂學習與研究》一九九七年第二期）、徐文武《清傳本〈太古傳宗〉考述》（《圖書館學研究》二〇一五年第五期）。

太古傳宗原序

湯斯質〔一〕

粵自倚聲創製，宮譜載興。既詞質而韻嚴，亦聲諧以調穩。手隨心得，志以聲宣。聽江上之琵琶，青衫欲濕；按橋頭之曲譜，玉笛偷傳。王昭儀一卷《金陀》，恨留隔代；汪水雲三聲石鼓，怨絕當年。積以流傳，漸多譌誤。遂使金閨麗句，亥豕溷淆；菊部遺音，宮商舛錯。況自絃索調分，僅覩雲中片玉；《歌樓格》出，尤推吳下千狐。苟不辨其妍媸，豈能定以規式？

予不敏，少而從事歌曲，晚益留心宮調。嘗將時下所行元音數曲，核之《辨訛》諸錄，不揣愚狂，逐加考訂，去句字之冗舛，正腔板之乖異，注譜一卷，用以自私。戊戌仲夏〔二〕，適與顧子峻德相遇〔三〕。閒窗論次，偶及《西廂》一劇，由來膾炙人口，惜乎爲好奇者刪改，殊乖正格正音。近得《絃索辨訛》一書〔四〕，曷不與《六才子外書》合參〔五〕，使其字不厭襯，句不犯格，音必求其協律，調不可以溷腔？因復相與參核，譜成全書，彙爲兩帙，將以公諸同好，專祈斧正，非敢自鳴杼軸以矜人，亦不欲爲依樣葫蘆以自誤。庶脫吻傳音，不失《秦娥》之舊；捧心效病，無增鄰女之羞云爾。

時康熙壬寅歲中秋上浣〔六〕，古吴湯斯質題於墨香書屋。

【箋】

〔一〕湯斯質：字彬和，吴縣（今屬江蘇蘇州）人。著名曲師。

〔二〕戊戌：康熙五十七年（一七一八）。

〔三〕顧峻德：字號未詳，無錫（今屬江蘇）人。曲師顧子式姪孫。崑曲旦角演員，曾隸吉祥部。吴長元（一七三一前——一八〇五後）《燕蘭小譜》評其：『靚妝秀質，美擅歌樓，崑旦中之翹楚。』

〔四〕《絃索辨訛》：沈寵綏（？—約一六四五）撰，參見本書卷十二該條解題。

〔五〕《六才子外書》：金聖歎（一六〇八——一六六一）評點《第六才子書西廂記》，别稱『聖歎外書』。

〔六〕康熙壬寅歲：康熙六十一年（一七二二）。或作康熙元年（一六六二），誤。

太古傳宗原序

孫　鵬〔一〕

蓋惟律吕之道，協天地自然之氣，合之人聲，宣之於器數，而後可以得其中和之則。苟天時與地氣不審，人聲與樂音不比，雖以古之詩章，用古之器數，亦徒見其乖戾而不合，侵替而不倫，手擊之而不得於心，口歌之而非出於志。是人與樂判然而爲二矣，欲其動天地、感鬼神、洽人情，不亦難乎？夫古之知音者，聞聲而可以知其人之性情，辨其事之得失，識其所感之邪正，論其所存之是非。而操縵安絃，音旨之相觸，或至於遊魚出聽，六馬仰秣，此豈非聞者之能盡其精微，作者之有以得其旨要哉？蓋樂之爲用，音聲動靜，感人性情之變甚速。先王慎樂之感，擇其正者以布化於生民。故聖人有云：『興於詩，立於禮，成於樂。』樂之爲道，顧云重矣。苟有毫髮之不善，又烏能造其理窟而得神融之至也歟！

己亥夏日〔二〕，偶遇湯子彬和，視其人恂恂然，窺其動容言貌，溫粹以和，似亦深有得於樂中三昧之益者。語次，袖出一卷，曰《太古傳宗譜》。考其義意，蓋仿古之琴絃有音無文之樂，而以時尚相傳之散曲，按配宮商，彙成二譜。其說有一板八眼，重以一十六彈，以符一時八刻十五分之義。且云：『是書鑽研久矣，嘗訂於顧子式〔三〕。』子式，蘇郡之名師也，意將畢一生之精力，而以公之於天下，惜乎采求未竟，遽云徂謝。譜傳於姪孫峻德，繼先人之貽志，復參互而集成之。共分《西廂譜》二卷，《宮詞譜》二卷，洋洋灑灑，數十餘闋，字字搜括，不遺餘奧，斯亦深有得於五音六律之髓，可不爲近時音樂準繩？固將不祕其傳，公之以行於當世。余固不知樂也，聊以見聞古說，爲之弁言，以俟世之知音君子采取焉。

時康熙壬寅仲秋上澣，平江孫鵬題。

【箋】

〔一〕孫鵬：字號、生平均未詳，平江（今江蘇蘇州）人。

〔二〕己亥：康熙五十八年（一七一九）。

〔三〕顧子式：蘇州（今屬江蘇）人。著名曲師，編撰有曲譜。顧峻德叔祖，曾授顧峻德曲學音律。

太古傳宗序

允　祿〔一〕

蓋聞聲音之道，發乎自然。天地兩間，四時萬籟之所宣蕩，莫不各有其勝，而惟人爲最精。言者，心之聲也，長言之不足，則從而歌詠之。合之五音十二律呂，宣之於八風，而樂以作。然則樂尤人聲之最精者乎？

大樂之制，肇自軒轅，六代相承，九春咸備，夐乎尚已。《三百篇》《雅》、《頌》之外，有十五《國風》。漢晉樂府，音節至爲近古，其篇章傳於世者，有歌曲舞曲。《練時日》、《天馬》，唐山夫人等作，歌曲也；《宣武》、《拂翔》諸舞詞，舞曲也。三唐專以聲律取士，一時學士大夫所詠性情之作，多爲諸梨園取去，被之管絃，舞席歌筵，互相誇尚，故有唐聲律之學爲獨盛。宋一變而爲詞，元再變爲北曲。有明中葉，磨調出而南北曲並行，自是套數、傳奇、絃索諸調，雜然爭勝矣。自宋迄明，屢變屢新，去古稍遠，然天地自然之音，則未嘗不於是存。今之所傳詞曲，雖云雅俗不同，而要以聲音之道求之，古今樂之相去，又豈有殊途哉？

茂苑徐興華〔二〕、古吳朱廷鏐〔三〕，以詞學知名當世，嘗手出《琵琶調宮譜》，請正於余，題曰《太古傳宗》。余惟琵琶製自西漢，昔人嘗以箏琶合調。斯譜音節，既與今世所行絃索稍異，則按之於古昔，其亦猶有相近者歟？沿流以溯源，固未可疑其標題爲誕也。余深嘉其用言之不苟，因爲授之梓，而弁以是言。

時乾隆十四年歲次己巳十月十五日，和碩莊親王愛月居士題並書〔四〕。

【箋】

〔一〕允祿（一六九五—一七六七）：原名胤祿，清宗室，愛新覺羅氏，自號愛月居士。康熙帝第十六子，掌內務府。雍正元年（一七二三），封和碩莊親王。歷官正藍旗、鑲白旗、正黄旗都統。乾隆元年（一七三六），任總理事務大臣，兼官工部事務。精天文算法，預修《數理精藴》，任《七政時憲書》總裁，又主事《律呂正義後編》。

〔二〕徐興華：字紹榮，茂苑（今屬江蘇蘇州）人。湯彬和女壻。

〔三〕朱廷鏐：字嵩年，古吳（今屬江蘇蘇州）人。曾受業於顧峻德。

〔四〕題署之後有印章三枚：陽文長方章『御賜生善齋寶』，陰文方章『愛月居士』、『寄情山水』。

太古傳宗序

朱珩〔一〕

夫聲音之道，發乎自然，達乎天地，通乎朝政，非細故也。昔者李謩於天津橋擫笛，自謂以爪畫譜記之，乃知曲之藉譜以度其聲也，由來尚矣。溯元迄今，如馮猶龍之《曲律》、王元美之《曲藻》，並《南音三籟》、《太和正音》諸譜行世，皆各得其説。若夫絃索之譜，古今罕見。吴中湯子彬和、顧子峻德，並鍾期之知音，繼周郎之顧誤。嘗著《太古傳宗》一編，品法精良，卓越恒谿，按宫商配以合套，加工尺晰其斷續，始於絃索，立諸準繩。喜遇徐、朱二子，復商榷增訂。於内廷侍直之暇，謹呈莊親王殿下，仰蒙鑒賞，隨授剞劂氏。工甫竣，王命珩爲序。

珩何人耶，敢當言序？珩以垂老之年，昧道懵學。數十年來，雖究心於古今二韻，未能諳習聲律。恭聆王之訓示周詳，稍得一知半解，譬如不登泰山，不觀滄海，烏知其高而深者，有如是哉！春秋暇日，敬閱《九宮大成》，其間廣收博采，涵古包今。向之珍馮、王各譜爲隋璧者，兹則其燕石耳。珩又讀《太古傳宗》，向之嗜《絃索辨訛》等書爲禁臠者，兹則其塵飯耳。珩躬逢明備，歌詠昇平，緊非我皇上鑒定雅樂，王之總理襄贊，乃能如斯之美善也哉？

時乾隆十四年歲次己巳孟冬月穀旦，新安朱珩謹序〔二〕。

【箋】

〔一〕朱珩：字德玉，新安（今屬安徽黄山）人。生平未詳。

〔二〕題署之後有印章二枚：陰文方章『朱珩之印』，陽文方章『德玉』。

太古傳宗序

朱廷璋〔一〕

乾隆六年歲次辛酉，我皇上特修《律呂正義後編》，釐訂雅樂，莊親王殿下總理鉅任。廷璋猥蒙汲引，得厠校讎之末。既蕆事，凡梓樂書，俾加參閲，以次列名，榮幸已極。今《太古傳宗》剞劂甫竣，又奉王諭，識諸簡端。顧維蓬蓽下士，曷敢輒陳蕪陋之辭？第慶此遭逢，實生抃舞，謹拜手稽首，而言其略曰：

溯自周、陳以上，雅鄭淆雜而無別，隋文帝始分爲二部。金、元院本，蓋根於燕樂之二十八調。至於工尺字譜，未詳起於何時，而《楚辭・大招》即有『四上競氣』之句，其從來久矣。間考《宋史・燕樂書》，以工尺十字分配十二律呂，而勾爲低尺，合爲低六，四爲低五，是字雖有十，而音原止於七，究與五聲二變之理相通。況吾夫子删詩，其所存者，太史公謂『皆絃歌，以合《韶》、《武》之音』。循是說也，《三百篇》而下，曰詞，曰曲，一皆接武風騷，惟管律絃音，生聲取分，有不可比而同者。

斯譜六引遞奏，其聲嘽緩而疏越，其調溫雅而沖泰。『今之樂由古之樂』，其信然耶！乃思燕樂者，律呂之支流也；雅樂者，律呂之宿海也。譬如神禹治水，豈有專事疏瀹決排，而井溝成洫，毋庸盡力者乎？茲譜一出，浩浩乎無遠之不集，淵淵乎靡幽之不通矣。

雖然，周覽之下，竊不禁三致意焉。何則？夫使舊編具在，若非賢王好古蒐羅，奚能嗣徽於雅樂？行將懸播宇內，微特操縵安絃，別開生面，抑仰見我朝，其功大者其樂備，所關詎淺鮮哉？廷璋愚同捫籥，數年以來，恭聆王之訓迪，漸得發矇。更復依光館閣，沐浴聖澤，不揣覼縷管蠡之識，補綴無文，用比《擊壤》於《康衢》，詠歌德化於弗諼云耳。

乾隆十四年孟冬中浣，朱廷璋謹識〔二〕。

（以上均清乾隆十四年內府刻本《太古傳宗》卷首）

【箋】

〔一〕朱廷璋：字龍田，松江（今上海市）人。生平未詳。著有《西湖百詠集唐》，現存清紅格鈔本。

〔二〕題署之後有印章二枚：陰文方章「朱廷璋印」，陽文方章「龍田氏」。

太古傳宗後序

徐興華　朱廷鏐

舊有《琵琶調宫詞》一書，係古吳湯彬和、顧峻德重訂工尺譜也。彼二人者，蓋欲纂成，公之同好，惜事未竣，而相繼謝世。十餘年來，幸底稿尚存。今恭遇莊親王殿下審定元音，心通律呂，呈覽而稱善，隨命徐興華、朱廷鏐復加校訂，付諸剞劂，以備韶樂之一助。彬和係興華之外舅，峻德係廷鏐之受業師。書成，深喜樂譜之不致散佚，而含商吐角，直繼美前徽，爰贅言簡末，以志慶幸云爾。

乾隆十四年歲次己巳四月穀旦，徐興華、朱廷鏐謹識。

（同上《太古傳宗》卷末）

太古傳宗凡例

闕　名

一、王實甫《北西廂》，諸家翻刻頗多，不能畫一，今從《六幻西廂》定本采訂。至各宫調南北詞，皆從《雍熙樂府》、《北宫詞紀》、《詞林摘豔》、《盛世新聲》及諸傳奇善本考定。

一、工尺譜，前經湯彬和、顧峻德審定，至爲妥協。今因添换，襯字之間平仄不甚叶處，少爲更改，然亦不失其大概。餘者悉依舊譜。

一、譜中品法，皆在字句之前，係琵琶中之撥法，俗謂亮調，勿作腔度之。

一、譜中有一句作一兩頓而出全句者，如《西廂記・聯吟》套內，【調笑令】首句『我這里甫能、我這里甫能見娉婷』是也。此蓋製調取其抑揚，非曲文體格應爾，閱者審之。

一、譜中工尺等字，有高音、平音、低音三者之分。高音者，其聲最清，工尺之旁卽加亻旁。平音者，卽本字之音。低音者，其聲最濁，諸舊譜皆以凡、工、尺之式爲記。但凡用此三字之聲，必以四、合在前帶下，且四、合二聲，原本濁音，自上而下，一覽便知。是以譜中止用凡、工、尺三字，不同諸譜標出，示省文也。

一、譜中凡工尺有急遞之處，則用旁寫，且二字共占一格，以分別之。假如旁注『工』、『尺』二字，其正字應『工』字出音者，則占上半格寫，緊貼『工』字之上；應『尺』字出音者，則占下半格寫，緊貼『尺』字之上，使閱者一目瞭然。餘仿此。

一、譜中或曲文應用疾唱者，則將曲文二字疊寫一格，以便觀覽。如《西廂記・聯吟》套內【金蕉葉】末句『比我』二字、『初見』二字是也。餘仿此。

一、譜中凡用板眼，兩兩相對，俱不差累黍。其頭板、腰板，俱用●，底板則用○、。蓋譜式既與通行曲譜懸殊，則當另立標識，以供雅玩，非臆創也。

一、舊譜搜板、搖腔處，用／爲記，今因其式。鄙俗以：易之，凡工尺旁注：者，卽搜板收煞處。

一、譜中曲文全套，間有與原本刻文字眼、句讀不符者，蓋取其叶調爲工，不得拘拘於字句之短長也。

一、譜中另列闋文者，蓋止有單闋而無全套之謂也。如黄鐘宮之【畫眉序】『攀桂步蟾宮』，雙調之【錦上花】『懶展星眸』等類，其全套雖原本具載，而舊譜不存，是以工尺無從考補，故附諸卷末，以備參訂。

（同上《太古傳宗》卷首）

【箋】

〔一〕此文當爲徐興華、朱廷鏐撰。

太古傳宗琵琶調說

闕　名〔一〕

夫琵琶亦衹絃索中之一器耳，然其創制爲最古。《樂志》謂出於絃鞉，杜摯以爲興於秦末。而其以指揞擅長者，亦不一其人，若阮咸，若王維，若曹剛，若李龜年、賀懷智輩，班班可紀。茲姑弗具論，論其調之所由名，俾見授受者之非無所自矣。

蓋琵琶有撥法，有品法。撥法伊何？厥目有七：曰勾，曰挑，曰輪，曰掃，曰擘，曰拍，曰打。更一板八點，中板倍之，則用一十有六點；慢板再倍之，則用三十有二點，疾徐高下，純乎自然也。品法伊何？　字音未出，先冠以工尺，一句勿作腔論，俗所謂『亮調』是也。

按斯譜先止傳工尺板眼，有聲而無辭，如《毛詩》之《南陔》、《白華》，章句咸闕。迨後知音者尋其宮調，繹其牌名，以元明人之南北曲配合成篇，方始情文備至，絃次昭然，功不在束皙《補亡詩》下也。間考《北西廂》絃索刊本，雖載工尺，而旁無小眼，恆多舛訛。兹則限以格式，一板八眼，殆取一時八刻之義；　其工尺每行定以三十二字，迺合琵琶三十二點之數。有音者則注工尺，無工尺者則以點識之，是卽隨上音彈者。他如《奇逢》折內【點絳脣】『遊藝中原』，『遊』字前先注工尺一句，及【混江龍】末句『斷簡殘篇』，每一字皆冠工尺，一句者卽品法也。覈之絃索北調，則無此式。絃索《北西廂》容或有之，亦稱爲『品』，然亦不過一二工尺而已，終不若斯之繁且多也。其餘如《假寓》折內【醉春風引】『惹得心忙』之『忙』字，用兩底板，一在腔上，一作收煞，不察者將謂板式點於無工尺曲文上，不亦誤耶？　庸詎知此正跌宕輪音之處，抑套曲首句及賺煞尾，用連點以記之，名爲搖腔，卽輪、掃、拍、打之謂也，是皆撥法也。蓋此譜爲內廷供奉之樂，世之度曲家罕有津逮者，或謂自唐季李龜年之遺緒。雖世遠年湮，莫之或考，而緩調平絃，溫雅沖泰，亦幾幾乎『此曲衹應天上有』矣。若夫京房之律準，梁武帝之律通，彼時律管未定，借絲音以爲模範者，豈可同日而語哉？

（清乾隆十四年內府刻《太古傳宗・琵琶調宮詞曲譜》卷首）

【箋】

〔一〕此文當爲徐興華、朱廷鏐撰。

（太古傳宗）絃索調時劇新譜凡例

闕　名〔一〕

一、譜中所收各套，有本無牌名者，則仿照《借靴》套首用『歌頭』二字之例，每套冠以『和音』二字。蓋此譜專以音節爲工，不便另加牌名，免强牽合。

一、譜中有牌名者，則仍注本名。如一闋已畢，往下原無牌名，則另行提起，乃覺眉目清楚。

一、譜中有和首者，未唱曲文而先以起調，俗名『界頭』，實卽大過文也。其間有高低緩急之分，假如一段曲文宜高者，則用和首中高工尺以引起之；一段曲文宜低者，則用和首中低工尺以引起之。俗本有老界、小界、中界、平界種種名目，另行標注，今俱列在工尺之中，品絃者自知之。譜中尚有兩『工尺』字作過文者，如散曲【四朝元】内首句『陽關信杳』之工尺，至工六五●已完，以下『五六』二字，卽過文，餘仿此。

一、譜中俱係通行時曲，間有文義極其鄙俚者，庸或刪改一二，與俗本稍有異同。

一、譜中板眼，均仿《太古傳宗》體式，每行排三十二格，對照整齊。用●者，乃頭板、腰板也；用○●者，則底板也；　工尺之旁用○者，則大眼也。其餘小眼，概不細列。

一、譜中工尺應急遽者，則旁寫以别之，且一格共占二字。假如旁注『工尺』二字，其正字應『工』字出音者，則占上半格寫，緊貼『工』字之上；　應『尺』字出音者，則占下半格寫，緊貼『尺』字之上，一一分注詳明，不致淆溷。

一、譜中凡遇曲文應疾唱之處，則將曲文之正字以二字疊寫一格，展卷便知。

（清乾隆十四年刻《太古傳宗·絃索調時劇新譜》卷首）

【箋】

〔一〕此文當爲朱廷鏐等撰。

曲譜大成（闕名）

《曲譜大成》，乾隆間闕名編撰，《國立北平圖書館戲曲音樂展覽會目錄》著録。現存乾隆間殘稿本，分藏於首都圖書館（孔德學校圖書館舊藏）、中國藝術研究院圖書館（傅惜華舊藏）、中國國家圖書館（鄭振鐸舊藏）。參見劉崇德《燕樂新説》（黃山書社，二〇〇三）、周維培《曲譜研究》（江蘇古籍出版社，一九九九）、吴志武《〈新定九宫大成南北詞宫譜〉研究》（上海音樂學院博士學位論文，二〇〇七）、李曉芹《〈曲譜大成〉稿本三種研究》（南開大學出版社，二〇一五）、黃義樞《〈曲譜大成〉編纂問題辨疑》（《文獻》二〇一九年第一期）等。

曲譜大成總論〔一〕

闕名

詞曲源流

《虞書》曰：『詩言志，歌永言，聲依永，律諧聲。』夫律卽七調之相轉，聲卽五音之相宜，歌卽人聲之成文，詩卽歌譜之章句。由此言之，《詩》三百篇，非詞曲之鼻祖乎？秦漢以還，《易水》、《大風》、《白雲》、《朱鷺》，代有傳響；魏晉以降，《鐃歌》、《鼓吹》、《清商》、《流徵》，世有遺音。逮唐而《清平》、《水調》、《甘》、《渭》、《伊》、《涼》諸曲，皆以絕句譜入管絃。蓋詩之變而爲樂府，樂府之變而爲絕句，時使然也。嗣後又漸創爲詞，如《憶秦娥》、《菩薩蠻》等調，寔曲之濫觴也。宋代填詞極盛，大晟樂府、屯田《樂章》，下及白石、夢窗，類能自製新聲，動合古法，今猶得因其遺集，尋宮數調，惜無有傳其學者。元以詞曲取士，院本雜劇，一時盛行。元末明初，《琵琶》、《幽閨》等記出，而遂開傳奇之風，曲於是分南北云。

曲分南北

元人雜劇，都作四折。自《琵琶》、《幽閨》、《白兔》、《殺狗》諸記出，而傳奇迭興，遂號雜劇曰『北曲』，號傳奇曰『南曲』。元末明初，南北曲尚並行，爭爲雄長。大抵北曲承襲燕秦舊音，而南曲則弋陽、四平、海鹽等腔，屢變彌新。至萬曆間，崑山魏良夫窮曲之情，盡曲之變，造爲新聲。同時梁伯龍作《浣紗記》以演之，舉世翕然傳習，謂之『崑腔』。於是南北曲皆審音按節，盡態極妍。今所傳南北曲唱法，皆崑腔也，而南曲特盛。故學士弄月嘲風，歌工逢場作戲，傳奇散曲，天下通行。而雜劇幾廢，惟於傳奇散曲中，或作南北合套，或於全本中偶作一折北曲。蓋北曲須元人古法，一人獨唱，而南曲新例，可數人接唱合唱。逮後漸失古法，至北曲亦用接唱合唱，新傳奇比比皆然。然博學知音之士，斷不出乎此也。

宮調旋轉

《禮記》曰：『五聲六律十二管，旋相爲宮也。』五聲卽五音，宮、商、角、徵、羽是也。又有變宮、變徵，合五音二變，是爲七均。律、呂各六，但云『六律』者，舉陽以該陰也。合六律六呂，斯爲十二管矣。京房以七均乘十二管，得八十四調。然均雖七①而用則五，二變出調不用，以五音乘十二律，應得六十調。自唐以後，五音之中，徵音又不以起調；十二律之中，五中管復不以譜曲。於是燕樂譜相傳，載在《樂志》者，惟以四聲運七律，成二十八調而已。段安節《樂府雜錄》所載平、上、去、入四聲，運宮、商、角、羽各七調，其說甚詳。

五代時，南平王保義之女，夢神授曲譜。其所謂『道調』者，乃七宮也，曰黃鐘宮、散水宮、中呂宮、玉宸宮、蕤賓宮、夷則宮、無射宮；所謂『商調』者，乃七商也，曰獨指泛清商、風商、高雙調商、醉吟商、林鐘宮、玉仙商、紅銷商；所謂『角調』者，乃七角也，曰大石角、中呂角、醉吟角、南呂角、蕤賓角，止有五角，蓋已缺其二矣；所謂『羽調』者，乃七羽也，曰風香羽、玉宸羽、鳳吟羽、應聖羽，止有四羽，蓋已缺其三矣。實存二十三調，而皆有曲名以繫之。

至宋景祐《樂髓新經》，仍列二十八調。黄鐘爲宫，則太簇爲商，姑洗爲角，南吕爲羽，其曲卽今之正宫、大石調、大石角、般涉調也；大吕爲宫，則夾鐘爲商，仲吕爲角，無射爲羽，其曲卽今之高宫、高大石調、高大石角、高般涉調也；夾鐘爲宫，則仲吕爲商，林鐘爲角，黄鐘爲羽，其曲卽今之中吕宫、雙調、雙角、中吕調是也；仲吕爲宫，則林鐘爲商，南吕爲角，太簇爲羽，其曲卽今之道宫、小石調、小石角、平調也；林鐘爲宫，則南吕爲商，應鐘爲角，姑洗爲羽，其曲卽今之南吕宫、歇指調、歇指角、高平調也；夷則爲宫，則無射爲商，黄鐘爲角，仲吕爲羽，其曲卽今之仙吕宫、商調、商角、仙吕調也；無射爲宫，則黄鐘爲商，太簇爲角，林鐘爲羽，其曲卽今之黄鐘宫、越調、越角、羽調也。二十八調雖具，而曲皆不傳。

元明以來講曲譜者，類相沿襲，不能好學深思，心知其義，故宫調任其殘缺。誠能默通音律，試之絃管，稽之典籍，不難復唐宋之舊，何至爲元明習見所囿②哉？

管色

七均爲五音二變，在今管色，卽四、乙、上、尺、工、凡、六也。乙、凡二變，出調不用，用以成調者，四、上、尺、工、六而已。七聲各有高下，惟四、尺、六異其名，四之高曰五，尺之下曰勾，六之下曰合。爲字凡十。人皆謂其名起於唐以後，不知三代時已有之。《楚辭·大招》有云：『四上競氣，極聲變只。』所謂『四上』，卽管色中之四、上也。由下而高，至於周而復始，則四變爲五矣。氣競而高，聲極而變，其理甚明。夫儒生徒執五音六律之理，而鄙絲竹爲俗技；樂工但習管色四上之術，而渺宮商爲空談。本一事而判而爲二，無怪乎斯道之無傳也。

腔拍

《樂記》云：『歌者上如抗，下如墜。曲中規，折中矩。端如貫珠，止如藁木。』此即腔之說也。金聲玉振，鞉播柷收，小成大成，動有節奏，此即拍之道也。然則綿駒、玉豹、韓娥、秦青，其古之善於腔者歟？魏晉之代有宋纖者，善擊節，始制爲拍。唐牛奇章，謂拍板爲樂句。明皇命黃幡綽造拍板譜，幡綽畫兩耳以進，問其故，對曰：『道在審聽，無庸譜也，熟極則自然中節。』此善於言拍者歟？

凡曲，句有長短，字有多寡，一視腔以爲緊慢，拍以爲節制。聲初起即下者，曰寔板，亦曰迎頭板。遇緊調隨字即下，細調則俟聲出徐徐而下，字半而下者，曰掣板，亦曰腰板。聲盡而下者，曰截板，亦曰底板。前人唱調末一板，與後人唱調首一板齊下，爲合板。板先於腔則病促，板後於腔則病滯。昔人皆謂之『⿱⿰个个个拍』，言不中節也③。板之細節曰眼，一板三眼，以象四時。慢曲贈板則倍之。□□調曰趨於新，故板亦屢變。欲搖曳其聲，則板可增；欲急緩④其聲，則板可減；欲改變其腔，則板可移。歌曲名家，舊有傳⑤腔遞板之法，數人暗中圍坐，將合律詞曲，每人歌一字，輪替□板，務令歌聲如出一口，板拍如出一手。如此傳習，方合古云『纍纍乎端⑥如貫珠』之妙也。今弋陽、太平之衮唱，謂之流水板，此腔拍之厄也。

句法

曲之爲句，長短不齊。要其句法，不過有一字以至七字而已。句有平拈仄拈、平押仄押之異。一字句、二字句、三字句，但分平仄，而句法猶同。四字句，則有上一下三、上二下二之別。五字句，則有上一下四、上⑦二下三、上三下二之別。六字句，則有上二下四、上三下三、上四下二之別。七字句，則有上三下四、上四下三之別。

然而句法押腳處又最緊要。如上一下三之四字句，上二下三之五字句，上三下三之六字句，上四下三之七字句，俱係三字押腳也。上二下二之四字句，上一下四、上三下二之五字句，上二下四、上四下二之六字句，上三下四之七字句，俱係四字押腳也。又如四字當三字者，則亦三字押腳也。

或有八字當七字句者，必上三字當二字也；九字當七字句者，必上六字當四字也。句法者，體格所由辨也；平仄拈押者，腔調所自生也。神明其法，可以類推。體格腔調既定，襯字帶白自出矣。

襯字

樂府詩餘，未有襯字，襯字自曲始。北曲配弦索，繁音稍多，不妨引帶。南曲循腔按板，襯字若多，難於搶過，則調中正字，反不分明。細調腔遲板緩，猶或不妨；緊調腔促板急，必致躲閃不迭矣。故曲中句法，一視腔調；腔調板眼，全賴體格。體格腔調所定之一字句至七字句以外，皆係襯字。而襯字並無下寔板之理。或人不解，將襯字亦下寔板，主客不分，而漫云『死腔活板』，非正理也。

【校】

①七，底本作『六』，據上文改。

②囿，底本作『圍』，據文義改。

③底本此處小字注『以下須增』，所增卽下文『板之細節曰眼』至『此腔拍之厄也』。

④緩，底本闕，括注『疑係緩字』，據以補。

⑤傳，底本闕，括注『當係傳字』，據以補。

⑥乎端，底本闕，據文義補。

⑦上，底本無，據文義補。

【箋】

〔一〕據黃義樞《〈曲譜大成〉編纂問題》考證，于振（一六九一——一七四七）《清漣文鈔》卷四《訂正宮調二十二則》與此文內容極爲相似，當爲此文之定稿。然則于振嘗主持《曲譜大成》之編纂，而此書實爲《新定九宮大成南北詞宮譜》之前期成果。

曲譜大成北曲論説

闕名

北曲源流

宋元以前，詞曲雖行，而腔調未傳。金章宗時，始有連套，如世所傳《董解元西廂記》，可供彈唱，卻未入搬演。至元而名家鵲起，雜劇風行，北曲遂極一時之盛，然尚滯於絃索。明初南曲既興，北詞幾廢，雖有王渼陂、康對山輩，力張其軍，終不能敵南音也。自崑腔出，而北曲亦入陶鑄，字斟句酌，腔細拍勻，無不爭妍競爽。其與南曲分别處，雖云在用出調二字，然而腔調實大相懸殊焉。

楔子

楔者，以物出物之謂也。元人雜劇，必以四折，每折自成套數，如一篇文字，開闔起結，各極其致。而衝場必以楔子引起，或止用在第一折之前，或每折前皆用之。大約用仙吕宫【賞花時】居多，亦有用仙吕宫【端正好】者。

套數

套有大小。大則黄鐘宫之【醉花陰】套，越調之【鬬鵪鶉】套，正宫之【端正好】套、【九轉貨郎兒】套，大石調之【六國朝】套，中吕宫之【粉蝶兒】套，雙調之【新水令】套、【五供養】套，南吕宫之

【一枝花】套，仙呂宫之【點絳脣】套、【八聲甘州】套、【村里迓鼓】套，商調之【集賢賓】套之類是也。小套則黄鐘宫之【侍香金童】套、【願成雙】套，越調之【南鄉子】套，正宫之【月照庭】套，大石調之【鷲山溪】套，般涉調之【瑤臺月】套，中呂宫之【道和】套，雙調之【夜行船】套、【風入松】套，道宫之【凭闌人】套，小石調之【青杏子】套，南呂宫之【一枝花】、【梁州第七】套，仙呂宫之【六么令】套，商調之【定風波】套，商角之【黄鶯兒】套之類是也。

其單詞隻調，則曰小令，如【調笑令】、【醉太平】、【喜春來】、【清江引】、【閱金經】、【梧葉兒】之類是也。

套數無論大小，各有等倫，各有次第，各有體裁，不可隨意亂拈，師心蔑古。至於小令，有可以入套者，有不可以入套者。雅卽取則於詩餘，俚亦競賞於謠俗。凡塡北曲，宜多閲名家作手，得其遺法，方爲可傳。

煞尾

北套煞尾，最爲謹嚴，宫調既分，體裁各别。在黄鐘宫套，曰【啄木兒煞】、【本宫尾】；在越調套，曰【隨煞】、【緒煞】、【收尾】；在正宫套，曰【本宫煞】、【黄鐘尾】；在大石調套，曰【摧拍煞】、【玉蟬翼①煞】、【本調尾】；在般涉調，曰【耍孩兒煞】、【三煞】；在中呂宫套，曰【賣花聲煞】，然多借用【耍孩兒煞】；在雙調套，曰【鴛鴦煞】、【離亭宴煞】、【離亭宴帶歇拍煞】、【隨調煞尾】；在南呂宫套，曰【三煞】；在仙呂宫套，曰【賺煞】、【煞尾】；在商調套，曰【浪裏來煞】；

凡此各宮調煞尾，皆秩然不紊，南曲尾聲，悉從此變出。

他如黄鐘宮之【神仗兒煞】，越調之【小絡絲娘】、【天淨沙煞】、【眉兒彎煞】，正宮之【白鶴子煞】，大石調之【雁過南樓煞】、【好觀音煞】、【淨瓶兒煞】，中吕宮之【賣花聲煞】，雙調之【清江引】、【太清歌小煞】，南吕宮之【隔尾】，仙吕宮之【上馬嬌煞】、【後庭花煞】，商調之【浪裏來煞】，或用於小套，或用於套數中間以作頓接，或用於上折之末以作下折之引，在用者神而明之而已。

板拍

北曲落板，與南曲不同，一起三四調，俱作底板。其落板之曲，或有於第三四句方落寔板者；或煞尾前之一曲，後半卽收作每句底板者；或長套中一兩曲已落寔板，而忽又搜板不落，復於下一曲再起寔板者，乃伶人不經之習，非正理也。總之，北曲唱法，貴於跌宕閃賺，故板之緩急，亦變動不拘，常有一字而下三四板。至襯字多處，亦不妨增一二底板以就之，但不可作正文加寔板也。

字音

北音與南音異，元周德清《中原音韻》，可謂得其梗概。入聲分隸平、上、去三聲之內，不特曲中之字當然，其科白字音，亦當隨之。但《中原音韻》止於平聲分陰陽，而上、去不分陰陽，未爲精析。知音者宜辨之口耳之間，勿爲《中原音韻》所囿也。

【校】

①蟬翼，底本作『翼蟬』，據文義改。

曲譜大成南曲論説

闕　名

南曲源流

《詩》始二南，《騷》傳三楚。降及《前溪》、《子夜》之歌，《估客》、《莫愁》之曲，實南音之濫觴歟？元曲盛行而皆北調。至末季，乃有高則誠、施惠卿輩，始作《琵琶》、《幽閨》等記，號爲南曲，而不知其如何唱法也。明代始興弋陽腔，繼以四平腔，後流爲浙派，稱海鹽子弟，已屬南音之屢變。至萬曆間，崑山魏良夫倡爲水磨腔，遂極南曲之妙，變化入神，自有南譜以來，皆其派也。即今所傳北調，亦盡歸於崑腔，然不及南調之細膩風光，流連盡致。迄今二百年，師傳不絕，若加研究，彌進彌深。然非慧業文人，靈心妙口，不能窮其奥也。

家門大意

南曲傳奇情事之發端，爲全本之綱領。家門例用長調引子，苟非結構已完，胷有成竹者，不能措手。倘規模未定，寧姑闕首篇，以俟終場補入可也。未説家門，先有上場小令，即將本傳中立言大意，包括成文，與後家門一詞相爲表裏①。前是暗題，後是明説，能使觀者眼底心頭已得全本之大概，方爲當行作家。

引子

每一套曲，先有引子，所以引起其音調者也。須調停句法，檢點字面，使一折之情事，以數語領之，所謂『開門見山』也。有以此調作引，卽以此調爲過曲者，如《琵琶記》之【尾犯序】、【祝英臺】、【高陽臺】、【念奴嬌】，《幽閨記》之【惜奴嬌】、【夜行船】等類，過曲與引子同調。故或省其名曰『本序』，言本上引子而來，其音調亦從此出也。其他雖非本序，而音調務必相從也。又一引而用二人遞唱，或衆人湊集，曰『合引』。一套已完，另起一套，曰『複引』。有用以代尾，如【鷓鴣天】、【哭相思】、【臨江仙】之類，曰『收引』。名家引子，多仿唐宋詩餘爲之。自來唱引子者，皆不落寔板，於句盡處下一底板。明沈璟論定，只於有韻句下板，其無韻句，以鼓點之。小套曲，亦有以快板小曲作引者。

過曲

過曲者，贈板細曲，所以上承引子，下入接調者也。有大小兩體，大者宜施文藻，小者貴用本色。總在將一折之情事，一人之胷懷，從頭敍出。首句多不落寔板，於句盡處下一底板。此曲之音調，正從引子落來，而句末一板，遂定通篇節奏也。過曲之後，腔板由慢入緊，倘另起頭緒，則仍用贈板過曲焉。亦有不用套數，竟疊前腔，或二或四，甚至七八，並不用收尾者。

接調

接調者，接過曲之調者也。各宮調譜中，雖牌名臚列，然各按套數，次第井然。與過曲相接處，務須審其腔之粗細，板之緊慢。前曲之尾，後曲之頭，要相配叶；前調之板，與後調之板，要相連屬。大約接調不止一曲，腔板由慢而緊，作者倘以快板曲居前，細板曲居後，便爲失其倫次。

今譜中自引子外，統凡接調、小調、賺尾，都號過曲，不分別名色，特舉一以該其餘耳。小調、賺尾，人猶易明，接調世多不講。須於兩曲接筍處，玩其變換增減，審其音調腔拍，必如連環珠貫，與起調絕不相同，斯可以明接調之義也。

前腔換頭

前腔者，即前曲之腔調而複之也，在北曲謂之『么篇』，而南曲謂之『前腔』。若換其前曲之頭，而增減其字句，謂之『換頭』。要而言之，前腔如詩之一和再和，可以多疊；換頭別因过曲起調，首句不落板，不得不改句法，以就接調腔拍，如詞之後闋，一換再換，可以至三四換頭也。

賺

凡前套已終，情事將變而下，須移宮換調以入後套，必用賺以通之。故賺者，乃曲之頓接過渡處也。譬若遊山者，一境已過，一境未來，其路欲窮，不得不別開生面，後人遂以『不是路』名之。各宮調皆有賺，黃鐘宮曰【連枝賺】，越調曰【竹馬兒賺】，正宮曰【傾杯賺】，大石調曰【太平賺】，中呂宮曰【鼓板賺】，雙調曰【海棠賺】，道宮曰【魚兒賺】，南呂宮曰【梁州賺】、【婆羅門賺】，仙呂宮曰【惜花賺】、【薄媚賺】，商調曰【二郎賺】、【梧桐賺】。其餘各有本宮本調賺，名既不同，聲調句法亦少異。通首句下皆用截板，至結句始下寔板，殆可接出下曲也。至於正宮之【黃鐘賺】，越調之【入賺】，乃爲另是一格，列於本宮調套數之內，不可移向別處。自後人改賺爲【不是路】，只將賺之一體，到處混用，不復分別各宮調之賺，甚至以作過曲，連疊三四而成小套，皆不考其本末故也。

衮

各宮調多有衮，乃是曲之音節，至緊促流瀉之處，卽承上曲，稍變句法，爲一氣呵成之勢。如黄鐘宮有【降黄龍】，卽有【黄龍衮】。正宮【雁過聲】後，有『衮衮令』。大石調有【長壽仙】，卽有【長壽仙衮】。雙調『風入松』後，有【急三鎗】。舊宮譜之越調【入破】後，有【衮第三】、【衮第五】。南呂宮有【賀新郎】、【劉潑帽】，卽有【賀新郎衮】、【劉衮】。大約贈板細曲之後，所接急板小曲，皆衮之類也。弋陽曲中時有帶唱白者，一氣衮下，名曰『衮白』，其義亦同。

煞尾

南曲之有尾聲，亦所以取拾一套之音調，結束一篇之文情者也。凡曲不論大小套數，一路起承轉合而下，則必用尾聲。若疊唱大曲，情暢詞達，不留餘韻，則竟可不用尾聲。或止小調，或緊板一二曲，或兩調各止一二曲，不成大套者，亦不用尾聲。各宮調尾聲，皆從北曲煞尾變出，剪裁冗句，用其起結，或三句、或四句，或平煞、或仄煞，名色既異，音調自殊。黄鐘宮曰【三句兒煞】（與北黄鐘宮尾同，北曲各宮調煞尾長短不一，惟黄鐘宮煞尾只用此三句，以此得名）。越調曰【有餘情煞】（卽北越調之【收尾】）。正宮曰【尚輕圓煞】（卽北正宮【煞尾】之起二句，末一句與大石調同用）。中呂宮曰【尚如縷煞】（卽北中呂宮【煞尾】之起二句，末二句般涉調同用）。雙調曰②【有結果煞】（卽北雙調本調尾，雙角同用），又【鴛鴦煞】（卽北雙調【鴛鴦煞】之起二句、末二句）。中呂調曰【喜無窮煞】（創自《琵琶記》『永團圓』套）。小石角曰③【尚按節拍煞】（道宮一家通用）。南呂宮曰【不絕令煞】（卽北南呂宮【隔尾】之起二句、末句）。仙呂宮曰【情未斷煞】（卽北仙呂宮【賺煞尾】□

句及第四句末句）。商調曰【尚繞梁煞】（有二格，一用北商調尾之起句及第六句末句，一用起一句、末三句也）。

昔人雖有一二假借，或因轉調而入，或因相叶而收，餘俱井井有條，未嘗漫用。後人名曰『餘文』，亦曰『意不盡』，其例用十二板，又名曰『十二時』。但往往視爲强弩之末，作者信手拈來，歌者隨口唱去，甚至一部傳奇用一④。考古曲有『豔趨』之名，明楊慎謂『豔在曲前，卽今引子；趨在曲後，卽今尾聲』也。

犯調

犯者，音之變也，亦調之厄也。作者勿論本宮他調，須先審其腔之粗細，調之高下，板之疾徐，務使首尾相顧，機軸自然，補接無痕，抑揚合度，則音不覺自變，調不覺暗移，人巧極而天工錯，始爲無弊。故不出本宮調爲『正犯』，借別宮調曰『側犯』，合數宮調而翻覆成文曰『花犯』。將所犯諸曲分前後段，或多作段落，各具起結，曰『串犯』。一套中，每曲後用別曲幾句爲合頭，曰『和聲犯』。自一二犯至三十犯，或取數目，或撮字面，或就字意，各立名色。最忌前急後緩，雙頭二尾，高低不協，小大不勻，短調不能趨蹌，長調不分段落，使唱者棘口，聽者逆耳，則從事新奇，不審音調之故也。外有如賺犯、攤犯等名，舊譜命爲六攝十一則，此所謂犯，皆以聲律言，非此曲犯彼曲之謂也〔二〕。

【校】

①裏，底本作『理』，據文義改。

②曰，底本闕，小字注『當係曰字』，據以補。

③曰，底本闕，小字注『亦係曰字』，據以補。

④此字後，應有闕字。

【箋】

〔一〕此處有眉批：『此後補詳説五篇。』

曲譜大成凡例

闕 名

一、曲譜之作，昉於唐開元時《骷髏格》。其譜曲之法，以點逗志爲句段，而無其詞；以平仄別爲虚實圈，而無其字。蓋譬諸人身，但具骨格，俟填曲者傅以肌肉，施以文采也。後人訛爲『歌樓格』，殊失本指。惜其説雖時散見他帙，而其書不傳。五季時，南平平江節度使王保義之女，夢神授以曲譜，其兄貞範序而刊之，惜亦不傳。下逮宋詞元曲，皆稱極盛，而亦無傳譜。明初有涵虚子〔二〕，始編《太和正音譜》，爲六宫十一調，實北譜之藍縷，而未及南詞。嘉靖間，毘陵蔣惟忠〔三〕，始編《南曲譜》，爲九宫十三調。萬曆間，吴江沈璟復加增飾，然終缺略。嗣有歙人程明善，合詩餘南北曲，都爲一集，名《嘯餘譜》，亦未能窮源究委，皆仍《正音譜》，及蔣、沈二譜之舊而已。國初有鈕少雅，著《北詞廣正譜》、《南曲宫調譜》，摭拾頗富。張大復《寒山譜》，略能自出意見，而病於偏。胡氏《隨園譜》〔三〕，所集多時流名家，而病於雜。甚矣，曲之無善譜也！今此譜薈萃羣帙，蒐羅各家，綱舉目張，條分縷析①，可謂取材美備，持論精詳，命曰『大成』，庶幾無歉。

一、四聲運七調，旋相爲宮，得二十八，唐段安節《樂府雜錄》載之甚詳。宋景祐間《樂髓新經》與唐二十八調同，然曲不能全。元陶宗儀《輟耕錄》所載，亦已不備。自明代南北分轍，北有六宮十一調之譜，南有九宮十三調之譜，都殘缺混淆，不可尋數。今此譜悉考其名義，審其音節，博加采擇，細爲釐定，二十八調約略具備，較若列眉，瞭如指掌。七宮稱宮，而商、角、羽統稱調，凡七宮二十一調，足洗向來六宮十一調、九宮十三調之誤。惟北曲套數雖多，而宮調不備，故尚缺略。然使世有好樂知音者，玩此義例，觸類旁通，自可按調尋聲以補之。

一、古所稱慢詞，即是引子；所稱近詞，即是過曲。蔣譜、沈譜以九宮爲引子、過曲，十三調爲慢詞、近詞，既不能發明其理，徒滋淆惑。今悉並入各宮調引子、過曲之内，不復另列名色。大約南北曲皆本於詞，而南曲又本於北曲。故北曲與詞必大同小異，而南曲與詞多大相徑庭。其慢詞、近詞，則與詞較合者也。

一、舊譜所收仙呂入雙調曲，爲數倍於仙呂、雙調。蓋必始於一套曲文，或以雙調繼仙呂，或以仙呂繼雙調，合兩調之曲以成套，遂以仙呂入雙調名其套數。後人訛傳爲調名，殊失本義。今按曲之音節，分派仙呂、雙調、雙角等調，各歸其所。按套曲，正宮及中呂宮，南呂宮及商調，時合用成套。又黃鐘宮曲繼以雙調，則曰黃鐘入雙調，黃鐘宮曲與商調曲合用，則曰商黃調，皆仙呂入雙調之類也。

一、各宮調曲，有大套，有小令。而大套有數曲相承者，有一曲屢疊者，小令有曼聲緩拍者，有繁音促節者，各有次第。舊譜多倒置錯雜之病，今悉視套數大小，腔板緩急，序其先後，庶乎條理秩然。

一、舊譜牌名殊多遺漏。就其所載，每調一二曲，體亦未備。今廣爲蒐輯，新收牌名，既有十之三四，而每曲務必各體並列，幺篇前腔，卽無異格，往往全錄之，以備參考。字句平仄，亦博學詳說之義云。

一、詩餘爲樂府之變，而曲之所由出也。故曲之牌名，大半本諸詩餘。其詞句大異者，不敢附會牽引。其詞句吻合，及稍有增損，而格調仍仿佛者，皆從詞譜摘選參入，以爲考證。

一、舊譜載傳奇出處，及作者姓名，多未詳核。此譜博考諸書，凡出傳②奇者，則注某傳奇某齣；如出詩餘散曲者，則注某代某人某題；無可考者，繫以書名。

一、曲之分別宮調，全在腔板。故有字數句法雖同，而腔板迥異，卽爲截然兩調。舊譜多失板之曲，其點板者，亦多舛錯。今悉依宮調，以定腔板；或轉因腔板，以正宮調。腔之高下，按以工尺；而腔之疾徐，限以板式。既考歷來相傳之成規，復參以國工修改之新法。舉向之無板者，悉爲點出；向之有板者，重爲釐正。按板循腔，無不可付之歌謳，被之管絃也。

一、曲之有襯字，如助語之辭，藉以暢達文理，而不可以當正字。舊譜不能辨析，以致句法參差，體格變亂。甚至點板於襯字之上，後人認爲實字，訛以傳訛，大失本來面目。今細審句法，詳定體格，將襯字逐一分出，使後之塡詞曲者，知所稟承焉〔四〕。

一、南北曲煞尾，及南曲之賺，昔人務隨宮調，各其體裁，各立名色，不可相混。舊譜既多缺略，復不能一一分析，致使後之譜曲者，信手亂拈，了無區別，遂失古法。今博考詳定，務使某宮某調之賺與煞尾，截然不紊，循其實，正其名，備其體。後有作者，慎勿漫然不講，率意妄用也。

一、南曲犯調，元人偶見一二。自明嘉、萬以後，作傳奇散曲者，類多好爲新奇，以犯調爲能事。於是犯調之多，至與正調相埒。舊譜正犯雜揉，殊無倫次。《寒山譜》、《隨園譜》，皆將犯調另列卷帙，頗爲得宜。今仿其法，更爲廣采增入。其過於淩躐瑣碎、纖巧傷雅者，則芟而不錄〔五〕。

（以上均中國藝術研究院圖書館藏清康熙間稿本《曲譜大成》卷首）

【校】

①析，底本作『悉』，據文義改。

②傳，底本作『得』，據文義改。

【箋】

〔一〕涵虚子：即朱權（一三七八—一四四八），號涵虚子。

〔二〕蔣惟忠：即蔣孝，字惟忠。

〔三〕胡氏《隨園譜》：指胡介祉（一六五九—一七二二後）《隨園曲譜》，參見本書卷六《廣陵仙》條解題。

〔四〕此處眉批云：『此處增一條。』

〔五〕此處眉批云：『此處增六條。』

新定九宫大成南北詞宫譜（周祥鈺等）

《新定九宫大成南北詞宫譜》，凡八十一卷、閏一卷、目録三卷，清周祥鈺、鄒金生編纂，徐興華、王文禄分纂，徐應龍、朱廷鏐參定，朱廷璋、藍畹校閲，和碩親王允禄主持。現存乾隆十一年（一七四六）序内府刻朱墨套印本，民國十二年（一九二三）古書流通處據以影印（《善本戲曲叢刊》第六輯、《續修四庫全書》第一七五三—一七五六册據影印本影印）。一九九八年天津古籍出版社出版劉崇德《新定九宫大成南北詞宫譜校譯》。

周祥鈺，字南珍，别署日華游客，虞山（今江蘇常熟）人。乾隆六年（一七四一），與鄒金生等編撰宫廷大戲《鼎峙春秋》，復編《忠義璇圖》。傳見光緒《常昭合志稿》卷三二、民國《重修常昭合志》卷二〇等。鄒金生，字漢泉，毘陵（今江蘇常州）人。宫廷律吕正義館樂工。參見吴志武《〈新定九宫大成南北詞宫譜〉研究》（上海音樂學院博士學位論文，二〇〇七）。

新定九宫大成序〔一〕

允禄

裁雲鏤月，擫玉笛於風前；滴粉搓酥，炙銀笙於華底。唐宋以詩餘奪席，輒付歌喉；金元則樂府專家，斯垂院本。關漢卿如『瓊筵醉客』，王實甫如『花塢佳人』。三峽波濤，費唐臣之壯采；九天珠玉，鄭德輝之清辭。以至張雲莊玉樹臨風，商政叔朝霞散彩，莫不家藏拱璧，戶握蛇珠。

然而古調淪亡，新聲代起。李延年一十九章，既無遺譜；蘇祗婆八十四調，絕少傳人。杜夔能記鏗鏘，而《三百篇》中僅存其四；鄭譯考尋鐘律，而七聲之內又失其三。自非妙解神機，心通肉譜，何以淄澠雅鄭，鼓吹咸英者哉！

原夫《子夜》、《前溪》之後，支派實繁；《霓裳》、《白紵》以還，源流差別。自歌樓有格，圖其譜而不有其辭；樂髓有經，詳其綱而未悉其目。雖魏良夫獨步騷壇，長日春林，囀黃鸝之睍睆；梁伯龍耑精藝苑，和風翠幕，點紅豆於嬋娟。而寒山有譜〔二〕，未免病於偏；隨園有譜〔三〕，未免傷於雜。甚者以宮爲調，以調爲宮，徒滋踳駁；以板從腔，以腔借板，愈覺紛糅。矩矱云亡，淆訛競起。標無準的，人自爲師。

逢此太平風月之場，況乃皇都佳麗之地，向司其事，爰成是書。晴窗檢點，析繭分絲；午夜徵歌，窮毫極杪。聊同棄日，上下五百年間；揚彼餘風，郁烈三千界裏。勒爲條例，訂厥章程。義準旋宮，貫珠焉自成一串；旨歸協律，琢玉者盡結雙環。清角發而陽氣潛孚，清商奏而風雨驟至。哀曼則雲凝空白，樂操則榮反寒條。節度森然，丹鉛備矣。從此漱芳蘭畹，有字皆馨；擷秀梅溪，無言不潔。足令齊謳趙瑟，波橫睇而流光；越豔吳歈，黛發蛾而斂色。猗歟蘭笑，麗矣鸞迴。是爲序。

時乾隆十一年丙寅春夾鐘月既望，愛月居士識並書〔四〕。

【箋】

〔一〕中國國家圖書館藏鈔本《陽春白雪曲譜》卷首《陽春白雪序》，即此文，多有異文、闕文，因其後出，不校。文末署『道光十一年丙寅』，亦係托虛。

〔二〕寒山有譜：指張彝宣《寒山曲譜》，參見本卷《寒山堂新定九宮十三攝南曲譜》條解題。

〔三〕隨園有譜：指胡介祉（一六五九—一七二二後）《隨園曲譜》，參見本書卷六《廣陵仙》條解題。

〔四〕題署之後有印章三枚：陰文方章『愛月居士』、『寄情山水』，陽文長章『御賜生善齋寶』。

（九宮大成南北詞宮譜）序〔一〕

于　振

乾隆六年，天子懋建中和，有事於禮樂，命開律呂正義館，而和碩莊親王實總其事。於時選儒臣之嫻習者，分掌校讎之役，振得與焉。至九年，書成，天子嘉獎，議敍有差。雖然，振等何勞焉？嗟！乃王之教也。

王博綜典籍，尤留心於音律之奥藴，能窮其變而會其通。既蕆事，乃出《九宮大成》一編，命振敍其大概。振受而卒業，喟然嘆曰：『甚哉，樂之難言也！非樂之難言，而言樂者之過也。』

蓋儒者之議，主於義理，故考據該博，而諧協則難；工藝之術，溺於傳習①，而義理多舛。二者交譏，樂之所以晦也。且如南北二曲，宮調繁多。自《嘯餘譜》行世，而塡詞家奉爲指南，其實踳駁不少。至北曲九宮，舊無善本，塡詞者大都取《吳騷合編》套數，敷衍成曲而已，其訛誤更不可言，然而舉世無訾之者。

蓋學士大夫，雖誦陳編，或高談古樂而鄙棄新聲，或識謝周郎而罔能顧曲，或溺於辭藻而不解宮商。至於音分平仄，字判陰陽，其理至微，其用不易。從來讀書稽古之士，分平仄者十得八九，辨陰陽者十無二三。無怪乎音律之學，愈微而愈晦也。

是編溯聲律之源，極宮調之變，正沿②襲之謬，滙南北之全。以義理言之，依然《風》、《雅》之遺也；以音節言之，釐然律法之比也。士大夫知此，不至是古而非今；工伎知此，不至師心而自用。謂之『大成』，信乎其大成也已！

嘗慨三代而下，莫盛於漢文。其時刑措不用，幾致太平矣，獨於禮樂之事，顧謙讓未遑及。至孝武奮發有爲，河間獻王又號最賢，來朝以雅樂獻。顧僅令太常存肄，歲時備數，而不常御，其③常御者，皆非雅聲。豈樂之興廢，固有時耶？今聖人御宇，咸五登三，稽古右文，禮明樂備，固非西京所得比擬；而朱邸親賢，恪恭④藩服，又非河間所能頡頏也。然則是編之刻，豈徒博大雅之稱云爾哉？用以導揚聖化，鼓鬯⑤休明，胥於是乎在。振得厠名簡末，顧不幸歟！

乾隆十一年歲次丙寅六月朔，律呂館纂修、翰林院侍讀學士于振謹序⑥〔二〕。

【校】

①傳習，《清漣文鈔》卷七《曲譜大成序》作『專家故識見拘牽』。

②底本『正沿』二字後，至序末兩頁，與周祥鈺《新定九宮大成序》最後兩頁倒，今據中國國家圖書館藏清乾隆

十一年朱墨套印本乙正。

③其，《清漣文鈔》卷七《曲譜大成序》無。

④恭，《清漣文鈔》卷七《曲譜大成序》作『其』。

⑤邕，《清漣文鈔》卷七《曲譜大成序》作『吹』。

⑥《清漣文鈔》卷七《曲譜大成序》正文後無題署。

【箋】

〔一〕此文又見于振《清漣文鈔》卷七，題《曲譜大成序》（《清代詩文集彙編》第二七四册影印本，頁五二四—五二五）。

〔二〕題署之後有印章二枚：陰文方章『于振之印』，陽文方章『鶴泉』。

新定九宮大成序

周祥鈺

莊親王既蒙上命，纂輯《律呂正義》，因念雅樂、燕樂，實相爲表裏，而南北宮調，從未有全函，歷年既久，魚魯亥豕，不無淆訛，乃新定《九宮大成》。而祥鈺等既在幨屬，實分任其事。書既成，王諭曰：『書之有序例也，汝其序之。』顧鈺也何人，廁名其間，已爲厚幸，敢言序乎！然蒙恩諭，不敢辭，輒弗揣弇陋，而謹言其略。

蓋古人律其辭之謂詩，聲其詩之謂歌，詞曲之作，豈權輿是耶？太史公謂：『古詩三千餘篇，孔子刪取三百五篇，皆絃歌以合《韶》、《武》之音。』迨漢武時，創立樂府，采詩入樂，而聲律寖盛。方今聖人御世，禮樂脩明，我王之脩是書，蓋亦黼黻昇平之意也。鈺等忝列內廷，蒙命較錄。乃於三極九變之節，略窺奧窔。博弋羣編，分宮別調，缺者補之，失者正之，參酌損益，務極精詳。每一卷成，輒呈睿覽而折衷焉，猥蒙獎許。進鈺等而教之曰：『夫樂以詩爲本，詩以聲爲用。隋唐以來，《三百篇》中僅傳《鹿鳴》、《關雎》十二章。宋時，趙彥肅將句字配協律呂，因垂作譜。於《鹿鳴》等六詩，爲黃鐘清宮，注云「俗稱①正宮」；《關雎》等六詩爲無射清商，注云「俗稱越調」。今人但知南北曲有正宮、越調之名，而不知亦麗於《風》、《雅》。至於工尺字譜『四上競氣』之語，見諸《楚辭·大招》，洎乎《宋史》。是書之輯，非予創爲，一依古以爲程，殆與雅樂相爲表裏者歟？』

於是鈺等曠若發蒙，誠然心服。顧鈺尚有進者。古人溫樹不言，示謹祕也。是書所輯，如《法宮雅奏》、《月令承應》諸篇，皆禁庭清燕之供，而登之簡編，毋乃於古人相逕庭乎？蓋古人所言事也，是書所輯詞也，且九重旰食宵衣，籌雨暘而疎宴賞，天下所共知也。則遇歲時而呈謳歌，司其事者之職分，亦何不可於天下共知之有？

一時同事，則有毘陵鄒金生漢泉，茂苑徐興華紹棨，古吳王文祿武棨、徐應龍御天、朱廷鏐嵩年。

虞山周祥鈺南珍謹序，乾隆十一年歲次丙寅桂月穀旦〔一〕。

【校】

①底本『俗稱』二字後，至序末兩頁，與于振《新定九宮大成序》最後兩頁倒，今據中國國家圖書館藏清乾隆十一年朱墨套印本乙正。

【箋】

〔一〕題署之後有印章二枚：陰文方章『周祥鈺印』，陽文方章『南珍』。

分配十二月令宮調總論

闕名

《宋史・燕樂志》以夾鐘收四聲，曰宮，曰商，曰羽，曰閏。閏爲角。其正角聲、變徵聲、徵聲皆不收，而獨用夾鐘爲律本。宮聲七調，曰正宮、高宮、中呂宮、道宮、南呂宮、仙呂宮、黄鐘宮；商聲七調，曰大石調、高大石調、雙調、小石調、歇指調、商調、越調；羽聲七調，曰般涉調、高般涉調、中呂調、平調、南呂調、仙呂調、黄鐘調；角聲七調，曰大石角、高大石角、雙角、小石角、歇指角、商角、越角。此其四聲二十八調之略也。

顧世傳曲譜，北曲宮調凡十有七，南曲宮譜凡十有三，其名大抵祖二十八調之舊，而其義多不可考。又其所謂宮調者，非如雅樂之某律立宮，某聲起調，往往一曲可以數宮，一宮可以數調，其宮調名義既不可泥；且燕樂以夾鐘爲黄鐘，變徵爲宮，變宮爲閏，其宮調聲字，亦未可據。按騷隱居士曰『宮調當首黄鐘』，而今譜乃首仙呂。且既曰黄鐘爲宮矣，何以又有正宮？既曰夾鐘、姑洗、無射、應鐘爲羽矣，何以又有羽調？ 既曰夷則爲商矣，何以又有商調？ 且宮、商、羽各有調矣，而角、徵獨無之，此皆不可曉者。 或疑仙呂之『仙』乃『仲』字之訛，大石之『石』乃『呂』字之訛，亦尋聲揣影之論耳。《續通考》謂大石本外國名；般涉卽『般瞻』譯言，『般瞻』，華言曲也。

夫南北風氣固殊，曲律亦異，然宮調則皆以五聲旋轉於十二律之中。 廖道南曰：『五音者，天地自然之聲也。 在天爲五星之精，在地爲五行之氣，在人爲五藏之聲。』由是言之，南北之音節雖有不同，而其本之天地之自然者，不可易也。 且如春月盛德在木，其氣疎達，故其聲宜嘽緩而駘宕，始足以象發舒之理，若仙呂之【醉扶歸】、【桂枝香】，中呂之【石榴花】、【漁家傲】，大石之【長壽仙】、【芙蓉花】、【人月圓】等曲是也。 夏月盛德在火，其氣恢台，其聲宜洪亮震動，始足以肖茂對之懷，若越調之【小桃紅】、【亭前柳】，正宮之【錦纏道】、【玉芙蓉】、【普天樂】等曲是也。 秋之氣颯爽而清越，若南呂之【一江風】、【浣溪沙】，商調之【山坡羊】、【集賢賓】等曲是也。 冬之氣嚴凝而靜正，若雙調之【朝元令】、【柳搖金】，黃鐘之【絳都春】、【畫眉序】，羽調之【四季花】、【勝如花】等曲是也。 此蓋聲氣之自然，本於血氣心知之性，而適當於喜怒哀樂之節，有非人之智力所能與者。

我聖祖仁皇帝考定元聲，審度制器，黃鐘正而十二律皆正，則五音皆中聲，八風皆元氣也。 今合南北曲所存燕樂二十三宮調諸牌名，審其聲音，以配十有二月。 正月用仙呂宮、仙呂調，二月用中呂宮、中呂調，三月用大石調、大石角，四月用越調、越角，五月用正宮、高宮，六月用小石調、小石角，七月用高大石調、高大石角，八月用南吕宫、南吕調，九月用商調、商角，十月用雙調、雙角，十一月用黄鐘宫、黄鐘調，十二月用羽調、平調。如此則不必拘拘於宫調之名，而聲音意象自與四序相合。羽調卽黄鐘調，蓋調闕其一，故兩用之。而子當夜半，介乎兩日之間，於義亦宜也。閏月則用仙吕入雙角，仙吕卽正月所用，雙角卽十月所用，合而一之，履端於始、歸餘於終之義也。

至於舊譜所傳六宫十一調，沈自晉曾謂：『自元以來，又亡其四，自十七宫調而外，又變爲十三調。』則知道宫、歇指，久已失傳。而《廣正譜》尚立道宫之名，惟采《董解元西廂》『凭欄人解紅』小套，以存其舊。遍考《元人百種》、《雍熙樂府》，以及元明傳奇，皆無道宫全套，卽南詞亦不多概見。合將北詞【凭欄人】等名，南詞【赤馬兒】等名，審其聲音相近裁併之，不復承訛襲謬。若夫般涉調，雖隸於羽聲七調内，今南北詞亦衹寥寥數闋，考諸各譜，附於正宫者俱多。顧般涉本係黄鐘爲宫，自當歸入黄鐘宫，用存循名核實之義云爾。

新定九宫大成南詞宫譜凡例

闕　名

一、舊譜句段不清，今將韻句讀詳悉注出。又舊譜不分正襯，以致平仄句韻不明，今選《月令承應》、《法宫雅奏》作程式，舊譜體式不合者删之，新曲所無，仍用舊曲。

一、南譜舊有仙吕入雙調，夫仙吕、雙調，聲音迥別，何由可合？今將仙吕歸仙吕，雙調歸雙調。但古有是名，不可竟廢，今用南仙呂【步步嬌】、北雙調①【新水令】等曲，合成套數，以存其舊。

一、引本於詩餘，或半或全不同，舊譜不定工尺，今俱譜出。夫詩餘本可加板作曲，譜入管絃，向來雌雄俗說不足據。

一、舊譜一牌名重用者，皆曰【前腔】。夫腔不由句法相同，即使平仄同，其陰陽斷不能同，何云【前腔】乎？《九宮大成》稱爲「又一體」者是。其首句有多字、少字處，舊名【前腔換頭】，今總稱爲『又一體』。

一、重句爲疊，始於《江汜②》之『不我與』也，其稱爲格者，亦有由來。《三百篇》中，或用『之』，或用『兮』，或用『止』，或用『只』，《楚辭》則用『些』，其鼻祖矣。是皆【水紅花】『也囉』之類，韻在其上，本字爲語助也。至若一字爲句而無其義，若【駐雲飛】之『嗏』者，則古詩『妃呼豨』之屬也，今並注明爲疊、爲格云。

一、句字長短，古無定限。如二字爲句，則『祈父』、『肇禋』之屬也。三字爲句，則『思無邪』、『於繹思』之屬也。四、五、六、七字，六代以來所常用，不具論。若八字，則『我不敢效我友自逸』之屬也。九字，『人莫躓於山而躓於垤』之屬也。十字，『饘於是粥於是以餬余口』之屬也。十一字以上，荀卿《成相辭》備有之。若少至一字，則『雖』、『都』、『俞』、『吁』、『咨』，載在二《典》，而於歌辭不少概見，惟宋詞【十六字令】之第一句之屬乃有之。至若漢曲『故春非我春、夏非我夏、秋非我秋、冬非我冬』，以十七字爲一句，亦罕其偶也。短於七字者無論，若長於七字，則雖作一句究之，必有可讀之處。是以唐人近體，至七字而止，七字之聲音克諧也。今遇八字以上句，並加讀焉。

一、凡曲中一字成句者，有格與韻之不同。如【駐雲飛】之『嗏』字，此則本體，必應如是者也，或换字换韻，總注爲『格』。他如【誤佳期】之一字句，正體所無，乃屬又一體，則注爲『韻』。不叶韻者，卽注爲『句』。蓋格者，一定不移之理；注韻、注句者，變動不拘之謂也。

一、襯字無正板，蓋板固有定式也。俗云『死腔活板』者，非但詞先而板後，若詞應上三下四句法，而誤填上四下三，則又不得不挪板以就之。修好詞句，究屬遷就，非端使然也。

一、譜中所收《殺狗記》、《臥冰記》，文句鄙俚；《拜月亭》差勝，而用韻亦復夾雜。蓋詩濫觴而爲詞，詞濫觴而爲曲，此則曲之崑崙墟，故歷來用爲程式，但取音聲，不問字句。今若盡行削去，則牌名體式不具，不得已而收之。

一、各宫調牌名，曲本所無，選詞以補之。元以後之曲，卽宋以前之詞，非有二也。但詞韻與曲韻不同，度曲者仍用《中原韻》填之可也。

一、詞家標新領異，以各宫牌名彙而成曲，俗稱『犯調』，其來舊矣。然於『犯』字之義，實屬何居？因更之曰『集曲』，譬如集腋以成裘，集花而釀蜜，庶幾於五色成文，八風從律之旨，良有合也。

一、唐宋詩餘，無相集者，後人創立新聲，乃有集調，妃青媲白，去眞素遠矣。顧有其舉之，亦所不廢。今以《曲譜大成》〔一〕、《南詞定律》〔二〕，蔣、沈諸譜，擇而用之，未善者稍爲更改。起句必用首句，中用中句，末用末句。假如正宮集曲内【三十腔】之類，如集一首，須集一末相應，不在此例。

一、各宮集調，假如中呂宮起句，中間所集别宮幾句，末又集别宮幾句，至曲終必須皆協入中呂宮，音調始和。若起句是中呂宮，次句集黄鐘宮，即度黄鐘宮之音聲，便是合錦清吹，不宜用之度曲。譜中《風雲會》【四朝元】有集各宫者，首句乃雙調，内【四朝元】，至曲終皆是雙調之音聲可證。

一、集曲命名，初無一定，往往有名義可取而聲律失調者，亦有節奏克諧而名義欠雅者，今則悉爲釐正。或曲則猶是也，而中間所集之句，其舊注小牌名句段，庸有與本體不合，則另擇别曲句段相對者易之。如《梅花樓》之【桂香轉紅馬】，曲中所集【紅葉兒】、【上馬踢】，今易以【誤佳期】，其總名是當另改。夫既换去【紅】、【馬】二曲之集句，使仍存其舊，名義何居？閲者不得謂舊曲而立新名，誠所貴乎纍纍如貫珠耳。抑命名原取合義，倘一曲有兩名者，不妨各自取裁。如【好事近】，一名【杏壇三操】，若集曲曰【好銀燈】、【好事有四美】，則當注【好事近】；若集曲曰【榴花三和】，則當注【杏壇三操】，否則名義不貫。由此類推，莫能枚舉。間有新製集曲采入，以見心花競粲，墨徑旁開，不得拘拘於古人成式也。

一、【尾聲】乃經緯十二律，故定十二板式。律中積零者爲閏，故亦有十三板者。而【尾聲】三句，或十九字，至二十一字止，多卽不合式。如《四大夢》傳奇之【尾聲】，有三十多字，度曲者不顧文義，删落字眼，遵依【尾聲】格式，擊板兩失之矣，今俱不錄。

一、曲之高下疾徐，俱從板眼而出，板眼斯定，節奏有程。今頭板用●，即實板，拍於音始發也。腰板用㇄，即掣板，拍於音之半也。底板用㇀，即截板，拍於音乍畢也。其襯板之頭板，則用○，腰板則用𠃊，以別於正板者，易於識認也。至於一板分注七眼，太覺繁瑣。今正眼則用□，徹眼則用□，舉目瞭然，樂行而倫清已。

【校】

①調，底本作『角』，據文義改。

②氾，底本作『汜』，據《詩經》改。

【箋】

〔一〕《曲譜大成》：清初闕名編纂，實爲此書之藍本，詳見本書該條解題。參見李曉芹《〈曲譜大成〉殘稿三種研究》（河北大學博士學位論文，二〇一一）。

〔二〕《南詞定律》：康熙間呂士雄等輯，詳見本書該條解題。

新定九宮大成北詞宮譜凡例

闕名

一、定譜中曲式，謹以《月令承應》、《元人百種》、《雍熙樂府》、《北宮詞紀》及諸譜傳奇中選擇，各體各式，依次備列。

一、《雍熙樂府》不同《元人百種》，每折皆有命名，其彙收之曲，既非一體。有不入雜劇，偶成散套，與時曲相同者，則當分注散曲。亦有《元人百種》止載雜劇目錄，而《雍熙樂府》内節錄數曲者，則當分注原名。更有有曲無題者，則當分注《雍熙樂府》。至於套曲，例用四字爲題，如字數或多或寡，則亦概注《雍熙樂府》。餘外傳奇套曲，不拘此例，閲者不得謂同一是書，而中間分注互異如此，良有故也。若夫《元人百種》並無散曲以及無題者，使亦照《雍熙樂府》格式，則《元人百種》總名，幾無所用作題頭矣，學者何從而識元人之面目乎？是以不行分注原名，統注爲《元人百種》。《禮記》曰：『無勦説，毋雷同。』爲此不膠於一，俾條分而縷晰，可溯流以窮源，猶之一事而再見者，前目而後凡之旨云耳。

一、北詞隻曲，猶如南詞正曲，亦可隨分接調，不必拘於成套也。若概欲規仿前人，則向來未收入套之牌名，將棄置不復用乎？此亦其顯而易見者也。故譜中先列隻曲在前，便於塡詞審用。成套者另彙爲卷，以示矩範。

一、套曲諸譜，止列其名目。今將每宫調套式，各舉數套，始得體備。内中或有用别宫調者，前人已定之規範，聲以類從，惟其變化生心，益覺宫商在手，細溯其流，自可洞鑒其源也。

一、南北合套，元人舊體，各宫調俱有套格。今通行者，不過【新水令】、【步步嬌】套，【粉蝶兒】、【好事近】套，【醉花陰】、【畫眉序】套，餘體失傳。今於各宫調之後，各列二套。且南曲俱可接調，本無專用一宫。今合套内以北曲爲主，其南曲或有移商換羽之處，閲者審之。

一、北曲字音，與南音稍異。元周德清《中原音韻》，入聲分隸平、上、去三聲之内，可謂得其梗概。但止於平聲分陰陽，而上、去不分，尚欠精析。今譜以工尺，陰陽自分，知音者宜辨諸舌脣齒齶之間，用以輔《中原音韻》之所未逮也。

一、北曲落板，與南曲不同。一起三四調，俱作底板。其落板之曲，或有於第三四句方落實板；或一兩曲已落實板，而忽又搜板不落；或煞尾前半闋已落實板，後半闋作收煞，每句用一底板，此皆度曲之跌賺處。總之，北曲貴乎跌宕閃賺，故板之緩急，亦變動不拘。常有一字而下三四板者，至襯字多處，亦不妨增一二底板以就之。聲初出卽下者，曰迎頭板，亦曰實板，則用●。字半而下者，曰掣板，亦曰腰板，則用∟。聲盡而下曰底板，亦曰截板，則用一。板之細節曰眼。一板原有七眼，連板爲八數，細節不能盡列，止將正眼注出，□爲一板一眼。凡腔之緊慢，眼之遲疾，知音識譜者自能會意。或云襯字不加正板，原屬正理。但元人曲中，多用方言俚語，每冠於正文之上，此卽落板歉下之處。如【百字折桂令】、【百字堯民歌】、【百字知秋令】、【增字鴈兒落】，襯字倍於正文。諸如此類，拘之以理，難以合度，卽勉增一二板度之，使其文句清楚，不致躲閃不迭，良爲方便。見者勿謂其正襯不分，然亦不可爲例。今祇取備體合格，襯字雖繁，不能一一淘汰。

一、曲之爲句，長短不齊。要其句法，不過自一字以至七字而止。句有平拈仄拈，平押仄押之異，押韻處最爲緊要。句法者，體格所由辨也。平仄拈押，妥協腔調所由生也。神明其法，可以類推。體格腔調既定，襯字自明也。遍考諸舊譜，俱限七字爲句，無論文義，皆截爲襯字，幾不成文矣。今多留一二正字，全其文義，除去正文中間作讀，章句益覺完美。

一、曲之分別宮調，全在腔板。如仙呂調套中，有借中呂調一二曲，其腔板稍異，必依仙呂調之聲音，始爲妥協。有字數句法雖同，而腔板迴異，卽截然兩調。今悉依宮調，以定腔板，或轉腔板，以正宮調。腔之高下，按以工尺；而腔之遲疾，限以板眼。既考歷來相傳之成規，復參以國工修改之新法，舉向之無板者，悉爲點出；向之有板者，重爲釐正。按板循腔，無不可付之歌謳，被之絃管也。

一、曲之有襯字，猶語助也，藉以暢達文理，而不可當作正文。舊譜不能辨析，以致句法參差，體格淩亂，後人認作實字，承訛襲謬，伊於何底？今細考句法，詳定體格，將襯字逐一分出，字體略小，使填詞者知所稟程焉。

一、北詞不同於南詞，凡遇『呀』字、『嗏』字，本曲換韻不換字處，皆注爲『格』。他如【上馬嬌】之『儂』字，【醉鴈兒】之『天』字、『君』字，本曲換字不換韻處，概注爲『韻』，失韻者卽注爲『句』。略舉其端，填詞者不致眩目也。

一、工尺字譜，古制十二律呂，陰陽各六，其生聲之理。陽律六音而繼以半律，陰呂六音而繼以半呂，各得七聲，至八而原聲復。是律呂雖有十二，而用之止於七也。五聲二變，合而爲七音。近代皆用『工』、『尺』等字，以名聲調，四字調乃爲正調。是譜皆從正調，而翻七調。七調之中，乙字調最下，上字調次之，五字調最高，六字調次之。今度曲者，用工字調最多，以其便於高下。惟遇曲音過抗，則用尺字調，或上字調；　曲音過衰，則用凡字調，或六字調。今譜中仙呂調爲首調，工尺調法，七調俱備，下不過乙，高不過五。旋宮轉調，自可相通，抑可便俗。以下各宮調，俱從正調出。

一、曲有一體二名，或三、四名，總以最初之名爲正。或有別名，或名同而體格異，或某宮調亦有，俱詳列於本題之下。

一、曲出於詞，故曲之牌名，亦大半本諸詩餘。其詞句大異者，不便附會牽引。其詞句吻合，及稍有增損，而格調仍髣髴者，皆從詞譜摘選，以爲考證世尚。王實甫《西廂》，諸譜皆收，但彼係絃索，音調另成一家。今譜中祇取其格，詞句不錄。又諸譜所載各曲之正體，不能畫一。今選字句最少者爲正格，凡增句、增字、平仄拈異者，皆爲又一體。

一、仙呂入雙調之名，南北諸譜皆載。此名不知何昉，在於宮調，並無是名。假仙呂宮有雙調曲，是名仙呂入雙調，若商調有仙呂宮調曲，卽爲商調入仙呂調，此訛傳也。今選仙呂宮之南詞，雙角之北詞，南北合套者爲閏月，另成一帙，是爲仙呂入雙角，以證舊日之訛。

一、北調【煞尾】，最爲緊要，所以收拾一套之音節，結束一篇之文情。宮調既分，體裁各別：在仙呂調曰【賺煞】，在中呂調曰【賣花聲煞】，在大石角曰【催拍煞】，在越角曰【收尾】。諸如此類，皆秩然不紊。今譜中之【慶餘】，乃諸調【煞尾】之別名，用者尋其本而自得之。

一、曲韻須遵周德清《中原韻》，但今所選，不能盡符，未便因咽廢食。今於用《中原韻》處，則書『韻』； 如《中原韻》所無，而沈約韻所通者，則書『叶』； 《中原韻》所無，沈約韻亦無者，則書『押』。假如『齊微』韻，凡收入『齊微』者，應書『韻』； 如《中原》『齊微』韻所無，而沈約韻『五微』、『八齊』内所有，及沈約本稱『古韻通』者，則書『叶』； 倘混入『東鍾』，則書『押』。餘仿此。叶者，古本有是音而叶也； 押者，强押之辭，言但取其格，不可法，其用韻夾雜也。南詞同。

（以上均《善本戲曲叢刊》第六輯影印清乾隆十一年序内府刻本《九宫大成南北詞宫譜》卷首）

附 新定九宫大成北詞宫譜序〔一〕

吴梅

歌曲之道，昔儒咸目爲小技，顧其難，較詩古文辭遠甚也。詩非無律也，而其法至簡也； 古文辭非無律也，而其法無定也。至於歌曲，則一語一字之微，往往作者棘手，歌者棘喉。文至歌曲，操觚家幾視若畏途焉。至若釐其句讀，正其宫調，析其陰陽，示人以規矩準繩，則譜錄之作爲不可少矣。然自《太和正音譜》而後，若《骷髏格》，若《南音三籟》，下至毘陵蔣氏、吴江沈氏之書，及馮猶龍、徐靈昭、張心其、李玄玉諸作，非不言之有故、持之成理也，顧或僅詳南詞，或專論北曲，偏至之詣雖工，兼人之學未具。又諸家之説，衹足爲文人製詞之用，而於音律家清濁高下之變，概未之及，是猶有所未盡也。

逐清乾隆七年，和碩莊親王奉敕編《律呂正義後編》。既卒業，更命周祥鈺、徐興華輩，分纂《九宫大成南北詞譜》八十一卷，至十一年刊行之。其間宫調分合，不局守舊律；蒐采劇曲，不專主舊詞；絃索簫管，朔南交利。自此書出，而詞山曲海，匯成大觀，以視明代諸家，不啻爝火之與日月矣。

先是康熙五十四年，詹事王奕清等撰《曲譜》十四卷；又五十九年，長洲呂士雄等撰《南詞定律》十三卷。《定律》取裁鞠通《新譜》，爲一代良書。《曲譜》雖南北咸備，實則襲取詞隱、丹丘之作，鈔録成書而已。莊邸因發憤釐正，重定此帙。南詞則取《定律》，北詞則間及《廣正譜》，而又備載『供奉法曲』，冠南北各詞之首。蓋純廟初年，華亭張文敏以文學侍從，深荷寵眷，一時内廷宴樂之詞，大氐出文敏之手。今譜中所録《月令承應》、《法宫雅奏》、《九九大慶》、《勸善金科》等詞，皆是也。

抑余更有取者，董解元《絃索西廂》，明嘉、隆中已絶響矣。又臧晉叔《元曲百種》，見諸歌場者，今且無十一矣。獨此書詳録董詞，細訂旁譜，而臧選全曲，多至數十餘套。《關雎》之亂，洋洋盈耳，吾不禁歎觀止焉。

不惟是也，余嘗謂歌曲之道有三要也：文人作詞，國工製譜，伶家度聲。往昔，吾鄉葉懷庭先生作《納書楹曲譜》，四聲清濁之異宜，分析至當，識者謂宋以後一人，實皆依據此書也。

今譜中一詞輒列五、六體，陰陽剛柔之理，一一可辨。引而申之，觸類而通之，則作詞製譜之方，於是乎咸在，以之度聲，易若反掌，而梁、魏遺法，或賴以不墜乎！

余少喜讀曲，深以未見此書爲恨。及客海上，始自柳君蓉村處得之，忽忽已十年矣。今歲陳君友年應京師社盟之請，因據內府舊本，影摹上石，天下之寶，當與天下人共之也。屬爲弁首，輒述之如此。

癸亥孟冬〔二〕，長洲吳梅敍並書，時客南京〔三〕。

【箋】

〔一〕底本無題名，收入《吳梅戲曲論文集》（一九八三）頁四七四—四七五，題《莊親王總纂九宮大成南北譜敍》。

〔二〕癸亥：民國十二年（一九二三）。

〔三〕題署之後有印章二枚：陰文方章『吳某』，陽文方章『霜崖居士』。

附 新定九宮大成北詞宮譜識語〔一〕

俞宗海〔二〕

友年先生惠詧，近知京都正音社以《九宮大成南北曲譜》八十二卷、目錄三卷由閣下經理，悉付影印，俾世間度曲諸君得此指南，不勝快慰之至。並聞又有《南詞定律》全部，更爲可喜。敝友處又有《審音鑒錄》八本，曲文說白之外，又有悲歡離合之狀，旁注尤爲精細；又有原本《韻學驪珠》兩本，今度曲諸君奉爲圭臬。日内當可代假來，請閣下一併付印，並函致各處曲友，趕速來購，何如？《九宫譜》封面一紙，一並交上，希檢入。餘容再陳，並頌日安。

弟俞宗海拜。十月廿六日。

（以上均《續修四庫全書》第一七五三册影印民國十二年古書流通影印清乾隆年間内府刻本《新定九宫大成南北詞宫譜》卷首）

【箋】

〔一〕底本無題名。

〔二〕俞宗海（一八四七—一九三〇）：字粟廬，號韜盦，別署韜庵居士，婁縣（今上海）人。襲雲騎尉世職，隸松江標提營。光緒初，擢金山縣守備，旋辭退。九年（一八八三），定居蘇州。通金石學，工書法，尤精崑曲，從婁人韓華卿，傳長洲葉堂（約一七二四—一七九五後）家法，人稱「俞派」。本工冠生，且旦、淨、末、丑各行當之曲皆精通。民國十三年（一九二四），撰《度曲芻言》，發表於笑舞臺《劇場報》。其子俞振飛（一九〇二—一九九三），繼承衣鉢，編訂《粟廬曲譜》。二〇一一年上海古籍出版社出版《俞粟廬書信集》。傳見《廣清碑傳集》卷一六吴梅《家傳》。參見周秦《「惟認定一『眞』字，萬古不滅」——〈俞粟廬書信集〉芻議》（中國曲學研究編輯委員會《中國曲學研究》第二輯，河北大學出版社，二〇一三）。

中州全韻（范善溱）

《中州全韻》，一名《中原全韻》，又名《北詞韻正》，明范善溱輯，現存明刻本（殘，卷首有袁晉崇禎四年序，藏中國國家圖書館）、嘉慶間鈔本（《續修四庫全書》第一七四七冊據以影印）。范善溱，字昆白，嘉定（今屬上海）人。明萬曆至崇禎間人，客居蘇州（今屬江蘇）。參見孔永《〈中州全韻〉研究》（吉林大學碩士學位論文，二〇〇七）、陳寧主編《明清曲韻書研究》（華中師範大學出版社，二〇一三）等。

中原全韻敍〔一〕

袁　晉〔二〕

［前闕］而面詒之，終弗會也。予少慕音律之學，曾探其源於易理曆數，數賾理微，畏而復置之。然十年來，塡詞之法，亦於喚插轉點中，觀氣機之消長，進退原有自然之音在焉，順之則融，逆之則戾，初亦不解其故。常取其子母一調叶之，眞有絲髮相繩，微濛難混者，愈調愈叶，通此貫彼，頭頭是道。始喟然嘆曰：『萬聲一聲也。聲在虛空，卽木石水竹，風雷金革，昆蟲鳥獸，能於無心中傳寫其眞籟。而奈何傳之人吻，而反失其眞？此誠不可解也。今韻書不一，里耳難齊，時訛堅不可破。而酸腐之士，且從而證辨焉。寥寥宇宙，誰可言音？』

吾友昆白范君，甫九齡而卽知研參此道。歷三十餘年，而陰陽清濁之奧，已洞然無疑。旣證竹肉三昧，彈絃擘阮，尤著聞於世。有憾於周德清之注切未明，字面多遺，陰陽互混，而更著一書，去聲悉別陰陽，翻切毫無岐貳，命曰《中原全韻》。是書成，而喉間有指南車矣。其一片苦心，點定江南新奏，誠詞壇首功也。吳門同好，更有急於余者乎？因書數言弁首。

辛未冬日〔三〕，幔亭峯主袁晉題並書〔四〕。

（明崇禎四年序刻本《中州全韻》卷首）

【箋】

〔一〕原本首闕，未見題名，版心題「敍」。

〔二〕袁晉：即袁于令（一五九二—一六七二），原名晉，生平詳見本書卷五《西樓記》條解題。

〔三〕辛未：崇禎四年（一六三一）。

〔四〕題署之後有印章二枚：陽文方章「袁晉之印」，陰文方章「字令昭」。

范昆白北詞韻正小引

俞肇元〔一〕

自金元入中國，胡樂嘈雜，乃更爲新聲以媚之，而詞始變爲曲。曲者，詞之變體，而南曲則又北曲之變體。然則北曲其猶存古樂府宋元之遺音哉？但江北江南，音響既殊，刻羽流商，沿習更謬，所謂沈約四聲，遂闕其一。使東南之士，不得爲顧曲之周郎、辨撾之王應，其所由來者漸矣。

吾友范君昆白，少善音律，弱冠精絃索，即爲疁城絕唱。疁城人擬爲半空鸞吹，若阮步兵之於孫登。乃棄而遊姑蘇，日與蘇之騷人韻士，講求薛譚、秦青之技。蘇之趨范君者，見輒絕倒，爭師事之，以不識范君爲恥。自范君至蘇，而蘇之絲竹恍然一新。已而，學技於范君者，盡堪爲人師。至有忌范君之軋己也，復相與謀擯之，而范君之名益高。

蓋五年而成《北詞韻正》。往時北曲無陰陽，無開闔，無鼻音，無閉口，而范君爲之分陰陽，辨開闔，入聲歸平、上、去三聲，使歌之者久而愈新，聽之者樂而忘倦。毋論慕范君者，奉以爲宗匠，即忌之者，亦不能不挾爲帳中祕也。

范君行矣，將北遊燕趙，登黄金臺，吹鄒衍之律，擊漸離之筑。聖天子方拊髀思將帥之臣，有如范君其人，登樓清嘯，使胡騎欷歔懷土，若劉越石之解圍，固足以舞百獸而競南風。兹集實惟嚆矢哉！

咄咄，范君毋迂視吾言。始而瞜城，繼而姑蘇，又繼而觀光上國，後之視今，猶今之視昔，所造未可量也。昔周憲王作南北曲百闋，膾炙人口，李獻吉詩云：『齊唱憲王新樂府，金梁橋上月如霜。』自今而後，不識范君爲何人，當於月之夜、花之晨，聽范君之所校讐者，颯颯乎坐上青衫，向所稱半空鸞吹，果不誣也。

燃藜居士〔二〕。

【箋】

〔一〕俞肇元：別署燃藜居士，籍里、生平均未詳。光緒《重修安徽通志》補遺三有監生俞肇元，未詳是否其人。

〔二〕題署之後有印章二枚：陰文方章『俞肇元印』，陽文方章『曲子世家』。

附　中州全韻識語〔一〕

連夢星〔二〕

是書爲余秋室先生所藏〔三〕，曾經潘伯寅先生手閱〔四〕。中華民國建國之二年，因事客京師，以二金得之宏道堂舊書肆，與楊叔玟同賞，洵可寶也。

明星氏謹識。

（以上均《續修四庫全書》第一七四七册影印清鈔本《中州全韻》卷首）

【箋】

〔一〕底本無題名。

〔二〕連夢星：號明星，籍里、生平均未詳。

〔三〕余秋室：即余集（一七三九—一八二三），號秋室。

〔四〕潘伯寅：即潘祖蔭（一八三〇—一八九〇），字在鍾，小字鳳笙，一字東鏞，號伯寅，别署鄭庵，吴縣（今江蘇蘇州）人。咸豐二年壬子（一八五二）進士，選庶吉士，散館授編修。累官至工部尚書、軍機大臣。卒謚文勤。刻《滂喜齋叢書》、《功順堂叢書》，輯《海東金石録》。著有《癸酉消夏詩》、《鄭庵詩存》、《鄭庵文存》、《潘文勤公雜著》等。傳見曹允源《淮南雜著》卷二《祠碑》、《清史稿》卷四四一、《清史列傳》卷五八、《碑傳集補》卷四、《碑傳集三編》卷八、《清代七百名人傳》、《近代名人小傳》、《清代樸學大師列傳》卷二五、《昭代名人尺牘續集小傳》卷二〇、《近代人物志》、《皇清書史》卷一〇、民國《吴縣志》卷六六等。參見潘祖年《潘文勤公年譜》（光緒十七年家刻本)。

中州音韻輯要(王鵕)

《中州音韻輯要》,簡名《音韻輯要》,清王鵕輯,現存乾隆四十九年甲辰(一七八四)崑山載德堂刻本,《續修四庫全書》第一七四七册據以影印。

王鵕,字履青,别署樗林散人,崑山(今屬江蘇)人。生平未詳。

(中州音韻輯要)序言

王鵕

音之爲理微矣。律吕定而陰陽判,五音分而四聲叶,士大夫揚風扢雅,於此闕焉不講,似未盡美。余廿年留心音韻,而寡聞孤陋,難得指歸。國朝字典韻府,集古今之大全,垂范百世。近世詞家率以《中原音韻》爲宗,而注切未明,陰陽互混。及見《中州全韻》,而覺遠勝於彼,惟纂集過繁,而應備之字卻尚未盡,並較對疎略,字畫多譌,重複舛誤之處亦不少。

不揣譾①劣,斟酌兩本,删其僻而輯其要,並辨正字體。邇復參證詩詞通韻,更得歸準反切,務分異音,管窺所及,悉考據精審,而後增改。通卷注釋,雖半爲參易,無不本諸字典也。

數載以來，稿凡五易。音、義、體三者，庶鮮疑似，而反切一道，愈探愈微，轉覺其理難窮。兹質之同好，或於藝林不無小補云。

乾隆辛丑秋，槮林散人王鵕書於栩園之樂是居。

【校】

①譎，底本作『蕑』，據文義改。

（中州音韻輯要）例言

闕　名〔一〕

一、廟諱、御名、至聖諱，俱應敬避。兹『東同』、『機微』、『眞文』、『天田』、『車蛇』、『鳩由』六韻中，應避之字，概不敢書。

一、《中原音韻》甚簡，恆病稽考；《中州全韻》太繁，多載無益。兹去繁補闕，載籍極博，難云該備。而凡詩文詞曲可用之字，詳錄罕遺。

一、字音全在反切，反爲出音，切爲收音。反切準，則陰陽、四聲，自無不當。周本未盡探求，范本尚屬疑似。兹悉考證通韻，反切定譜，辨晰毫芒，歸清切準。

一、周德清去聲不分陰陽，遂致互混。如沈君徵《度曲須知》之精詳音律，亦尚宗周本。得范昆白分列二門，而心目豁然，洵爲詞壇首功也。

一、『齊微』、『魚模』二韻，字多而音不一。兹分出『歸回』、『蘇模』兩韻，各歸門類，庶聲口有別。兩韻甚寬，分用爲得。

一、經籍騷選諸書，叶韻之音甚多，難以備錄，且未便作正音用。茲凡係叶音，俱不載。

一、字音總歸《中州》，而正其南北異音之字，自應分析，方爲明曉。茲凡聲中南北音異者，悉爲注明。

一、卷中有一字收二聲、三聲者，若各有解釋，則每聲列入。倘聲雖異而義同者，止於正音下注明『又何聲，義同』，不再入他門，庶不眩心目。

一、韻中有一字收二韻、三韻者，音義各別，仍隨韻分注。間有音異而義僻者，則止於共曉之韻注明『又何音，何解』。惟入聲叶二三韻者，則各韻俱存，以便配用。

一、清入聲正次俱作上正，濁入聲作平，次濁入聲作去，隨音轉叶，前本皆然。間有岐收而未當者，俱推敲歸整。惟入聲分叶三聲，專歸北調，四聲中闕一聲，宜不免訾議。茲先將入聲正音切準，而後注北音而叶各韻。前本之混不分門者，並爲派清，則四聲皆全，而南北中州俱明矣。

一、兩本俱以〇分字門，仍之。其兩本俱無而補入者，俱以㊫揭明。

一、兩本注解，詳略似未該，當茲以字典爲宗，並考校《說文》等書詮諦，務祈明顯而簡括。其兩字合解之類，止於先見之字疏明，後字不再注，以免重複。

一、字體正俗，字典悉行載明。自帖體行，而通俗易淆。朱子有云：『書學盛於唐，而漢魏之楷法廢也。』茲詳加查對，凡習用而非正體，概以俗字標出，庶免魯魚亥豖之誤。其俗字中之諸書不載者，並以譌字注明。

（以上均《續修四庫全書》第一七四七册影印清乾隆四十九年崑山載德堂刻本《中州音韻輯要》卷首）

【箋】

〔一〕此文當爲王鵕撰。

韻學驪珠（沈乘麐）

《韻學驪珠》，亦名《曲韻驪珠》、《曲韻探驪》，清沈乘麐輯，成書於乾隆十一年（一七四六）。現存嘉慶元年（一七九六）枕流居刻本（《續修四庫全書》第一七四七册據以影印）、光緒十八年（一八九二）華亭顧文善齋重刻本（二〇〇六年中華書局據以影印）。

沈乘麐（一六六八？—一七四六後或約一七一〇—一七九二前），字苑賓，太倉（今江蘇蘇州）人。詩文兼擅，妙解音律，據傳曾得張照法曲祕傳。精研曲韻，歷五十年，七易其稿，終成《韻學驪珠》。參見李雲江《〈韻學驪珠〉研究》（吉林大學碩士學位論文，二〇〇七）。

（曲韻驪珠）序

周昂

歲壬子〔一〕，余劇病謝客，製新樂府數章，譜以絲竹，爲視蔭之娱。太倉郁君仲嗚〔二〕，適館余兄暘如家，索錄一通。因述其舅氏苑賓沈翁，妙解音律，曾著《曲韻驪珠》一書。

余謂郁君：詞曲雖小道，然審音最的，用韻殊不容鹵莽。宋詞人於平、上、去韻甚嚴，而於入聲字，頗病其雜。東坡【念奴嬌】詞，千秋絕調，而韻用『物』、『壁』、『髮』、『滅』等字；稼軒【滿江紅】詞，『角藥』韻中，亦雜曲字，此其證也。曲韻明以前極寬，如『支思』、『齊微』、『魚模』互叶，『先天』、『千寒』、『桓歡』互叶，『歌羅』、『家麻』、『車遮』互叶，『眞文』、『庚亭』、『侵尋』互叶。入國朝來，其例始嚴，然『眞文』、『庚亭』三韻之通，猶沿而未易。夫不知音，不可以言韻。言曲韻始於周德清，而寔不自德清始。『眞文』之通『庚亭』、『侵尋』，於何昉之？昉之杜牧之《八六詞》也。『角藥』之叶『蕭豪』，於何昉之？昉之柳耆卿《尾犯詞》也。特自德清，始爲成書耳。德清《中原音韻》，初以墨本流傳，迨後所爲高安本者，已非其舊。范氏因德清平聲分陰陽，而於去聲，亦判而爲之，其音切大半依《正韻》，與《中原》似同而實異。北音入作平、上、去。南詞如《琵琶記》『別墳』內四曲，《女狀元》第一齣，全用入聲字者，自依本音；若與平、上、去間用，卽不得不叶北音。且南北詞之通以北音演唱者甚多，人自不察耳。亦有不可施於南，並不可施於北者。如『自』之爲『恣』，『病』之爲『柄』；『出』之似重舌音，『念』、『泥』、『年』之似舌抵腭音。使曲白中若是，鮮有不駭且怪者。

郁君曰：『子言音韻，如此其娓娓也。使遇吾舅氏，定把臂入林耳。俟歸取《驪珠》相質，何如？』余曰：『不敢請耳。』他日，仲鳴君果以書來。余讀之，憮然嘆曰：『苑賓其可謂豪傑之士哉！』

夫以舉世絕不留心之事，而費五十年之功爲之，與章道常《音韻集》，其致力略相似。而其中分十九韻爲二十一，定入聲爲八韻，此其識之最大者。若切音大率以收音字爲主，如『東同』之『翁』，『簫豪』之『鏖』，『皆來』之『哀』，『居魚』之『迂』之類。昔潘太史次耕作《類音》，取轉入字爲母，已出奇。前人之外，苑賓此法，視潘尤的。

余嘗謂：涑水相公字韻之學冠古今，而宮羽喉脣倒置，若苑賓，焉有此病哉！獨慨道常以暻城一布衣，而集成一編，有司爲之斂貲鋟版。苑賓此書，當世豈乏賞音，何尚庋之高閣也？余近有《中州韻》之刻，以昆白舊章爲底本，而『齊微』、『魚模』之分訂，及上聲之注陰陽，頗與苑賓有同心。而上聲陰陽兩用之字，尚多混淆，音切或仍舊本，所注字義，詳略失當。視苑賓驪珠在握，不自愧同於買櫝歟？

乾隆五十七年季夏望日，琴水周昂少霞氏拜稿。

【箋】

〔一〕壬子：乾隆五十七年（一七九二）。

〔二〕郁仲鳴：太倉（今江蘇蘇州）人。沈乘麐外甥。

曲韻驪珠弁辭

芥　舟〔一〕

蓋聞天鳴仙籟，發吹萬之樞機；谷應靈篇，㘣函三之律吕。故揚脣激楚，則鸞鳳同音；品竹悠長，而鵾鷄奮翼。時焉蘭橈載酒，抑或杏圃啣杯。仿遺嘯於蘇門，吐新聲於樂府。歌喉婉轉，唱《白雪》之佳詞；檀板輕敲，度紅牙之麗曲。靡不色飛眉舞，句洽聲調。豈獨李白爲風流學士，和凝爲曲子相公，足以振當時而傳後世哉？

第彼清謳擅妙，必先較正音聲；高唱爭奇，首在分清字韻。南從《洪武》發聲，以柔婉爲工；北問《中原》吐字，以勁剛爲主。出音收韻，胥本自然；撮口穿牙，實由一定。識渭陽之三疊，則絲竹皆調；遵梁國之四聲，則宫商自正。故能聲遏玉笛，不愧沉香亭北之詞；音繞玳梁，重宣玄菟城南之句。無如王孫春草，難覓小山之篇；洞隱桃花，不獲陶潛之記。縱使君愛客方，張璚之筵；奈永夜徵歌，未得紫雲之譜。以致陰陽莫辨，平仄失調。北曲而雜以南音，閉嘴而譌爲抵腭，皆由曲韻之無善本，遂使矢口之乏正音。

兹者苑賓沈子，係出東陽。濯楊柳於月中，不讓王恭逸態；爛芙蓉於日下，奚慚謝朓①詞華。詩備諸家，劉越石清剛之選；文兼各體，傅鶉觚博奥之宗。爾乃妙解音聲，尤工曲律。清風明月，舒喉而絲竹奮飛；茶熟香騰，按拍而魚龍出聽。固已鵝笙象板，獨擅一時；猶慮玉韻金聲，未傳後世。於是描摹口角，甄別北南。粉本於《中州》，參詳乎《洪武》。既義存《騷》、《雅》，亦響叶宫商。顔曰『驪珠』，惟期探要。握斯編也，如入七襄之室，錦繡聯章；啓兹集者，似登羣玉之峯，瑯玕滿握。霓裳羽袖，譜從天上流傳；舞鶴游鱗，韻擅人間絶唱。將見行雲初駐，能令子野摧心；皓齒微呈，豈至周郎卻顧。

余也夙耽製曲，雅好塡詞。時跌宕於酒旗歌扇之場，常縱横於鐵板銀箏之隊。字如柈大，揮②毫而漫興猶顛；墨似鴉粗，擲筆而老狂欲舞。今則金風微動，玉露初零。見桂樹之丹葩，欣開瑤篋；聽堦前之蟋蟀，慕想佳音。聊綴數言，以爲弁首。

時乾隆歲在柔兆攝提格闍壯月〔二〕，潁川芥舟題於瑞筠書屋。

【校】

①朓，底本作『眺』，據二〇〇六年中華書局影印清光緒十八年（一八九二）華亭顧文善齋重刻本改。

②揮，底本漫漶，據二〇〇六年中華書局影印清光緒十八年（一八九二）華亭顧文善齋重刻本補。

【箋】

〔一〕芥舟：潁川（今河南禹州一帶）人，姓名、生平均未詳。

〔二〕乾隆歲在柔兆攝提格：乾隆丙寅年（十一年，一七四六）。

韻學驪珠凡例

闕　名(一)

一、此書專爲歌曲者而作，故每韻標明收音，每圈下標明五音及出音，閲者易曉。

一、向來曲韻，必南從《洪武》，北問《中原》，今合南北爲一書，且切注明白，易於檢閲。

一、翻切下無别切者，南北皆同，若有『北〇〇切』者，則北從下切。

一、翻切下有『北又可作〇〇切』者，則北曲内亦可讀上切本音。

一、翻切之法，諸書都有，但俱遠一字，未能矢口而得。至《中原》、《中州》二書，庶幾近之，然如『東』字作『多籠切』，則『多』字之出音，誠得之矣，而『籠』字之字身，猶以舌之多動一動爲嫌，且音又屬陽，與本音不洽。茲作『多翁』切，則連讀翻切之二字，宛肖讀本音之一字矣。餘俱仿此。

一、入聲不叶入各韻而另列於後者，便於歌南曲者，知入聲之本音本韻，不爲《中原》、《中州》所誤，即歌北曲者，亦便於查閲。

一、北曲中入聲字，俱依入聲韻中本音，翻切下『北〇〇切』，或『北叶〇讀』。

一、自古韻書，皆不分陰陽，惟《中原韻》於平聲則分之，於上、去聲則否；《中州韻》於平、去二聲皆分，而上聲仍混。茲則雖不列開，而於上聲中分注『陰上』、『陽上』與『陰陽通用』三法。

一、音①分清濁，本於《五車韻瑞》，而參酌之。其清音，即俗所謂『乾淨』；濁音，即俗所謂

『漢』，或謂『出風』；　其次濁音，則無清音者。　書中清濁音必連寫，以便閱者易於辨別。

一、《正韻》平、上、去三聲，各二十三韻，《中原》、《中州》俱各十九韻。　茲從《正韻》之分『機灰』、『魚模』，從《中原》、《中州》之合『寒刪』，共二十一韻。

一、《正韻》入聲十韻，此合八韻。

一、《中原》各韻，韻名未有一定，如『東鍾』、『支思』二字俱陰，『齊微』、『尤侯』二字俱陽，至『寒山』、『桓歡』，則陰陽倒置矣。　茲從《中州》之用上陰下陽各一字爲名，内中略有更换者，以不順於五音故耳。　其『灰回』、『姑模』及入聲八韻，則臆定者。

一、此書所收之字，不過萬餘，皆目前常見易識者，倘詞曲中遇有此書未收之字，當以字典查其切音，類推入韻，其出音亦可類推。

一、書中注釋，不過略綴易知者一二條，及一字有幾音而義各不同者，分注之。　設欲求别解，則查字典可也。

一、書中翻切之字音，本音外卽有一字幾音者，亦皆就大概所知而引之。　其於經書子史中，有讀别音者甚多。　詞曲内遇有引用成語，而設有此等，亦當以字典查明類推。

一、此書亦不獨專爲歌曲者，卽填詞家亦不爲無補。　如填北曲，則將入聲字之叶入各韻者，依叶本韻之平、上、去三聲用之；　若填南曲，則入聲必獨用爲是，卽欲借用，必本韻入聲，如『屋讀』之於『姑模』、『恤律』之於『居魚』、『質直』之於『機微』、『轄達』之於『家麻』、『屑轍』之於『車蛇』

方可。若拍『約曷』之於『支皆』、『蕭歌』諸韻，則必不可。

一、此書且不獨歌曲塡詞家所用，卽凡書室中置之案頭，設書寫時，有邊旁注解略疑惑者，聊一檢看，未爲不可。

一、此書以《中州韻》爲底本，而參之以《中原韻》、《洪武正韻》，更探討於《詩韻輯略》、《佩文韻府》、《五車韻瑞》、《韻府羣玉》、《五音篇海》、《南北音辨》、《五方元音》、《五音指歸》、《康熙字典》、《正字通》、《字彙》諸書，整五十載，凡七易稿而成。然內之見不到處者尚多，奈年將望八，精力已衰，不能更事研究矣，識者諒之。

（以上均《續修四庫全書》第一七四七冊影印清嘉慶元年枕流居刻本《韻學驪珠》卷首）

【校】

①音，底本漫漶，據二〇〇六年中華書局影印清光緒十八年（一八九二）華亭顧文善齋重刻本補。

【箋】

〔一〕此文當爲沈乘麐撰。

（韻學驪珠）序

何鏞

《書》曰：『聲依永，律和聲。八音克諧，無相奪倫。』諧之爲義大矣哉！古人作樂，惟恐其不諧，故製爲五聲、八音、十二律，以定其音。音定而韻從焉。自韻學失傳，而人乃無由知音之所本，宫商錯亂，音以不諧，度曲家無所適從，相沿多誤，識者憾之。夫宫商角徵羽，即上尺工六五，爲仲呂韻正音。由此類推，宫生徵，徵生商，商生羽，羽生角，子母相生，無失其次。循聲按律而調以成，所謂『無相奪倫』也，所謂『諧』也。還相爲宫，循環無端，正調、變調，千態萬狀，而不外乎尋韻求音之法，韻學顧不重乎哉！度曲家最重收音，而往往誤於牽强。《大成九宫譜》言之極詳，辨之極細，而苦於卷帙繁重，不免興望洋之嘆。

婁湄沈苑賓先生乘麐，有《韻學驪珠》之刻，計上下兩卷。其於音韻最爲精切，而尤嚴於收音。度曲家得此津梁，不難使韻諧律準。惜庚申之亂，書板散佚，尹君麗生頗爲惋惜〔一〕。近始訪得原本，如獲拱璧，復不欲私爲己有，爰照樣翻刻，以公同好。蓋尹君素精音律，故沆瀣相投，而其推己及人、大公無我之意，更有足多者。刻既成，問序於余。余於此道不甚精，何足以序此書。惟撮其大略，以質之當世之善於此者，班門弄斧之誚，知不免焉。

光緒十有八年歲次壬辰雙星渡河之前三日，古越高昌寒食生桂笙何鏞撰，古婁俞宗海書。

【箋】

〔一〕尹君麗生：即尹沅（一八三六—一八九九），字芷薌，號麗生，蘇州（今屬江蘇）人。善畫，工曲。傳見民國《吴縣志》卷七五下、《中國美術家人名辭典》等。

〔二〕題署之後有方章二枚：陽文『梅廬』，陰文『泖濱漁隱』。

韻學驪珠序〔一〕

沈祥龍〔二〕

曲貴審音，明沈君徵《度曲須知》謂字之頭、腹、尾音，與切字之理相通，切法卽唱法，唱法所用，乃係合聲。如都翁合東，得謳合兜，西因合新，渠勻合羣，其大略也。分之，則有出字、收音之別。出如蕭出西，江出幾，尤出移；收如魚收于，撲收嗚，齊收噫之類。其理頗微，未易立曉。

自元周德清撰《中原音韻》，始分陰、陽、平。明范善溱《中州全韻》，則分陰、陽、去。至國朝周少霞《重訂中州全韻》，又分陰、陽、上、入，而曲韻乃大備。然以入聲分隸平、上、去，便於北曲，而猶不便於南曲。惟太倉沈氏苑賓輯《韻學驪珠》一書，以《中州全韻》爲底本，而參以《中原音韻》、《洪武正韻》，分平、上、去三聲爲二十一韻，分入聲爲八韻，而另列於後，以便度南曲者知入聲之本音，而不至混入北音。其每韻則分音之清濁而加以翻切。如前所云，合聲出字收音，觀其翻切而卽明，洵度曲家指南也。

此書前有周少霞序，知與《重訂中州全韻》同時付刊而並行於世。今《中州韻》印本既尟，而此書原板亦久毀失。華亭顧文善齋購得初印本，重翻刻以廣流傳。夫釋氏以通音爲小悟，小悟亦豈易言歟？近時工塡南北曲者不恆見，余少時曾一爲之，以音調之難協也，旋卽棄去。今此書復出，吾知風雅君子必奉爲圭臬，而辨音選韻，塡綴新腔，雍雍乎足以鼓吹休明矣。爰識數語，以質當世知音者。

光緒十有八年秋八月，婁沈祥龍撰，華亭朱賡堯書〔三〕。

（以上均二〇〇六年中華書局影印清光緒十八年華亭顧文善齋刻本《重槧韻學驪珠》卷首）

【箋】

〔一〕底本無題名。

〔二〕沈祥龍（一八三五或一八三七—一九〇五）：字訥生，號約齋，別署樂志翁，婁縣（今屬上海）人。同治六年丁卯（一八六七）優貢。工詩、詞、曲，師事興化劉熙載（一八一三—一八八一）十四載，曾與楊葆光（一八三〇—一九一二）等組建龍門詞社，又與蔣迂石、章次柯、賈芝房等組建鈞詩館吟社。著有《論詞隨筆》、《約齋詞話》、《樂志簃集》（含《詩錄》、《文錄》、《筆記》）等。傳見《晚晴簃詩匯》卷一六七、《清代硃卷集成》卷三七〇履歷等。

〔三〕朱賡堯（一八三九或一八四五—一九〇六）：譜名宏聲，字祝礽，華亭（今屬上海）人。翰林院編修朱賡颺（一八四八—約一八七九）兄。同治九年庚午（一八七〇）舉人。著有《涇南詩稿》、《快晴室駢體文》等，合集爲《徵遠堂遺稿》。傳見《清代硃卷集成》卷一五二履歷、光緒《松江府續志》卷二五、民國《續纂華婁縣志》選舉志人物志等。

牡丹亭曲譜（馮起鳳）

《牡丹亭曲譜》，馮起鳳選訂，收入《吟香閣曲譜》，現存乾隆五十四年（一七八九）刻本（劉崇德《中國古代曲譜大全》第五冊據以影印，遼海出版社，二〇〇九）。

馮起鳳，字雲章，別署吟香堂主人，吴縣（今江蘇蘇州）人。名曲師。與葉堂（約一七二四—一七九五後）合作，選訂《牡丹亭》、《長生殿》近百折，拍準腔正，彙爲《吟香閣曲譜》四卷。參見林佳儀《馮起鳳〈吟香堂曲譜〉内容考釋》（杜桂萍、李亦輝主編《辨疑與新説——古典戲曲回思録》，黑龍江大學出版社，二〇一三）。

牡丹亭曲譜序〔一〕

石韞玉

湯臨川作《牡丹亭》傳奇，名擅一時。當其脱稿時，翌日而歌兒持板，又翌日而旗亭已樹赤幟矣。然而年來舞榭歌臺，工同曲異，而卒無人引其商而刻其羽，致使燕筑趙瑟，妙處不傳，亦詞人之恨事也。

今雲章馮丈，取臨川舊本，詳注宫商，點定節拍。譜既就，索序於余。余生平愛讀傳奇院本，心竊許《牡丹亭》爲第一種。每當風月良宵，手執一卷，坐衆花深處，作洛生詠，餘音鏗然，縹緲雲霄。則起謂人曰：『此中自有佳趣，何必冷雨幽窗，致令其聲不可聽乎？』

今觀此本，凡佳人才子輕憐愛惜之致，以及嬉笑怒罵、里巷褻媟之語，與夫歡娱愁苦之音，靡不傳神於栩栩之中。設使九京可作，臨川當亦首肯，微特僕擊節歎賞爲無窮也。往昔讀元人『鴛央繡出，金針不度』之句，心常悵悵。兹則鴛央出而金針亦盡度矣。異日讀者豔動心魄，歌者香生齒頰，庶幾案頭場上，千古兩絕云。

乾隆己酉桃月，平江石韞玉題序〔二〕。

（中國藝術研究院圖書館藏清乾隆五十四年刻本《吟香堂曲譜》所收《牡丹亭曲譜》卷首）

【箋】

〔一〕底本無題名。

〔二〕題署之後有方章二枚：陰文「石韞玉印」，陽文「琢堂」。

長生殿曲譜（馮起鳳）

《長生殿曲譜》，馮起鳳選訂，收入《吟香閣曲譜》，現存乾隆五十四年（一七八九）刻本。

長生殿曲譜序〔一〕

石韞玉

陳鴻作《長恨傳》，白居易作《長恨歌》，國朝洪昉思兩取而點綴之。鶯花兩部，慶天子之無愁，風雨一杯，弔美人之薄命。其意致深遠也。百餘年來，歌舞場中，傳爲佳話，流播人間，何待論哉！

而吾獨思夫李明皇，風流教主也，設立梨園，分今古之樂。嘗於宮闈燕寢時，令太眞度新曲，己擫玉笛，倚聲而和之。當時聞者，如至天帝所，聽《鈞天廣樂》，雖《玉樹》、《金蟬》之曲，不是過也。後之人欲弄斧班門，彎弓羿室，藉非嬴女吹簫，馮夷擊鼓，何能使笑者解頤，泣者頫首如是哉！

今吾吳馮丈，以縹緲之音，度娟麗之語，凡聲律款致，宮調節拍，胥考訂無遺者，誠善本也。昔崑山魏良輔，鏤心曲理，不下樓者十年，力掃凡響，變爲新聲，於是乎乃有崑腔名目。今讀此本，迎頭拍字，按板隨腔，如雛鳳之鳴，如流鶯之囀，此眞會心人與？ 異日者，廿四橋邊，二分明月，聽玉人吹簫之處，恍若身入廣寒宮中，聆《霓裳羽衣》一曲也。

乾隆己酉春三月下澣，平江石韞玉題序〔二〕。

（清乾隆五十四年刻本《吟香堂曲譜》所收《長生殿曲譜》卷首）

【箋】

〔一〕底本無題名。

〔二〕題署之後有印章二枚： 陰文方章『韞』，陽文方章『玉』。

崑曲曲譜（馮起鳳）

《崑曲曲譜》，馮起鳳編撰。 此本曾爲古鳳所藏，具體版本信息不詳。

（崑曲曲譜）跋

古　鳳〔一〕

丙午五月二十一日〔二〕，自馬賽還上海。六月五日，偕紫羅來揚州謁婦翁。次日，見此舊鈔譜於書肆，審音精碻。又明日辰起，賈者持來，遂爲我有。是日，于皇生辰，遊平山堂歸，晚涼記此。

古鳳。

【箋】

〔一〕古鳳：　姓名、字里、生平事迹俱未詳。

〔二〕丙午：　光緒三十二年（一九〇六）。

（崑曲曲譜）又跋

古　鳳

《崑曲譜》舊鈔，南中廿年前猶時見之，特佳譜可用者尟。予幼有此嗜，雖不能工，而心知其意，所收舊鈔數十冊，今皆不知所往。惟此八冊，與復初上人藍格鈔本二冊爲佳〔一〕，至今常在行篋也。

丁巳初夏二日〔二〕，古鳳漫記。

（以上均轉録自蔡毅《中國古典戲曲序跋彙編》卷二，頁一六二）

【箋】

〔一〕復初上人：濟寧鐵塔寺僧人，工詩善畫，精音律，風流自賞，飲酒食肉。與項文彥交善。

〔二〕丁巳：民國六年（一九一七）。

納書楹四夢全譜（葉堂）

《納書楹四夢全譜》，一名《納書楹玉茗堂四夢曲譜》，八卷，葉堂編纂，現存乾隆五十七年壬子（一七九二）春長洲葉氏納書楹刻本（《續修四庫全書》第一七五七冊據以影印），乾隆六十年（一七九五）納書楹刻、脩綆山房印本《納書楹曲譜全集》本，道光二十八年戊申（一八四八）納書楹原刻重印本《納書楹曲譜全集》本，道光二十八年戊申（一八四八）文德堂刻本《納書楹曲譜全集》本。

葉堂（約一七二四—一七九五後），字廣平，又字廣明，號懷庭，別署懷庭居士，長洲（今江蘇蘇州）人。名醫葉桂（一六六七—一七四六）孫。精研南北曲唱法，曲學得自吴江徐大椿（一六九九—一七七八），究心於此，歷五十年，創崑曲『葉派唱口』。李斗《揚州畫舫錄》卷十一云：『（清唱）近時以葉廣平唱口爲最，著《納書楹曲譜》，爲世所宗，其餘無足數也。』傳見道光《蘇州府志》卷一〇六葉桂傳附、同治《蘇州府志》卷一一〇葉桂傳附、民國《吴縣志》卷七五等。參見陸萼庭《葉堂與蘇州劇壇》（《清代戲曲家叢考》）、鄧長風《〈吴中葉氏族譜〉中的清代曲家史料及其他》

（《明清戲曲家考略續編》）、謝淩雲《葉堂與〈納書楹曲譜〉探究》（蘇州大學碩士學位論文，二〇一〇）、林佳儀《〈納書楹曲譜〉研究——以〈四夢全譜〉訂譜作法爲核心》（花木蘭文化出版社，二〇一二）。

納書楹四夢全譜自序

葉　堂

臨川湯若士先生，天才横逸，出其餘技爲院本，瓌姿奸骨，斵巧斬新，直奪元人之席。生平撰著甚夥，獨《四夢》傳奇盛行於世，顧其詞句，往往不守宫格，俗伶罕有能協律者。《邯鄲》、《南柯》，遭臧晉叔竄改之厄，已失舊觀；《牡丹亭》雖有鈕譜，未云完善；惟《紫釵》無人點勘，居然和璞耳。

余少喜掇拾舊譜，而以己意參訂之。《邯鄲》、《南柯》、《牡丹亭》三種，殫聰傾聽，較銖黍而辨芒杪，積有歲年，幾於似矣。至《紫釵》，竊有志焉，而未逮也。晚獲交於夢樓先生〔一〕，竭口贊余以譜之。繼遇竹香陳刺史〔二〕，召名優以演之，於是吳之人莫不知有《紫釵》矣。

始余以《牡丹亭》考核較精，擬先訂一譜，餘三夢姑置焉。既而喟然嘆曰：『天下事，不用心焉則已，用心焉，而離合分刌之數，未有不炯然内照者。夫余之譜《四夢》，亦既得失自知焉矣，而炫長，而諱其短，何爲也哉？』於是重加釐定，彙刊以問世。

昔若士見人改竄其書，賦詩云：『總饒割就時人景，卻愧王維舊雪圖。』且曰：『吾不顧捩盡天下人嗓子。』此微言也，若士豈眞以捩嗓爲能事？嗤世之盲於音者衆耳。余既違衆口而存其眞，庸詎知後世度曲之家，不仍以爲『捩嗓』而掩耳疾走者乎？且《邯鄲》、《南柯》、《牡丹亭》三種，向有舊本，余故得摭其失而訂之，而《紫釵》之譜，蒙獨創焉，又焉能免於『蕢桴』、『土鼓』之誚也乎？籥筩斯在，牙、曠難期，願與海內審音之君子共正之。

乾隆壬子春正月，懷庭居士自序。

【箋】

〔一〕夢樓先生：卽王文治（一七三〇—一八〇二），字禹卿，號夢樓，生平詳見本書卷七《迎鑾新曲》條解題。

〔二〕竹香陳刺史：或卽陳林（一七三四—一七九〇），初名惟勤，字健爲，號琢蘅，一號竹香，海寧（今屬浙江）人。倉縣知縣陳述祖子。乾隆二十五年庚辰（一七六〇）舉人，官貴州懷仁同知。著有《邃芳堂詩存》。傳見《海寧渤海陳氏宗譜》卷十一。

納書楹四夢全譜凡例

闕　名〔一〕

一、南曲之有犯調，其異同得失，最難剖析，而臨川《四夢》爲尤甚。譜中遇犯調諸曲，雖已細注某曲某句，然如【雙梧鬬五更】、【三節鮑老】等名，余所創始，未免穿鑿。第欲求合臨川之曲，不能謹守宮譜集曲之舊名，識者亮之。

一、臨川用韻，間亦有筆誤處。如《歡撓》中『嗚嘬』之『嘬』字，以『皆來』押『歌戈』；《番釁》中『零逋』之『逋』字，以『魚模』押『家麻』，未免乖謬。至其字之平仄聱牙，句之長短拗體，不勝枚舉。特以文詞精妙，不敢妄易，輒宛轉就之。知音者卽以爲臨川之韻也可，以爲臨川之格也可。

一、是譜依原本校錄，除引之不用笛和者，不加工尺，餘雖隻曲、小引，亦必斟酌盡善，未嘗忽略。惟《冥判》之【混江龍】，不錄全譜，蓋此曲擴大如海，把讀且不易窮，豈能一一按歌？故僅照時派譜定。

一、譜中所有工尺、板眼等式，備載雜曲譜中，茲不贅。

【箋】

〔一〕此文當爲葉堂撰。

納書楹玉茗堂四夢曲譜序

王文治

吾友葉君懷庭，誠哉玉茗之功臣也！《楞嚴經》云：『琴瑟箜篌，雖有妙音，若無妙指，終不能發。』玉茗《四夢》，不獨詞家之極則，抑亦文律之總持。及被之管絃，又別有一種幽深豔異之致，爲古今諸曲所不能到。俗工依譜諧聲，何能傳其旨趣於萬一？非吾懷庭有以發之，千載而下，孰知玉茗《四夢》，聲音之妙，一至於此哉？

懷庭於古今諸曲，皆有訂本。同人欲選其尤著者刊板，以廣其傳，《四夢》皆在首選中，顧束於方幅，弗能多載。余欲將《牡丹亭》全本另刊以行，力爭乃可。頃余自吳返里，懷庭忽寓書於余，欲併刊《四夢》全本，乞余爲序。善夫！有此盛舉，余何惜一序之勞乎？

顧《牡丹亭》之佳處，雖曰難知，然昔人表章者多。《紫釵》穠麗精工，佳處易見，然世已罕能知之。至《邯鄲》、《南柯》，囊括古今，出入仙佛，詞義幽深，洵玉茗入聖之筆，又玉茗度世之文，而世人絕無知者。加以刊本弗精，魯魚難辨，且玉茗興到疾書，於宮譜復多隕越。懷庭乃苦心孤詣，以意逆志，順文律之曲折，作曲律之抑揚，頓挫綿邈，盡玉茗之能事，可謂塵世之仙音，古今之絕業矣。此書成，薄海以內，定有賞音。如或不然，請俟諸五百年以後。

乾隆五十六年歲在辛亥嘉平六日，丹徒王文治拜撰。

（以上均清乾隆五十七年壬子長州葉氏納書楹刻本《納書楹四夢全譜》卷首）

納書楹曲譜（葉堂）

《納書楹曲譜》，正集四卷，續集四卷，外集二卷，葉堂輯錄訂譜。現存乾隆五十七年壬子（一七九二）春納書楹原刻本（《善本戲曲叢刊》第六輯、《續修四庫全書》第一七五六冊、二〇〇九年遼海出版社出版《中國古代曲譜大全》均據以影印），乾隆六十年（一七九五）納書楹刻、脩綆山房印本《納書楹曲譜全集》本，清道光二十八年戊申（一八四八）納書楹原刻重印本《納書楹曲譜全集》本，清道光二十八年（一八四八）文德堂刻本《納書楹曲譜全集》本。

納書楹曲譜自序

葉　堂

聲音之道甚微。字母等韻之法，童子能辨之，或有白首而莫明其故者，倘亦稟諸性生歟？然而達士通人，矢口成韻，靡不應絃合節，和若球鍠，則莊子所謂『天籟無方』者是也。

樂譜之有九宮，舊矣。本朝《大成宮譜》出，而度曲之家，奉若律令，無異詞。顧念自元明以來，法曲流傳，無慮數百種，其膾炙人口者，鼎中一臠爾。而俗伶登場，既無老教師爲之按拍，襲繆沿譌，所在多有，余心弗善也。暇日搜擇討論，準古今而通雅俗，文之舛淆者訂之，律之未諧者協之。而於四聲、離合、清濁、陰陽之芒杪，呼吸關通，自謂頗有所得。蓋自弱冠至今，靡他嗜好，露晨月夕，側耳搖脣，究心於此事者，垂五十年。而余亦既老矣，點畫叢殘，纍編堆案。爰取雜曲之尤雅者，除《西廂記》、臨川《四夢》全本單行問世外，自《琵琶記》以降，凡如干篇，都爲一集；又徇世俗所通行者，廣爲二集，統命之曰《納書楹曲譜》。

嗟乎！曲者，樂之迹也。今之曲雖不可以言樂，而其爲五音所筦攝，則同古之人。有以顧曲稱者，又或號『曲子相公』，彼其人皆身都將相，彪炳一時，出其餘力以游於藝。而余瓠落不材，特以閉門無事，徜徉於歌扇之間，詠太平而酬清景，斯亦如候蟲時鳥之生而能鳴，而不自知其所以然也。偉人鉅公，幸無譏焉。

乾隆五十七年壬子孟春，懷庭居士自序。

納書楹曲譜凡例

闕　名〔一〕

一、此譜分正、續、外三集，正集之末近乎續，續集之末近乎外。至外集所選，因向來家絃戶誦，膾炙人口者，故不忍遽棄。

一、諸曲因非全本，引皆不錄。若《四夢》，係趙璧隋珠，故取其備。

一、譜中有題名一齣，而曲則合二三套者，如《琵琶記·分別》之類，今遵原本，概不妄增名目。其有俗名與原本異者，亦姑從眾，以便披覽。

一、此譜與宮譜不同。蓋宮譜字分正襯，主備格式。此譜欲盡度曲之妙，間有挪借板眼處，故不分正襯，所謂『死腔活板』也。

一、譜中●者爲頭板，乚者爲腰板，一者爲底板，×者爲頭贈板，乚×者爲腰贈板，〇者爲中眼，△者爲腰眼。字之左有乚者，乃鉤住再起。工尺下有〡者，因非實板，或重一字，如《分別》內『怕回來』之『怕』字，本非曲文應有者，乃搬演家起聲發調之法。

一、板眼中另有小眼，原爲初學而設，在善歌者自能生巧，若細細注明，轉覺束縛。今照舊譜，悉不加入。

一、抽板取其簡便。如首曲、次曲，牌名俱同，俱有贈板，則次曲可以抽板矣。有贈板中唱散板一句者，或贈板中忽唱無贈板者，又或末兩句唱無贈板者，此皆搬演家取便處，今姑從之。

一、浪板，如《活捉》、《思凡》、《羅夢》等曲，必不可少。其他遇欲加浪板處，必須斟酌。即如曲中有『天地』、『爹娘』、『夫妻』等字樣，亦要審度聲勢，不可濫用，恐其近乎對白耳。

一、譜中間有曲文太長，一人之力不能卒歌者，不妨節去幾曲，以博其趣。

一、譜中有一套用兩調者，注明上方。若始終一調，則不贅。

一、此譜工尺，已斟酌盡善，校勘詳明。如遇不能順口處，須細心繙譯，不可輒改。

一、翻刻係俗人射利事，最足痛恨。賈者或幸其價之稍廉，而不知舛誤錯謬處，不可勝計。況此譜不比他書，易於校讎，即在一板一眼，有失毫釐而謬千里者，知音之士，必能識別，則翻刻不究自息矣。

【箋】

〔一〕此文當爲葉堂撰。

納書楹曲譜序

王文治

組紃之事，必有經有緯，以成其文章。在天，則列宿經也，五星緯也；在人，則《六經》經也，諸史緯也。樂以九宮爲經，而向所謂九宮者，類皆荒率舛訛，難以遵守。自《大成宮譜》出，而後采擇宏富，考核詳明，度曲之家始有所折衷焉。然九宮，經也，若無雜曲之協律者以緯之，則無以窮其變化而觀其會通，於曲之旨趣，或者其未盡歟？

吾友葉君懷庭，究心於宮譜者幾五十年。曲皆有譜，譜必協宮，而文義之淆訛，四聲之離合，辨同淄澠，析及芒杪。蓋畢生之精力，專工於斯，不少間斷，始成此書。頃相遇於吳門，頽然老矣。同人欲鋟板以廣其傳，苦篇帙浩繁，不能盡付剞氏。於是擇雜曲之尤雅者，除《北西廂》、臨川《四夢》全本先已行世外，自《琵琶記》而降，凡如干篇，命之曰《納書楹曲譜正集》。然世俗之所流通者，或不能盡載，又廣之曰《續集》、曰《外集》，殆猶《莊子》之有内、外、雜篇也。耽風華者玩其詞，審音律者詳其格。從俗而可通於雅，準古而可法於今。以此爲九宮之緯，其殆庶幾乎！

懷庭始訂譜時，有與俗伶不叶者，或羣起而議之。至今日，翕然宗仰，如出一口。然懷庭初不以毁譽介於懷也，屏衆議而克自樹立，久則必彰。學古人之學者，益當自信也已。

乾隆五十七年壬子春正月，愚弟王文治拜撰。

（以上均《善本戲曲叢刊》第六輯影印清乾隆五十七年至五十九年原刻本《納書楹曲譜》卷首）

納書楹補遺曲譜（葉堂）

《納書楹補遺曲譜》四卷，葉堂輯録訂譜，現存乾隆五十九年甲寅（一七九四）春原刻本（《善本戲曲叢刊》第六輯、《續修四庫全書》第一七五七册均據以影印），乾隆六十年（一七九五）納書楹刻、脩綆山房印本《納書楹曲譜全集》本，道光二十八年（一八四八）納書楹原刻重印本《納書楹曲譜全集》本，道光二十八年戊申（一八四八）文德堂刻本《納書楹曲譜全集》本。

納書楹補遺曲譜自序

葉　堂

往余梓正、續、外三集曲譜問世，或謂是譜計文字之工拙，辨音律之淆訛，善矣，而於梨園家搬演，尚多遺置，恐世之愛新聲者，心未饜也。夫古曲之不諧於俗，非自今日始。追新逐變，衆嗜同趨，若別成一風會焉而不可解。余既不能違曹好而獨彈古調，又安用斬此戔戔者爲哉！

冬日多暇，薈萃繙檢，上自《琵琶》，下至時劇，凡梨園家搬演而手曾製譜者，悉付剞劂。中附時人散曲，及黄石牧《四才子》等套。蓋余一生手口所涉獵，畢綴諸此，寶之者爲鼠璞耶，賤之者爲雞肋耶，皆不敢知。若夫妙契筌蹄，而尋味於酸鹹之外，悠悠終古，當有諒余不得已之苦心者矣。

乾隆五十九年甲寅人日，懷庭居士自序。

（《善本戲曲叢刊》第六輯影印清乾隆五十九年原刻本《納書楹補遺曲譜》卷首）

納書楹西廂記全譜（葉堂）

《納書楹西廂記全譜》，二卷，葉堂編纂，現存乾隆六十年（一七九五）重鐫納書楹刻本。上卷九套，下卷八套，附《續西廂記》四套。

納書楹重訂西廂記譜序

葉　堂

乾隆甲辰歲，余譜《西廂記》問世。以從來未歌之曲付之管絃，縱未敢云盡善，然推敲於聲律之微，抑亦大費苦心矣。迄今已閱十有二年，而購者寥寥，心竊自疑，豈其中尚有未盡者耶？或謂余曰：『世之號爲能歌者，非能諳譜，乃趁譜者也。作譜者必點定小眼，始有繩尺可依。今子之譜，有板而無眼，此購者之所以裹足而不前也。』余應之曰：『嘻！爲此説者，非深於斯道者也。夫曲雖小道，至理存焉。曲有一定之板，而無一定之眼。假如某曲某句格應幾板，此一定者也。至於眼之多寡，則視乎曲之緊慢、側直，則從乎腔之轉折，善歌者自能心領神會，無一定者也。若必强作解事，而曰某曲三眼一板，某曲一眼一板，以至鬭接收煞，盡露痕迹，而於側直，又處處志之，是殆所謂「活腔死唱」者歟？

或又曰：『宋玉有言：「曲高和寡。」如子之説，恐非所以諧俗也。盍稍貶損焉，以悦時人之耳目可乎？』余笑曰：『余非鬻技者，然子言亦大有理。』邇因原版日久散失，復加校訂，於可用小眼處，一一增入，以付剞劂，亦不得已從俗之所爲，究非余之本心也。其《楔子》【絡絲娘】，既非正曲，輒從芟汰，知音者其鑒諸。

乾隆六十年乙卯三月，懷庭居士識。

納書楹西廂記譜序

許寶善

余年弱冠，即識懷庭先生，知其善音律之學。是時余方專事帖括，度曲一道，未經涉獵，知其然不知其所以然也。厥後，余居京師數十年，先生益肆力於此不少間，道益精，名益著，而所稱知音，蓋寥寥矣。歲己亥〔一〕，余以憂歸里，繼復病廢，不更出山，時時得從先生遊。每見輒縱談曲譜，凡長短疾徐，抑揚抗墜，噓翕微茫之間，無不曲盡其奥。余雖不能盡知，然亦稍有領會，殆古人所謂具『神解』者歟？

甲辰歲〔二〕，譜《西廂記》問世，世以不點小眼少之。嗚呼！是烏足以知先生耶？聞《折楊》、《皇荂》，則嗑然而笑，引商刻羽，國中和者不過數人，其曲彌高，其和彌寡，殆洵然乎！今以舊版零落，復爲訂正，輒加小眼，以滿世人之望。隨時變通，而不詭於道，豈枉道以求合者耶？昌黎作文，小得意則人小怪之，大得意則人大怪之，伊古以來，類如是也。雖然，揚子《法言》，當時人每非笑之，傳之至今，久而彌著。先生著述，亦俟諸千百世以後之知音可耳。士君子之所爲，非一時可否所能定也。余與先生有同病，故爲之書。

乾隆六十年歲在乙卯三月十三日，雲間愚弟許寶善撰。

（以上均清乾隆六十年重鐫納書楹刻本《納書楹西廂記全譜》卷首）

【箋】

〔一〕歲己亥：乾隆四十四年（一七七九）。

〔二〕甲辰歲：乾隆四十九年（一七八四）。

由心集（趙允桓）

《由心集》，清趙允桓編訂，崑曲散齣工尺譜。現存嘉慶五年十二月（一八〇〇）序稿本，一函四冊，分別以陽、春、白、雪四字命名，中國藝術研究院圖書館藏。

趙允桓，字公玉，籍里、生平均未詳。

由心集序〔一〕

賓汝珽〔二〕

庚申冬，余客蘭村，趙兄公玉出《由心集》曲譜，索余爲序。余自念拙於文筆，又且不諳音律。漁人談稼事，安能言之有當也？然予雖不解詞曲，謬以不解解之者。

竊見古今嗜好，酸辣各殊。劉伶之於酒，伯牙之於琴，襄陽、東野之於詩，韓、歐諸子之爲文章，皆其性命所獨得。故當興酣暢快，以及感憤憂虞之際，從其所好，自足以玩而忘老。公玉兄之於詞曲，想亦有類於是者，古今人同不同，未可知也。

且余之昧於音律也，亦以未登謝堂，故不知絲竹耳。異日稍得餘閒，仍期公玉兄置酒松亭，臨風三弄，一曲長吟，安知公玉兄之樂其樂者，余不又樂其所樂乎？僕非鍾期，謬說牙琴，因援筆而爲之序。

嘉慶五年十二月初四日〔三〕，弟儀山賓汝珽識。

【箋】

〔一〕底本無題名。

〔二〕賓汝珽：字儀山，籍里、生平未詳。

〔三〕嘉慶五年十二月初四日：一八〇〇年一月一九日。

由心集凡例[一]

闕名

一、五音以四聲爲主，四聲不得其宜，則五音廢矣。平、上、去、入，逐一考究，務得中正。如或苟且舛誤，聲調自乖，雖具繞梁，終不足取。其或上聲扭作平聲，去聲混作入聲，交付不清，皆做腔賣弄之故。知者辨之。

一、歌先審調，不知何調，則音律亂矣。而字有鼻音、舌音、脣音、喉音、齒音，及撮口、開口、閉口等音，須一一辨明，不可草草混過。

一、拍，乃曲之餘，全在板眼分明。如迎頭板，隨字而下；徹板，隨腔而下；絕板，腔盡而下。有迎頭慣打徹板、絕板，混連下一字迎頭者，此皆不能調平仄之故也。

一、擇具最難，聲色豈能兼備？但得沙喉響潤，發於丹田者，自能耐久。若啓口拗劣，尖粗沉鬱，自非質料，勿枉費力。

一、初學，先引發其聲響，次辨別其字面，又次理正其腔調，不可混雜强記，以亂規格。如學【集賢賓】，只學【集賢賓】；學【桂枝香】，只唱【桂枝香】。久久成熟，移宫换吕，自然貫串。

一、生曲貴虚心玩味。如長腔要圓活流動，不可太長；短腔要簡勁找絕，不可太短。至於過腔接字，乃關鎖之地，有遲速不同，要穩重嚴肅，如見大賓之狀。

一、曲須要唱出各樣曲名理趣，宋元人自有體式。如【玉芙蓉】、【玉交枝】、【玉山供】、【不是路】，要馳驟；【針綫箱】、【黄鶯兒】、【江頭金桂】，要規矩；【二郎神】、【集賢賓】、【月雲高】、【念奴嬌序】、【刷子序】，要抑揚；【撲燈蛾】、【紅繡鞋】、【麻婆子】，雖疾而無腔，然而板眼自在，妙在下得匀淨。

一、雙疊字，上兩字接上腔，下兩字稍離下腔，如【字字錦】『思思想想、心心念念』，又如【素帶兒】『他生得齊齊整整、裊裊停停』之類。至單疊字，比雙疊字不同，全在頓挫輕便，如【尾犯序】『一旦冷清清』之類，要抑揚。於此演繹，方得意味。

一、清唱，俗謂之『冷板櫈①』，不比戲場借鑼鼓之勢，全要閒雅整肅，清俊溫潤。其有專於磨擬腔調而不顧板眼，又有專主板眼而不審腔調，二者病則一般。惟腔與板兩工者，乃爲上乘。至於面上發紅，喉問筋露，搖頭擺足，起立不常，此自關人器品，總無與於曲之工拙，然去此方爲盡善。

一、北曲以遒勁爲主，南曲以宛轉爲主，各有不同。至於北曲之鼓板，猶方圓之必資於規矩，其歸重一也。故唱北曲而精於【呆骨朵】、【村里迓鼓】、【胡十八】，南曲而精於【二郎神】、【香遍滿】、【集賢賓】、【鶯啼序】，如打破兩重禪關，餘皆迎刃而解矣。

一、北曲與南曲，大相懸絶，有磨調、絃索調之分。北曲字多而調促，促處見筋，故詞情多而聲情少；南曲字少而調緩，緩處見眼，故詞情少而聲情多。北力在絃索，宜和歌，故氣宜粗；南力在磨調，宜獨奏，故氣宜弱。近有絃索唱作磨調，又有南曲犯入絃索，誠爲方底圓蓋，亦座中無周郎耳。

一、曲有三絕：字清，腔純，板正；又有兩不雜：南曲不可雜北腔，北曲不可雜南腔。

一、曲有五不可：不可高，不可低，不可重，不可輕，不可自主張；又有五難：開口難，出字難，過腔難，低難，轉收入鼻難。

一、聽曲不可喧譁，聽其吐字、板眼、過腔得宜，方可辨其工拙。不可以喉音清亮，便擊節稱賞。大抵矩度既正，巧由熟生，非假師傅，寔關天授。

一、絲竹管絃，與人聲本自諧合，故其音律自有正調。簫管以尺工儷詞曲，猶琴之勾剔以度詩歌也。今人不知探討其中義理，强相應和，以音之高而湊曲之高，以音之低而湊曲之低，反足淆亂正聲，殊爲聒耳。陳可琴云：『簫有九不吹，不入調，非作家唱，不定音，不正常，換調腔，不滿字，不足成羣唱，人不靜，皆不可吹。』正有鑒於此也。

（以上均清嘉慶五年序稿本《由心集》『陽集』卷首）

【校】

①櫈，底本作『橙』，據文義改。

【箋】

〔一〕底本無題名。此文均出自魏良輔《曲律》，惟各條次序不盡相同。

由心集題詞〔一〕

王炎烈〔二〕

扶淇之上趙公玉，扶淇之旁結茅屋。手執長笛度短曲，吹一曲，唱一曲。吹爲清風起，唱爲明月出。旨酒一壺飲不足，高人奇士無拘束，風流瀟灑超塵俗。

鳳臺拜稿〔三〕。

【箋】

〔一〕底本無題名。

〔二〕王炎烈：字麗亭，號鳳臺，籍里、生平均未詳。

〔三〕題署之後有印章二枚：陰文方章「王光烈印」，陽文方章「麗亭」。

由心集題詞〔一〕

王士光〔二〕

手之所鈔，心之所寫。一唱三歎，遺音繞舍。

辛酉初夏〔三〕，王士光拜題〔四〕。

（以上均清嘉慶五年序稿本《由心集》『春集』卷首）

【箋】

〔一〕底本無題名。

〔二〕王士光：字號、籍里、生平均未詳。

〔三〕辛酉：嘉慶六年（一八〇一）。

〔四〕題署之後有印章二枚：陰文方章『王汝（？）霖印』，陽文方章『澤溥』。

附　由心集題識〔一〕

懺因居士〔二〕

丁卯夏孟，以舊藏《由心集》奉贈玉霜簃主〔三〕。

懺因居士識。

（清嘉慶五年序稿本《由心集》『陽集』外封）

【箋】

〔一〕底本無題名。

〔二〕懺因居士：姓名、籍里、生平均未詳。

〔三〕玉霜簃主：即程硯秋（一九〇四—一九五八），字玉霜，後改爲御霜，原名承麟，索綽羅氏，滿洲正黃旗人，後改漢姓程。著名京劇旦角程派創始人。著有《程硯秋文集》。

蘭桂仙曲譜（左潢）

《蘭桂仙曲譜》，左潢撰譜，爲崑曲散工尺譜，現存嘉慶八年癸亥（一八〇三）刻、藤花書坊藏板本，中國藝術研究院圖書館藏，《傅惜華藏古典戲曲曲譜身段譜叢刊》第一四册、《鄭振鐸藏珍本戲曲文獻叢刊》第四一册據以影印。

左潢（一七五一——一八一三後），生平詳見本書卷八《蘭桂仙》條。

（蘭桂仙曲譜）自序

左　潢

《蘭桂仙》小部告成，謬荷同人讚賞，而每以工尺板眼未經譜出爲恨。竊思劇曲無譜，歌場誠難演習。且深慮字句之偭規越矩，未能合節應絃，必須點板調腔，寸心方知得失。第通部齣多，一時未暇全爲按拍。因就其中關係緊要、冷熱相間、悲歡相稱者，上下卷各取四齣，隨文義之曲折，審節奏之疾徐，辨字聲之離合，定腔調之抑揚，仿舊參新，尋源備格，共譜八齣，先應同人之命。惟希律呂宗工，正訛匡謬。餘俟暇時，統行考訂，以成全譜，續呈同志可也。

昭陽大淵獻之良月〔一〕，巽轂散人識。

蘭桂仙曲譜凡例

闕名〔一〕

聲韻

一、字聲通乎律呂，分乎開閉。邵子曰：韻法，闢翕律天，清濁呂地。先閉後開者，春也；純開者，夏也；先開後閉者，秋也；冬則閉矣，銜凡冬聲也。隱老曰：言翕闢之音，而清濁之聲在其中。愚者曰：起冬至，含呼爲東『逢韻』，而旁轉『迂模』，至『淒支』而略開矣，『皆來』正開矣；至『眞文』，而與升鼻之『庚廷』相對，爲春秋平分矣；春開復平，交夏入徽，猶調發徐平，而後縱之乃收也。『歡桓』而『山寒』、而『先天』，則三元之音正圓矣，此如調中之換頭也。『歌和』則以和應中，爲中和南北之衡矣。『東烏』之韻，阿口而含；『先歌』之韻，則阿口而放也。『家車』則極放矣，『江陽』則放蕩而復轉『庚廷』之鼻音矣，再轉『蕭豪』而『幽侯』，收『侵尋』、『廉咸』，則閉口矣。此十六攝之概也。

一、字聲須分陰陽、清濁、輕重，以定腔之高低。凡極高之腔，多係去聲、陰平聲、入作平聲、入作去聲等字。如【忒忒令】之『霧嵌』，【沉醉東風】之『棟駐』，【園林好】之『怪豔』，【江兒水】之『湘山千』（以上《春園》）；【醉扶歸】之『暫㦗送』，【梧桐樹】之『日（作去）羹』（以上《家宴》）；【步步驕】

【箋】

〔一〕昭陽大淵獻：即癸亥，嘉慶八年（一八〇三）。

之『歎抱』,【沉醉東風】之『造崔痛』,【金絡索】之『穿透』,【江兒水】之『架多燦』(以上《寫經》);【步步嬌】之『淚到』,【江兒水】之『烟花知』(以上《封股》); 【古輪臺】之『任穿恨』,【紅芍藥】之『那鍊』,【耍孩兒】之『香徑斑』(以上《仙憶》); 【繡帶兒】之『大這歲命』,【醉歸花月渡】之『看一(作去)片』(以上《埋香》); 【混江龍】之『膏潤』,【油葫蘆】之『淒窗』(以上《恤烈》); 【玉芙蓉】之『並蔓風芳生』,【傾杯序】之『堪針迸秋』,【錦漁燈】之『丹雙破』,【錦上花】之『敷宅(作平)抛』,【錦後拍】之『半臂』,【朱奴插芙蓉】之『烽天清芝』(以上《仙圓》)是也。

凡極低之腔,多係上聲、陽平聲、入作上聲等字。如【普賢歌】之『瑤傳屏』,【忒忒令】之『水廊顯』,【豆葉黃】之『妍前』,【兩蝴蝶】之『泉前絃』,【江兒水】之『剪展』(以上《春圓》); 【掉角兒】之『浮流』,【醉扶歸】之『守偶否琉』(以上《家宴》); 【步步嬌】之『豈果』,【玉胞肚】之『指普陀』,【金絡索】之『戳(作上)其如兒行和魚遊火』,【黃鶯兒】之『磨此不(作上)我』(以上《寫經》); 【步步嬌】之『矣裹』,【金絡索】之『蓉連皮貼(作上)誰』,【黃鶯兒】之『游起』(以上《封股》); 【泣顏子】之『手雪(作上)』,【尾犯序】之『煩前』,【古輪臺】之『遺緊』,【紅芍藥】之『黃鸝』,【耍孩兒】之『年剪』(以上《仙憶》); 【針線箱】之『人少熬』,【繡帶兒】之『苦比我考』,【梧桐樹】之『蘭潮小』(以上《埋香》); 【天下樂】之『斧灑』,【後庭花】之『水雨泣(作上)齒餅』(以上《恤烈》); 【玉芙蓉】之『你展』,【傾杯序】之『繭喘作(作上)』(以上《仙圓》)是也。(愚者曰: 上聲濁,去聲清,陰平清,陽平濁。審此,則輕清者宜高,重濁者宜低,明矣。曲譜浩繁,不能悉載,即以《琵琶記》諸曲證之。如《賞荷》齣中,【桂枝香】之斷新舊、再又被亂、正是聽調慣、意思、歸歎知等字,【梁州新郎】之素唱勸、向風扇動、遂過噪處等字; 《思鄉》齣中,【雁魚錦】之送那、料歲、望見信等字,二段之事道、被赴、議這、那廂倖等字,俱係去聲、陰平聲，皆極高之腔。又如《書館》齣中，【太師引】之我好感、怎涼、形有、虎龐頭、由嬙等字，【鏵鍬兒】之你尋小、了、體、曉、嫂等字；《剪髮》齣中，【香羅帶】之嬾、臨塵首、你人等字，【香柳娘】之往前我、如誰、頭剪、此愁等字，俱係上聲、陽平聲，皆極低之腔。）

凡次高、次低、中平之腔，則隨五聲之初發，送氣忍收，粗細翕闢，斟酌配合，調之無一定之成格，取其諧協而已。

宮調

一、各宮調本於六律，屬於五音。考蔡元定《燕樂》所載，正宮、高宮、中呂宮、道宮（唐樂一名道調）、南呂宮、仙呂宮、黄鐘宮，皆生於黄鐘，屬宮聲；大石調、小石調、雙調、歇拍調、商調、越調，皆生於太蔟，屬商聲；高平調、般涉調，皆生於南呂，屬羽聲；商角調、越角調，皆生於應鐘，屬角聲。（考徐宴安書曰，樂調有宮、商、角、羽，而無徵調，徵在商之中也。）

一、六宮十一調，聲音須應律呂。元曲總論曰：『凡歌仙呂宮，宜清新綿邈；南呂宮，宜感嘆傷悲；中呂宮，宜高下閃賺；黄鐘宮，宜富貴纏綿；正宮，宜惆悵雄壯；道宮，宜飄逸清幽；大石調，宜風流蘊藉；小石調，宜旖旎嫵媚；高平調，宜條暢滉漾；般涉調，宜拾掇坑塹；歇拍調，宜急併虛歇；商角調，宜悲傷婉轉；雙調，宜健捷激裊；商調，宜悽愴怨慕；角調，宜嗚咽悠揚；宮調，宜典雅沉重；越調，宜陶寫冷笑。』

板眼

一、板有緊有緩。楊升庵曰：『古之豔與和，即今之【引子】；古之趨與亂與送，若今之【尾聲】。』愚者曰：『豔爲【引子】。宋元詩餘，今皆作【引子】，數板歌之（版同板），一曰慢詞。吳音之和，正如今曲前，先作和合之譜，趨者緊版，所謂繁絃激管也。【尾聲】亦必入慢而收，只二三句；北曲有多句，曰【煞尾】，與古之曲後彷彿相似』。

一、曲有必須直起者，竟於起句末字用底板。再作【前腔】，卽可於起句第一字用板眼，換頭與不換頭皆可。（如《仙憶》之【泣顔子】，《埋香》之【繡帶兒】）

一、本曲與上曲神氣聯貫者，則於上曲末字下板，於本曲起字點眼；有不須聯屬者，則上曲末字板後點眼，自爲起訖。本曲另行起板，若係換調之支，亦不必與上曲接板眼。

一、凡曲之板，皆有定數，不能妄減。其或增字增句，亦不能增板。

一、腰板、腰眼，有一定不易者。如【園林好】之第四句第四字，【江兒水】之第五句第五字，腰板皆同。【黄鶯兒】之四句、五句第一字，六句第六字，末句第四字，腰眼皆同。

一、板因文義。凡字連下讀者，不可用底板。如上二下三，則第二字用底板，第三、第四字不可用底板。

贈板

一、南曲有贈板者，取嘽緩和柔之義；北曲急促無贈板。南贈惟頭板、腰板有之，亦無底板。

一、凡曲首支，或【引子】下第一過曲，無不贈板者。或皆有贈板，而彼此亦可互爲前後。

一、上曲始用贈板，本宮接調不必定挨何曲。然古人所次，妙在接處得聲，故宜略按舊本。若有贈板與無贈板，斷不宜顛倒。

一、板有四節，贈板則有八節，如一歲之四時而分八候，聲與氣通，自然之理。但製曲必取神理姿態，不免加數贈字。贈字之上，原不應下板。而唱曲之變化，多在贈字作巧，故間有將板眼移在贈字上者，取其疏密勻稱耳。（如《寫經》【金絡索】之『兒』字，《埋香》【繡帶兒】之『留』字。）

一、有同一曲牌，而上曲有贈板，次曲抽去贈板者，前紆徐，次簡捷也。（如《仙憶》之【泣顏子】。）有同一曲牌，而此齣中用贈板，彼齣中無贈板者，則視其曲之或爲開場數支，或爲收場數支，或爲承上起下之支，審其來綫去脈，以定本支之節拍。（如《春園》、《寫經》之【江兒水】，《春園》、《埋香》之【園林好】。）

一、有集曲，前半支有贈板，後半支無贈板者，前集多曲頭，後集多曲尾也。（考曲譜，如《西廂·佳期》之【十二紅】，《長生殿·窺浴》之【鳳釵花絡索】，《永團圓·閨艷》之【十樣錦】。）有非集曲而前半支有贈板，後半支無贈板者，前緩後緊也。（如《紫釵記·議婚》之後【字字錦】。）有曲牌相類，一氣數支，而前支無贈板，末支結句加贈板者，有餘不盡之義也。（如《琵琶記·思鄉》、《浣紗記·思越》、《荊釵記·憶母》之【雁魚錦】五段。）有本支用贈板，而末二三句唱散板者，或合前文，或宜急收，或取巧便也。（如《長生殿·密誓》之後【二郎神】，《琵琶記·饑荒》之【金絡索】第三支，《牡丹亭》時本《玩眞》之【鶯啼御林】，《南柯記·樹國》之後【黑夜行】，《邯鄲記·外補》之【望吾鄉】、《入夢》之後【懶畫眉】，《玉簪記·偷詩》之【宜春令】，《荊釵記·上路》之後【八聲甘州】，《議親》之後【黄鶯兒】。）有本齣中間數支無贈板，用【隔尾】、【餘文】，末句加贈板者，以起下曲之贈板也。（如《牡丹亭》之《驚夢》，《長生殿》之《定情》。）

一、本齣內自首至尾，如曲牌只用十七宮調中之一宮調，歌腔只用七調中之一調，則前數支用贈板，後數支無贈板，如《春園》、《仙憶》等折是也。若一齣中曲牌換宮，歌腔換調，則其換宮換調之支，雖在前宮調尾支抽贈之後，此支亦必用贈板起之，如《寫經》、《封股》、《埋香》、《仙圓》等折是也。

一、贈板之有無，及歌聲之疾徐，不盡拘乎前後，亦須視其情節事勢。如前半齣事屬匆忙簡易，則不須用贈板；後半齣從容暇適，則必加贈板；或前後從容，而中屬匆忙，則前後用贈板，而中無贈板。餘仿此。

歌腔

一、腔從板生，從字而變，因時爲好，今昔不同。惟歌者之裁取，既貴清新，尤妙圓閃。腔裏字則肉多，字矯腔爲骨勝。總期停勻幽軟，和粹跌宕，不必定以高裂爲能，所謂時也。

一、有同一牌名，而工尺不同者。（如【金絡索】、【玉胞肚】、【黃鶯兒】、【江兒水】、【沉醉東風】之類。）各研其四聲之離合，及陰陽、呼吸、開閉，以定腔調。

一、歌聲取其合節。愚者曰：『聲之中節，本自易簡，惟審高下疾徐，錯綜而合節奏，爲調法耳。』

一、腔有微頓、數頓，有鉤住再起。《補筆談言》：『三聲，曰敦，曰掣，曰住。』按敦猶言頓也，掣言掣起高也，住言停聲另接轉也。（考曲譜，頓如《牡丹亭・拾畫》【顏子樂】之『瑯』字，《金雀記・喬醋》【太師引】之『蓬』字，《漁家樂・藏舟》【山坡羊】之『花』字、『教』字。掣如《西廂・佳期》【十二紅】之『竟』字，《牡丹亭・拾畫》【顏子樂】之『客』字，《風雲會・送京》【泣顏子】之『控』字。住如《漁家樂・藏舟》【山坡羊】之『如』字，《紅梨記・窺醉》【五韻美】之『何』字。）

一、有疊字宜斷續歌者。（如《紫釵記・議婚》之『釵釵』、『快快』，《琵琶記・規奴》之『休休』，《紅梨記・窺醉》之『夢夢』。）有三字同腔，仿古樂府『賀賀賀』、『何何何』之纏聲者。（如《長生殿・絮閣》之『有有有』、『拜拜拜』，《春燈謎・遊街》之『請請請』、『想想想』。）皆以自然中節爲貴。

曲調

一、曲調有體、有用。凡曲之初譜工尺，總以正宮調爲體。工尺譜畢，然後調以絲竹，取其高下均匀，純粹和平，應歸何調，卽以何調爲用。

一、凡曲之有本調，原係前人斟酌而定，度曲家大略宗之。如：《寫經》、《封股》之【步步嬌】以下爲工調，【金絡索】以下爲凡調，【二郎神】爲六調，【江兒水】以下爲工調，《埋香》之【針線箱】爲凡調，【繡帶兒】、【醉太師】爲六調，【梧桐樹】以下爲工調；《仙圓》之【新荷葉】以下爲工調，【錦漁燈】以下爲尺調；《春園》、《家宴》、《仙憶》、《恤烈》，通齣之爲工調是也。然不可盡拘，在歌者相曲調字，按器審音，參酌取裁，或移上下相近之調，皆可通融活變。神而明之，存乎其人，必欲泥定本調，反成笨伯。故兹譜不注定本調，以免拘駮膠滯之弊。（考曲譜，《牡丹亭・冥誓》之【太師引】用凡調，《金雀記・喬醋》之【太師引】則用工調。《長生殿・密誓》、《玉簪記・茶敘》之【黃鶯兒】俱用六調，《荊釵記・議親》之【黃鶯兒】則用凡調。《長生殿・偷曲》、《千鍾祿・歸國》之【八聲甘州】俱用尺調，《牡丹亭・勸農》之【八聲甘州】則用工調。《療妒羹・題曲》之【長拍】、【短拍】用六調，《太平錢・綴帽》之【長拍】、【短拍】則用尺調，《四才子・婉諷》之【長拍】、【短拍】則用凡調。《長生殿・得信》之【不是路】用六調，《太平錢・綴帽》之【不是路】則用工調。《牡丹亭・遇母》之【惜花賺】用凡調，《尋夢》之【惜花賺】則用六調。《千鍾祿・歸國》之【解三醒】用六調，《荊釵記・上路》之【解三醒】則用凡調。《八義記・觀畫》之【後庭花】用正調，《蓮花寶筏・北錢》之【後庭花】則尺出六調。）

器音

一、樂器不外尺、上、乙、五、六、凡、工等音，而各字别有讀法存中，曰：尺字似扯高，上字似賞，乙字似伊，五字音烏，有五則有四，四字似思，六字音靈悠切，有六則有合，合字音似呵，凡字音似翻高，凡字似泛。即今簫管七調諸法也。尺生六，六生上，上生凡，凡生乙，乙生工，工生五，五生尺，每隔三位以相生也。

一、七音各有所閉，尺、上、乙、五、六、凡、工，歌南曲實則用五，如：子母調則閉上、六（即正宫調），正調則閉乙、凡（即六字調），凄凉調則閉五、工（即凡字調），絃索調則閉尺、六（即工字調），平調則閉上、凡（即尺字調），背工調則閉乙、工（即上字調），梅花調則閉尺、五（即乙字調）。北曲則微犯之名，曰犯七音全用。

譜意

一、茲譜徧考切韻音律諸書，遵照《大成宫譜》，兼仿懷庭《曲譜》，並參用吳門名教坊時腔新節，以訂工尺板眼，均係細加斟酌。雖不敢云盡善，庶或不大隕越。

一、●者爲頭板，」者爲腰板，一者爲底板，×者爲頭贈板，|×者爲腰贈板，〇者爲中眼，△者爲中腰眼。

一、每板三眼，中眼上下另有小眼，初學演習，必須注明，善歌者自能生巧。今照舊譜，只點中眼，以免拘束。其本係一板一眼者，另於牌上注明。

一、前所論各條，其本劇中有者，則以本劇證之；無者，則引舊曲證之。以明著論所由，非敢憑臆杜撰。

一、曲譜工尺等字，板眼各式，寫對較難，付之剞氏書手，恐有錯誤。茲特自爲書寫，復逐細校對，或不致大有訛舛。

一、前人院本，多有列載砌抹者，取演劇時便於扮備。茲仿舊式，將砌抹附載於後。

【箋】

〔一〕底本無題名，從内容知當爲左潢撰。

蘭桂仙曲譜序〔一〕

白守廉

巽觳先生雅善塡詞，尤精音律，於古今宮譜，搜羅宏富，考核詳明，究心斯道垂三十載。所撰《蘭桂仙》院本，正大鮮妍，灝瀚細緻，直奪元人之席。余見而好之，曾取《寫經》、《仙憶》折中諸曲，調以絲竹，音韻諧協，清亮纏綿，字句間悉具本然之天籟。嗣緣俗務紛紜，未遑續譜。

今先生於課士之暇，將是劇中緊要關樞，自訂八折曲譜行世。余繹其義藴，於恪守規矩之中，具神明變化之用，辨銖黍而析芒杪，宜古今而通雅俗，可謂毫髮無憾。茲譜既出，將歌場演習，咸得宗趨。不獨雙娥孝烈芳徽，藉昜廣爲傳播，而先生諧聲之孤詣，洵足樹詞苑楷模矣。

中州愚弟白守廉拜書〔二〕。

【箋】

〔一〕底本無題名。

〔二〕題署之後有印章二枚：陰文方章『白守廉印』，陽文方章『庚戌進士』。

蘭桂仙曲譜序〔一〕

李振翥〔二〕

裁花剪葉，協絲絃而乃號專家；雕玉鏤瓊，諧筠管而方稱名製。是以聱牙有誚不知聲者，詎可言音；捩嗓堪虞未成文者，安能從律。

巽轂夫子，摛華文苑，掞藻詩壇。識兼通乎一十七宮，藝並工乎八十四調。坐梧桐之小院，每奏長謠；寫蘭桂之芳魂，譜成樂府。表揚孝烈，奇葩向苦趣以紛流；扶植倫常，幽豔本哀情而煥發。爰取傳奇而按拍，自釐綺語以調音。妙咀含於呼吸陰陽，精研究於齒牙脣舌。恪遵舊矩，謹嚴尋中正之源；酌采時趨，參伍定清新之格。緩急細籌於杪忽，節取停勻；高低詳審於毫芒，腔歸和粹。白藤花下，迴歌從金縷之繩；黃雪香中，樂句拍紅牙之版。北海傳經之暇，仿鼓琴吹笛之風；東陵講學之餘，布奏雅歌詩之化。

昔者宋代工詞，罕見梨園紫韻；元人多劇，孰翻優孟紅腔。玉茗才高，訂譜還資乎鈕氏；云亭學富，諧聲端賴夫壽熙。未聞酥甫搓成，手定部中徵羽；雲纔縫罷，親裁句裏宮商。茲二妙之能兼，洵千秋之絕調。雖八篇美著，僅云窺見一斑；而百曲條分，何異捧來全璧。闡幽光於瓊苑，讀曲爭傳《左》、《史》之名；發清籟於鴻詞，顧誤更駕周郎而上。

受業熙湖李振翥拜譔〔三〕。

（以上均清嘉慶八年癸亥刻、藤花書坊藏板本《蘭桂仙曲譜》卷首）

【箋】

〔一〕底本無題名。

〔二〕李振翥（一七七三—一八三六）：又名緘庵，字雲軒，號竹醉，太湖（今屬安徽）人。乾隆四十九年（一七八四）進士李長森子，道光九年（一八二九）狀元李振鈞（一七九四—？）兄。嘉慶七年壬戌（一八〇二）進士，選庶吉士，散館授編修。歷任陳州知府、直隸天津兵備道署按察使、廣東鹽運使、陝西按察使、山東按察使等。傳見道光《太湖縣志》卷一九、民國《太湖縣志》卷一七等。參見戎毓明主編《安徽人物大辭典》（團結出版社，一九九二，頁三七九）。

〔三〕題署之後有印章二枚：陰文方章「李振翥印」，陽文方章「壬戌太史」。

六觀樓曲譜（許鴻磐）

《六觀樓曲譜》，許鴻磐編訂，崑曲散出工尺譜。現存嘉慶二十三年（一八一八）許鴻磐編訂稿本，中國藝術研究院圖書館藏，《傅惜華藏古典戲曲曲譜身段譜叢刊》第二五冊據以影印。

許鴻磐（一七五七—一八三八），生平詳見本書卷八《六觀樓北曲》條解題。

六觀樓曲譜小引

許鴻磐

曲雖小道，字學、韻學、律吕之學，悉在其中。余少嗜音律，未嘗敢以輕心掉之，求諸聲氣之元，察其亢墜之節，於是清濁陰陽釐然於心。每病俗伶之謬，思有以正之，而未果也。中年宦走南北，加之遭逢坎壈，玉柱紅牙咸歸零落，棄置者二十餘年矣。

今于役息城，寓砥齋署中適有《納書楹曲譜》一書，暇輒謳吟，嘉其刊正紕繆，實有廓清之功，而惜其猶有未盡也。因取《琵琶記》、《牡丹亭》、《邯鄲夢》、《南柯夢》、《紫釵記》、《長生殿》、《桃花扇》七種，手自摘録，一字一腔，必斟酌盡善而後止，得三十四折，而有固始之役，遂爲四卷，緝而藏之。洎自固返息，因循未能，即旋取前所未盡者補鈔之，又得二卷。雖美不勝收，然其間詞華之妙，聲調之佳者，已采擷幾盡，以爲暇時快悦耳目、陶冶性情之藉，亦風塵中一韻事也。

著雍攝提格清和中澣〔一〕，任人許鴻磐雲嶠氏識於息縣官署。

（清嘉慶二十三年許鴻磐編訂稿本《六觀樓北曲》卷首）

【箋】

〔一〕著雍攝提格：戊寅，即嘉慶二十三年（一八一八）。

曲譜六種（馮雲章）

《曲譜六種》，乃崑曲曲譜，馮雲章訂譜，包括《前赤壁賦》、《太平歌吹》、《花間數蝶》、《四海昇平》、《雙紅記・盜盒》、《九九大慶》六種。現存嘉慶二十五年（一八二〇）鈔本，中國藝術研究院圖書館藏，《傅惜華藏古典戲曲曲譜身段譜叢刊》第二五冊據以影印。

曲譜六種序〔一〕

曹文瀾〔二〕

《赤壁賦曲譜》，予於乾隆五十六年，在山左省垣，得遇維揚雲章馮老先生所授。緣舊本模糊，今又倩友謄一清本，以備日後幸遇高明愛習之士，必邀珍重而惜也。

嘉慶二十五年小春月中澣，曹文瀾。

（中國藝術研究院圖書館藏清嘉慶二十五年鈔本《南曲曲譜》卷首）

【箋】

〔一〕底本無題名。

〔二〕曹文瀾（一七七一前——一八二三後）：生平詳見本卷《傖山秀・十二紅詞譜》條解題。

曲譜六種跋〔一〕

曹文瀾

此套曲譜，照依原來葫蘆而畫，如有舛處，伏乞達者證之爲幸也。

曹文瀾載書〔二〕。

（同上《南曲曲譜》卷末）

【箋】

〔一〕底本無題名。

〔二〕題署之後有陽文楷圓章『文瀾』。

詹山秀·十二紅詞譜（曹文瀾）

《詹山秀》爲李玉所撰傳奇，詳見本書卷五《詹山秀》條。《十二紅》爲《詹山秀》中一段，曹文瀾爲之撰譜，即此《十二紅詞譜》，爲崑曲工尺譜。現存清鈔本，原爲陳鐸舊藏，現藏中國藝術研究院圖書館。曹文瀾，鈔本誤作『曹文蘭』，堂號耕心堂。上海圖書館周明泰舊藏《崑弋身段譜》中，有曹文瀾所鈔《連環記·議劍》、《尋親記·飯店》、《焚香記·陽告》等。杜穎陶《玉霜簃所藏身段譜草目》（《劇學月刊》二卷二期）記載，程硯秋舊藏零本身段譜中，標『耕心堂』者計二十種，標

『曹文瀾』者計十六種。

曹文瀾（一七七一前—一八二三後），字春江，蘇州（今屬江蘇）人。乾隆間，爲内廷供奉伶官，精音律，通曲理，與龔蘭蓀相善。能作文，工書法。編有彈詞《九美合歡圖》（一名《九美圖全傳》）、《換空箱全傳》等。傳見包世臣《齊民四術》卷六。參見戴雲《碧蕖館藏崑劇曲譜身段譜源流考·耕心堂曹文瀾鈔本》（《戲曲文獻論集》，北京時代華文書局，二〇一六，頁五〇—五五）。

十二紅詞譜跋〔一〕

陳嘉樑〔二〕

曹文瀾①老先生之筆法甚妙，予見之，如獲珍寶。今檢察舊本，内得之《眘山秀》内一段《十二紅詞譜》，並在本内存有潘洞昌在惠豐堂請予之祖父、伯父之字迹，黑白分明，一紅白帖尚有祖父、伯父之號，並請演各種戲名，一一清楚。故此，予保存之。（《戰横河》、《祥麟現》、《挑簾》、《九焰山》、《李大打更》、《小宴》、《下山》、《遊湖》、《探親》，所請之戲名。）〔三〕

（中國藝術研究院圖書館藏清鈔本《眘山秀·十二紅詞譜》卷首）

【校】

①瀾，底本作『蘭』，據人名改。

【箋】

〔一〕底本無題名。

〔二〕陳嘉樑（一八七五—一九二五）：號筠石，又號介庵，金匱（今江蘇無錫）人。陳金雀（一七九九—一八七七）孫，陳壽峯（一八五四—一九〇三）長子。初習小生，後改學場面，以吹笛著稱。光緒二十六年（一九〇〇），入選昇平署。民國後，隨梅蘭芳演出。書齋號至德書屋、至德草堂。參見戴雲《戲曲文獻論集》（頁五五—五八）。

〔三〕文末有陽文方章『筠石』。

崑曲工尺譜（醉六山房主人）

《崑曲工尺譜》，清醉六山房主人編錄，崑曲散齣工尺譜選集，現存道光十一年（一八三一）鈔本，中國國家圖書館藏。

醉六山房主人，字漪泉，姓名、籍里、生平均未詳。

崑曲工尺譜序〔一〕

醉六山房主人

余非工於南北曲者。歲丁亥〔二〕，請業顧南雅夫子門下〔三〕。同門頗有善歌者，每於論文之餘，按譜而歌，且吹笛以相唱和，余頗樂聞之。諸友人因謂余曰：『是雖小道，亦陶情淑性之一端也，盍學諸？』余尚未有以應，然終不能忘於懷也。

久之，友人指示一二，則又自以爲無難。爰借譜録數曲，無事而摩之，頗可排悶。乃友人輒以能曲相推許，每見余則笑曰：『近來君之文興與曲興孰愈？』因又出其譜，示余以某曲文雅，某曲豪邁，某曲柔媚，某曲悲壯。余擇性之所喜者，復錄之，增訂成卷，以備觀覽。或友人至余家，亦時出余譜以助清談。

蓋南北曲者，適情寄興之一端耳，若謂陶情淑性，非余所能及也。今年春，鏡海弟自關中來〔四〕，與余唱和者最久，此卷爲之一破。杜老云：『讀書破萬卷，下筆如有神。』是卷或萬卷中之一卷云。

道光辛卯季夏下浣，醉六山房主人自識。

【箋】

〔一〕底本無題名。

〔二〕歲丁亥：道光七年（一八二七）。

〔三〕顧南雅：即顧蒓（一七六五或一七七四—一八三二），字希翰，一字吳羹，號南雅，晚號息廬，吳縣（今江蘇蘇州）人。嘉慶七年壬戌（一八〇二）進士，官至通政司副使。文、書、畫皆精。著有《南雅詩文鈔》、《思無邪室詩集》、《思無邪室遺集》等。傳見戴絅孫《味雪齋文鈔》甲集卷一〇《行狀》、夏晉寶《冬生草堂文錄》卷四《墓志銘》、程恩澤《程侍郎遺集》卷八《墓志銘》、張履《積石文稿》卷一五《墓志銘》、《清史稿》卷三八三、《清史列傳》卷七三、《續碑傳集》卷一六等。

〔四〕鏡海：名字，姓氏，籍里，生平均未詳。

崑曲工尺譜跋〔一〕

□　宇〔二〕

音律之學，自古失傳，後世惟以悦耳爲工，遂不復究宫商之道矣。至於今，乃有所謂崑曲者，雖不免爲靡靡之音，而曲詞風雅，可以陶融氣質，怡悦性情。有時優伶登場，傳神寫照，可泣可歌，是尚有『詩可以興』之遺意焉。

宇兄漪泉頗好此。其天懷瀟灑，時藉詠歌以卜清趣，日久竟集而成帙，囑宇跋數語於卷首。宇謂此何事哉，安用跋爲？但以爲學問之暇，閒情逸致，或以叶音律，或以覽詞章，均有取於和平嫺雅之規，而仍無妨於正業。固宇有同心，亦將以碧管紅牙，爲詞壇之一助矣。不然，宇固無取於荒嬉之事，而何所謂跋哉？

辛卯六月上旬，鏡海弟宇識。

（以上均清道光十一年鈔本《崑曲工尺譜》卷首）

【箋】

〔一〕底本無題名。

〔二〕□宇，名宇，姓不詳，漪泉弟。

曲譜（樗林散人）

《曲譜》，現存道光間笑海山房雙色鈔本，日本拓殖大學宮原文庫藏。按乾隆間王鵕，字履青，别署樗林散人，崑山（今屬江蘇）人，撰有《中州全韻輯要》，見本卷前文。不知是否即此樗林散人。

曲譜·彈詞識語

樗林散人

是曲乃前朝先生所作，惜未譜成腔板可歌。後人深愛其才，每作文章誦讀焉。今吾鄉知予音律稍通，屢囑譜成而歌之。奈調名久失，後世亂擬其名，細查《九宫》考對，皆不合譜。因訪前人有以就章句譜歌之式，分爲段記。然此曲應作北派方合。今將字面叶作平、上、去之三聲，按律吕而和七音，合腔譜。以傳口氣神情，是以屢更屢改，三年乃成，聊可作歌。深知音律者自明，幸勿譏焉。

道光甲辰春月，樗林散人漫譜。

（清道光間笑海山房雙色鈔本《曲譜·長生殿·彈詞》後（一））

【箋】

〔一〕此本未見，據黃仕忠《日藏中國戲曲文獻綜録》影印圖像（頁四〇三）録入。

自怡齋崑曲譜（蔡國俊）

《自怡齋崑曲譜》，不分卷，係《雷峯塔》傳奇散齣工尺譜，蔡國俊編纂。現存咸豐間蔡國俊鈔本，上海圖書館藏，書衣鈐陽文方章『丙辰年查過』。

蔡國俊，號瘦吟，大興（今北京）人。生平詳見本書卷十二《律吕或問》條解題。

自怡齋崑曲譜序

蔡國俊

《雷峯塔》傳奇，本爲承應而設，曲文多欠雅馴。而世所行水鬬譜，尤爲鄙俚，聽去雖然盈耳，讀之不覺攢眉。寒宵剪燭，因取《絮閣》詞句，套譜一闋。花晨月夕，聊案歌以自娱，不足爲俗伶道也。

咸豐壬子小陽月，北平瘦吟蔡國俊識。

（上海圖書館藏清咸豐間蔡國俊鈔本《自怡齋崑曲譜》卷首）

南曲曲譜（闕名）

《南曲曲譜》，崑曲曲譜，撰人未詳。現存清烏絲欄鈔本，中國藝術研究院圖書館藏，《傅惜華藏古典戲曲曲譜身段譜叢刊》第五五册據以影印。

南曲曲譜序〔一〕

楊　瀣〔二〕

丙辰之秋〔三〕，偕儋石計丈、霞竹蔣君約吳門之遊。偶於冷灘，得此愛日精廬所藏舊鈔本詞譜。適戈翁順卿遇訪〔四〕，偶見此册，不勝欣賞。聯翰墨因緣，亦一快事也。

咸豐六年，聾石楊瀣識〔五〕。

（中國藝術研究院圖書館藏清烏絲欄鈔本《南曲曲譜》卷首）

【箋】

〔一〕底本無題名。

〔二〕楊瀣（一七八一—一八五〇）：本名海，字竹唐，號琢堂，又號龍石，一作聾石，别署聾道人、野航、野航逸民、楊風子、吳江野老、石公、野航子、枯楊生，别署石公山人等，吳江（今屬江蘇）人。中年移居蘇州（今屬江蘇），以鬻藝爲生。與張孝嗣友善。精研金石考證，尤善篆刻，擅長人物仕女畫。著有《楊龍石印存》。傳見馮承輝《國朝印識近編》卷一、葉銘《再續印人小傳》卷二、《廣印人傳》卷七、費善慶《垂虹識小錄》卷六、光緒《吴江縣續志》卷二二。參見陳道義《印内印外：楊澥篆刻藝術初探》（《中國書法》二〇一四年第一〇期）。

〔三〕丙辰：咸豐六年（一八五六）。

〔四〕戈翁順卿：即戈載（一七八六—一八五六），生平詳見本書卷六《重刻海烈婦傳奇序》條箋證。

〔五〕題署之後有陰文方章「澥」。

遏雲閣曲譜（王錫純）

《遏雲閣曲譜》，不分卷，王錫純輯，李秀雲拍正，收錄崑劇折子戲十八種八十七齣，詳載曲詞、科白、工尺、板眼。現存光緒十九年（一八九三）小方壺齋活字鉛印本，《續修四庫全書》第一七五七—一七五八册據以影印。

王錫純（一八三七—一八七八），字熙臺，南清河（今屬江蘇淮陰）人，世居山陽（今江蘇淮安）。咸豐四年甲寅（一八五四）副貢生，議敘候補主事。家開當典，頗富裕，蓄有梨園。輯錄《桐軒雜記》。傳見徐嘉《遯庵叢筆》、王錫祺《山陽詩徵續編》卷三七、《江蘇戲曲志·淮陰卷》、《江蘇藝文志·淮陰卷》。

李秀雲，蘇州（今屬江蘇）人。生平未詳。

（遏雲閣曲譜）序

王錫純

余性好傳奇，喜其悲歡離合，曲繪人情，勝於閱歷，而惜其無善本焉。雖有《納書楹》舊曲，要皆九宫正譜。後《綴白裘》出，白文俱全，善歌者羣奉爲指南，奈相沿至今，梨園演習之戲，又多不合。

家有二三伶人，命其於《納書楹》、《綴白裘》中，細加校正，變清宫爲戲宫，删繁白爲簡白，旁注工尺，外加板眼，務合投時，以公同調。事涉游戲，未敢質諸大雅。然花晨月夕，檀板清謳，未始非怡情之一助也。是爲序。

同治九年冬月，遏雲閣主人書。

（《續修四庫全書》第一七五七册影印清光緒十九年小方壺齋活字鉛印本《遏雲閣曲譜》卷首）

附　題自輯遏雲閣傳奇後

王錫純

豪竹哀絲總不倫，紅氍毹上曲翻新。青衫司馬今誰屬？認取當筵墮淚人。

鐵板銅琵蘇内翰，曉風殘月柳屯田。他年細訂宫商譜，白首梨園定黯然。

（清光緒間小方壺齋活字排印本王錫祺《山陽詩徵續編》卷三七）

曲譜（陸玉亭）

《曲譜》，崑曲散齣工尺譜集，清陸玉亭主持編纂，致和道人、顧秋亭等鈔寫。現存咸豐、同治間鈔本，中國藝術研究院圖書館藏，共三〇册，首册『較準總綱目錄』後署有『同治庚午仲冬致和道人鈔錄』字樣。同治庚午，卽同治九年（一八七〇）。

陸玉亭，字號、籍里均未詳。同治間，全慶和班淨行伶人有名陸玉亭者，不知是否其人。

曲譜序〔一〕

吴署翰〔二〕

余友陸子玉亭，精於梨園，善知音律，雖李龜年再生，不得擅美於前矣。僕非不好此道，無如陋巷簞瓢，難以執鞭隨鐙，惟心慕之耳。今將曲簿持予鈔本，更囑爲序。第知枵腹，聊以塞責云爾。

知音客吴署翰題〔三〕。

【箋】

〔一〕以下六條，底本均無題名。

〔二〕吳署翰：字玉堂，號寶書，別署知音客、隱深居主人、虎口餘生等，句吳（今江蘇蘇州）人。生平未詳。

〔三〕題署之後有陽文方章『寶書』。

曲譜跋

吳署翰

殘月曉風，柳屯田播爲絕唱；暗香疎影，姜石帚傳厥雅音。余友陸子玉亭，精探音調，微辨宮①商。每當春晝秋宵，花天月地，撥銅琶以奏曲，腰鐵□以尋聲。固已足寫瀟灑之風懷，滌塵俗之煩慮矣。

僕也音昧妃豨，解忘雌霓。聆君咳唾，抒我牢愁。用弁數言，以志欽佩。

弟吳署翰跋〔一〕。

【校】

①宮，底本原殘下半，據文義補。

【箋】

〔一〕題署之後有陽文印章『署翰』。

曲譜序

吴署翰

余友陸子玉亭，精於音律，迄今三歲，屏除一切，手不釋卷。或醉餘茶罷，高歌一曲，洵有餘音繞梁之趣，鐵崖、玉茗不得擅美於前矣。茲①以樂譜見示，屬予弁首。愧非知音，不獲細繹其中妙處。聊贅數言，以誇眼福。

己未秋孟〔一〕，句吴吴玉堂跋〔二〕。

【校】

①茲，底本漫漶，據文義補。

【箋】

〔一〕己未：咸豐九年（一八五九）。

〔二〕題署之後有陽文方章『署翰』。

曲譜序

吴署翰

余友陸子玉亭，因亂避居在楊塘下。終日無事，惟養雛博趣，效學易牙烹調珍饈，以敍二三知己，酣飲醇醪。醉後高奏《清平》，不談世務，孰知彼有大志。偶有泛交，談及『足下何不爲業以濟養生』，豈知伊一味酣笑，惟搖首而已。

然知玉亭之心事者，僕知之爲也。彼因蟊賊紛起，非此時也，故不爲業也。孰料伊效慕古之高人釣臺種竹之事，故而隱居廬舍，不趨遠方，不爲披星戴月之計業耳。伊云終朝閑來，則知與老母並山妻共話，敍首一堂，以樂天倫，餘外别無所知也。彼之胷藏，别有洞天，豈庸夫俗子之所知耶？索書於僕，特爲之序云爾。

歲在辛酉季冬中浣十有六日〔一〕，書於深崖處，虎口餘生吴署翰筆〔二〕。

（以上均中國藝術研究院圖書館藏清鈔本《曲譜》卷首）

【箋】

〔一〕辛酉：咸豐十一年（一八六一）。

〔二〕題署之後有陽文印章『寶書』。

曲譜跋

吴署翰

梨園一書，雅賞中讓此爲最。然雖如此，云久屬出於本人口中，須得養眞保元。果屬妙事，方能餘音繞畫梁二三也。如若得此妙訣，始終如一，不獨有餘音，兼保眞養元方也。諄諄囑予，豈敢不爲之跋。

隱深居主人筆〔一〕。

（中國藝術研究院圖書館藏清鈔本《曲譜》之《怡顔樂賞》册外封）

【箋】

〔一〕題署之後有印章二枚：陽文方章『署翰』，陰文方章『吴玉堂印』。

附　玉亭二兄大人屬正

吴署翰

游戲之事，惟此爲佳。最妙者天生一音。然音者，非勉力而成。若八字中五行缺一，雖揮萬金，亦無足用。五行者，乃合五音八字，合成金石絲竹匏土革木八聲，故而不能習學。如若勉强學成，亦無足取。猶如瞎子看戲，聾子聽曲，如同一類也，而不知自己之醜，反在人前遮飾。雖僕之言迂腐，幸祈勿謂迂之論也。特爲之題。

寶書弟吴玉堂又書〔一〕。

（中國藝術研究院圖書館藏清鈔本《曲譜》之《怡顔樂賞》册卷首）

【箋】

〔一〕題署之後有陽文印章『玉堂』。

曲譜序〔一〕

吴　坤〔二〕

陸子玉亭，好嫺音律，以曲本屬予點定。予塵冗碌碌，每得餘閒，稍鈔一二。其中亥豕魯魚，在所不免，尚望知音更正。

紫珊弟吴坤〔三〕。

（中國藝術研究院圖書館藏清鈔本《曲譜》卷首）

【箋】

〔一〕以下六條，底本均無題名。

〔二〕吴坤：　字紫珊，籍里、生平均未詳。

〔三〕題署之後有陽文方章『紫珊』。

曲譜序

愛詞人〔一〕

此套曲譜，僕費無數心機，一番手力，悉照演義較準，鈔錄裝訂。字雖不正不齊，文寔可觀可唱。如有知音好友，借去鈔錄或貫理，務懇隨鈔隨理。若遇不暇，還而再借，亦可。切弗懶鈔怕理，塗壞扯碎，撇開不見，以致遍尋無著。雖係游戲之事，亦當視若正經。須知鈔寫人之不易也，伏祈諸君，鑒亮珍重爲禱。

婺邑愛詞人告白是幸。

（中國藝術研究院圖書館藏清鈔本《曲譜・風箏誤》卷首）

【箋】

〔一〕愛詞人：婺邑（今江西婺源）人。姓名、生平均未詳。

曲譜序

顧秋亭〔一〕

余見玉亭，雖在道中邂逅，得聞曲聲疊奏，手舞足蹈，喜形於色。然好學者不難於其精也。廿年之辛勤，至此方知其中甘味。雖公退食，洋洋自得，終日不離曲譜，獨好此道。再暇時，陶然一醉，其樂豈尋常哉！僕自知庸夫，慕而羡之，作序以志之。

同治庚午孟冬月既望，書於小紅山房西窗。按拍散人顧秋亭題〔二〕。

【箋】

〔一〕顧秋亭：別署按拍散人、知足子，籍里、生平均未詳。

〔二〕題署之後有陽文方章『秋亭』。

曲譜序

顧秋亭

人有所憎所愛，各俱一種情性。惟吾友玉亭，天然好飲盃中之物，兼喜梨園。每乘酒酣之際，曲聲勃然狂發，雖劉伶也，難效其放浪。廿年以來，惟愛二種，致於冗事匆忙，亦當不忘於懷。是以屢將曲譜，囑予鈔之。竊思僕字法潦草，不足大觀，恐諸君子見之，貽笑大方。祈勿哂，是爲幸也。特作序以志之。

知足子顧秋亭題〔一〕。

【箋】

〔一〕題署之後有陽文長方章『秋亭』。

曲譜序

顧影〔一〕

郊廟之樂，被諸管絃，《三百篇》實音韻之祖也。延至漢代，至《安世房中歌》，又爲樂府之所自出。至有唐詩歌，亦令梨園子弟譜之，如《清平調》三章，明皇親吹玉笛，以和其聲。至宋朝南渡後，詞學大盛，姜、張二窗，各自名家。實則詞之與曲，雖有異同，其源則一。元則專尚曲譜矣。

大抵精音律者，必深究乎九宮，辨陰陽，析清濁，疑似芒忽之際，非好學深思之士，寢饋其中，亦有不易解者。余於是道，無能爲役，然每見有工此者，未嘗不愛慕之。

陸子玉亭素耽是道，久而彌篤。天分既亨，學力又深，一唱三歎，當無愧於朱絃疏越之音矣。茲以聲譜屬余弁言，因書其大概如此。

時己未七月下澣〔二〕，吴下顧影跋。

【箋】

〔一〕顧影：字鏡府，元和（今江蘇蘇州）人。

〔二〕己未：咸豐九年（一八五九）。

曲譜跋

影秋生〔一〕

此冊乃侯君康甫所錄，係陸子玉亭囑鈔者也。予與康甫交及載餘，其爲人也，嗜酒寡言，當興酣時，斗酒不辭，亦不辭素昧音律，而鈔胥之下，恰合符節，善何如哉！翻閱一過，並識數語，以志不忘鴻泥雪爪爾。

影秋生記。

（以上均中國藝術研究院圖書館藏清鈔本《曲譜》卷首）

【箋】

〔一〕影秋生：疑即顧影別署。

瘞雲巖曲譜（汪家億）

《瘞雲巖曲譜》，全名《韻諧塾瘞雲巖綴白曲譜》，汪家億纂，譜許善長（一八二三—一八九一）《瘞雲巖》傳奇四齣：《访雲》（卽《蹇遇》）、《贈珮》、《鴆媒》、《恨題》。現存同治十年辛未（一八七一）冬月韻諧私塾刻本。

汪家億，字筠亭，别署梅谿逸叟，歙州（今屬安徽）人。生平未詳。

韻諧塾瘞雲巖曲譜自序

汪家億

余究心音律，四十餘年矣。少侍吾鄉江樸盦先生〔一〕，按譜指授，傾心領悟。以《大成》九宫譜爲宗〔二〕，率取《納書楹》諸家研求之，凡其所略者，詳加塡寫，並時派班派，亦復校正淆訛，彙爲三集，於是有《韻諧塾曲譜》之訂也。

武林玉泉樵子〔三〕，深明音律，披覽數過，不禁擊①節歎賞。因出其新撰《瘞雲巖傳奇》一冊，計詞曲十二齣，諈諉塡譜。余謝不敏，敢以作者自任哉？再辭弗獲，爰不揣鄙陋，先就詞中之切要者，依韻和聲，譜成四齣，被之管絃，聊供花晨月夕之一助。然余以意逆志，是引皆塡，三眼俱備，與夫調名、脚色、裝飾、排場、圈點、演介，以及一切關目，無不細注，較之諸譜，尤有加焉。第以曲律之節奏，協文律之抑揚。讀其詞，一字一珠；譜其詞，一字一淚。令善歌者按而歌之，聞歌者如見其人，靡不泣濺鮫綃，豈獨青衫沾濕乎？

雖然，譜此詞，總以《大成》爲折衷，仍依葉譜爲正派，雖作猶述也，非敢以作者自命。『奇文共欣賞，疑義相與析。』多得玉泉樵子指論，他日復就全詞而譜之，則詞之美善悉傳，事之顛末畢傳，即余訂譜詳審之意，亦與之俱傳。天壤間賞音有幾，其識余之究心否耶？祇是宮商之頓挫，音節之合離，不無有荒率舛謬之誚。倘獲同心，余雖老，願潛心就正。

同治辛未孟冬，古歙梅谿逸叟筠亭氏自識於獅江之遏雲小憩〔五〕。

【校】

①擊，底本作『繫』，據文義改。

【箋】

〔一〕江樸盦：字號、生平均未詳，歙州（今屬安徽）人。

〔二〕《大成》：即周祥鈺等《新定九宮大成南北詞宮譜》，詳見本卷前文該條解題。

〔三〕武林玉泉樵子：即許善長（一八二三—一八九一），別署玉泉樵子。

〔四〕題署之後有印章二枚：陰文方章『汪家億印』，陽文方章『槑谿逸叟』。

韻諧塾瘞雲巖曲譜序

靈巖山樵〔一〕

噫嘻！近時不以律者，獨詞曲云乎哉？文律、詩賦律，師律、名法律，罕有講明者，烏從切究？西湖玉泉樵子深於各律，出其緒餘，撰《瘞雲巖傳奇》，悱惻纏綿，有情人不忍卒讀，賫恨人同聲一哭，特非以曲律譜而歌之，烏乎傳？

天都梅谿逸叟汪君，則深於曲律者也。幼得師承，老逾篤好度曲。以《大成》譜爲折衷，爰就詞中四齣，依譜諧聲，按腔合拍，較之《納書楹》諸曲譜，有過無不及。凡搜擇討論，酌古準今，通雅宜俗，則見於逸叟自序。予聽不聰，側聞玉泉樵子玉屑各律，夙嫺詞曲云乎哉？老去漸於律細，余於逸叟亦云。略綴數言弁首，請付手民，以俟賞音。

同治十年歲次辛未重九，雄州靈巖山樵序〔二〕。

【箋】

〔一〕靈巖山樵：名彬，姓字未詳，雄州（今江蘇南京）人。

〔二〕題署之後有印章二枚：陽文方章「臣彬」，陰文長方章「美李」。

仿香祖樓楔子步沁園春詞原韻

靈巖山樵

章水獅江，離合無端，狼峯幾重。嘆彩雲易散，偕臧邂逅；柔絲愁緒，繭縛春蟲。虎將情癡，蛾眉命薄，環珮魂歸月夜中。生和死，倩譜來商調，埋怨罡風。品花月旦評公筆，補恨權參造化功。問賞音有幾，顧曲知誤；正音誰屬，協律爭雄。賴託黃蘿，偏工教授，依譜諧聲萬籟空。吹簫者，白石翁側聽，酣奏笙鐘。

雄州靈巖山樵倚聲〔一〕。

（以上均清同治十年辛未冬月韻諧私塾刻本《瘞雲巖曲譜》卷首）

【箋】

〔一〕題署之後有陽文方章『佛幢飛止』。

繹如曲譜（梁繼魚）

《繹如曲譜》，梁繼魚纂集，現存同治十二年癸酉（一八七三）紫藤書屋稿本，中國藝術研究院圖書館藏。

梁繼魚，別署龍山居士，蘇州（今屬江蘇）人。咸豐、同治間崑曲名宿。

（繹如曲譜）自序

梁繼魚

夫鳳簫龍笛，《霓裳》傳天上之仙音；雁柱鵾絃，絲竹聞地中之雅奏。梨園子弟，訂新譜於唐宮；鞠部夫人，繼遺音於宋代。爲盛朝之鼓吹，樂播鈞天；歌聖世之昇平，音流奮地。是故朱絃綠綺，常存宮徵之遺；白雪玄雲，迸作笙簧之奏。每當良辰屬客，勝日開筵，停催酒之箏，絃揮素手；截臨江之竹，板按紅牙。歌來『殘月曉風』，柳郎君丰神跌宕；聽到『銅琶鐵板』，蘇學士意氣粗豪。齊吹楚奏，裊裊餘音；鳳曲鸞歌，洋洋盈耳。聲驚裂帛，眞堪響遏行雲；氣咽流泉，何啻曲翻《防露》。肖古人之綺語，摹仿無餘；留佳話於前朝，聲情如繪。倘使知音默喻，定教節擊三三；有時好語相傳，共羨珠穿一一。九成罷奏，三疊俱終，雖逸士之閒情，實雅人之深致也。至若齊東之語，鄭國之音，巷議街談，甚至俗而傷雅；冶情豔語，尤難樂而不淫。茲則重加選擇，幾費刪除。卷分一十二時之數，曲備六十四卦之全。舊譜所存，儘許從中金揀；新聲既奏，何妨此外珠遺。嗟乎！茶經觴政，佳篇已見前人；弈譜琴操，雅集久傳坊本。三春九夏，雖無補於詩書；手語心彈，聊自娛乎宮羽。彙成寸帙，少貲狂士酣歌；率弁一言，庶助詞人高唱。

時同治十二年歲在癸酉仲冬月，龍山居士識於紫藤書屋。

（清同治十二年癸酉紫藤書屋稿本《繹如曲譜》卷首）

繹如曲譜跋〔一〕

李士震〔二〕

《繹如曲譜》稿本十二冊，係戊申秋間在蘇州文學山房所收〔三〕。余不曉音律，讀之殊不了解，因其價廉，故漫然購之，未注意也。旋晤友人長洲吳迺璘君〔四〕，據云此書乃姑蘇崑曲名宿梁繼魚先生所纂集，所填工尺，較舊譜特別精細。原擬鏤版，因先生身歿未果。余怳然，始知此書亦頗有價值。然終屬門外漢，究不知其佳妙在何處也。

遵義李士震〔五〕。

（同上《繹如曲譜》卷首朱筆題識）

【箋】

〔一〕底本無題名。

〔二〕李士震：字東屏，遵義（今屬貴州）人。曾收藏清寫本《元故宮遺錄》，鈐印『李士震印』、『東屏』。

〔三〕戊申：光緒三十四年（一九〇八）。

〔四〕吳迺璘：長洲（今江蘇蘇州）人。生平未詳。

〔五〕題署之後有印章二枚：陰文方章『李士震印』，陽文方章『東屏』。

蔬香書館納時音（陳味根）

《蔬香書館納時音》，不分卷，陳味根輯，現存同治十三年甲戌（一八七四）陳氏精鈔本，日本東洋文庫藏。

陳味根，別署蔬香書館主人，字號、籍里、生平均未詳。

蔬香書館納時音序

烟波散吏〔一〕

蔬香館主人陳君味根，風雅士也。早歲蜚聲庠序，連掇魏科。以翰苑餘閒，木天清暇之時，考音律，度崑曲，生旦淨丑，靡不精諧。名士風流，可徵軼事。後因事母乞休，衣錦言旋，卜居於婁湄侍蘐精舍，日與二三知己論詩評畫，賭酒徵歌。居常儉以持躬，孝以奉親。辟一弓之地，藝花種蔬，額其館曰『蔬香』，意深旨微，殆別有所寄託耶？

夏日，攜友納涼於蒔花小榭，見所錄《納時音崑劇》，工楷書繕，宮商板眼，較點分明，精妙絕倫，令人健羨不置。知此冊爲主人極盡心神，手披口度，歷半載而成，留爲良時美景、月夕花晨、賞心樂事之玩。傳諸後世，見古調之獨彈，何異《廣陵散》猶在人間耶？樂進一言，以爲之序。

同治甲戌之歲仲夏之月，婁湄烟波散吏志於天籟閣〔二〕。

（清同治十三年甲戌陳氏精鈔本《蔬香書館納時音》卷首〔三〕）

【箋】

〔一〕烟波散吏：姓名、生平不詳，婁湄（今江蘇太倉）人。

〔二〕題署之後有印章『天籟閣』。

〔三〕此本未見，據黄仕忠《日藏中國戲曲文獻綜錄》（頁三九五）迻録。

中州切音譜（劉禧延）

《中州切音譜》，劉禧延編著，現存光緒九年（一八八三）吳縣潘氏雕版《滂喜齋叢書》本。

劉禧延（一八一〇—一八六三），字辰孫，一字悉階，號衮軒，元和（今江蘇蘇州）人。清廩貢生。與同縣貝青喬（一八一〇—一八六三）以詩名吳中。兼工山水，涉金石，尤精音韻之學。著有《劉氏碎金》、《中州切音譜》等，後人編爲《劉氏遺著》（光緒間吳縣潘氏刻《滂喜齋叢書》本）。傳見《畫家知希錄》卷五、民國《吳縣志》卷六六下。

中州切音譜贅論

劉禧延

切音之學，讀書者每每不知，或淺視而譏株守，或畏難而嘆望洋，以至習見之字，啓口多譌。其粗涉訓詁，侈談古音者，甚或以爲瑣屑，而微茫之辨，終屬渾淪。審音識字，度曲家無足比數矣，而猶知掇拾其緒餘，未始非迷津一筏也。

庚子、辛丑歲[一]，知交中有講求音律，因以中州韻相質者，往復辨析於出音收音之法，不厭其詳。論列既多，略具原委，乃裒次爲是編，名曰《中州切音譜》。

（清光緒九年吳縣潘氏雕版《滂喜齋叢書》所收《中州切音譜》卷首）

【箋】

〔一〕庚子、辛丑：道光二十年（一八四〇）、二十一年（一八四一）。

夢園曲譜（徐治平）

《夢園曲譜》，八卷，清徐治平手訂，民國徐仲衡編。崑曲工尺譜，收錄《西廂記》、《鐵冠圖》、《牡丹亭》、《玉簪記》、《邯鄲記》、《獅吼記》、《長生殿》、《孽海記》、《青冢記》九劇十六齣。現存同治間稿本、光緒二十四年（一八九八年）夢園主人鈔本（湖南省圖書館藏）、民國二十二年（一九三三）上海曉星書店排印本。

徐治平（？—一九〇四後），字耕娛，一作耕餘，一字桂蓀，號夢園，別署夢園主人、七十二峯主人，吴縣（今江蘇蘇州）人。光緒十一年（一八八五），官湖南辰沅永靖兵備道巡檢。後流寓長沙（今屬湖南）。喜聲律，工繪事。光緒二十六年庚子（一九〇〇），王先謙有詩《題徐治平耕餘夢園秋禊圖》七絶二首，注云：『徐吏隱湘中，工歌曲繪事，爲圖志雅集。』（光緒二十八年平江蘇氏刻增修本《虚受堂詩存》卷一五）

夢園曲譜序〔一〕

徐治平

予既製清曲錄本八冊，猶嫌其無介白，不能貫通詞意、顯揭情節，終不免蒙頭蓋面之憾。於是考諸古譜，證之歌場，茲及百餘齣，先爲釐訂。按《納書楹》之有工尺而無介白，《綴白裘》之有介白而無工尺。兼而備之，知音度曲，則可按拍，即非知音，亦可解嘲。荒齋闃寂時，偶一展玩，豈有異於歌臺舞榭哉？

庚寅閏藹朝〔二〕，夢園主人志於弁首。甲辰蒲夏〔三〕，重訂於從吾所好之屋〔四〕。

【箋】

〔一〕底本無題名。

〔二〕庚寅：光緒十六年（一八九〇）。

〔三〕甲辰：光緒三十年（一九〇四）。

〔四〕題署之後有印章二枚：陽文方章『耕娱父』，陰文方章『治平』。

夢園曲譜敍

葉其紳〔一〕

凡音之起，由人心生也。天有萬籟，麗之於器則精；人有七情，達之於音斯暢。是故解谷選竹，泠綸寫夫權輿；虞廷拊石，后夔擅其極軌。明聖代作，鈞天競奏，尚矣。若夫《雅》、《頌》熄迹，樂府嗣響。達官通人，雍容夫諷諭；匹夫庶婦，謳吟夫王風。類皆抒下情，宣上德，引商刻角，曲高和寡。有唐中葉，流派初別。摩詰之《鬱輪袍》，見知貴主；太白之《清平樂》，曾詔伶官。厥體一倡，作者雲起。然而使君席上，不乏新詩；佳妓旗亭，猶然斷句。

自宋以降，詩不入律。其被歌舞者，惟詞曲而已。夫詞曲者，樂府之流遺，而傳奇之所昉也。爾乃衡宇息景，密坐思娛。演稗官之軼聞，新梨園之睇眄。雖復世變所繫，無乖溫厚之旨。金元才人，好爲斯製。興溢豪素，寓放臣逐子之感；聲被管絃，鮮多學少情之累。實甫以《西廂》冠最，則誠以《琵琶》獨步。黼黻紛張，於今爲烈。夫其南北異尚，清濁殊品。詞有擇腔、擇律、擇韻之慎，聲有唱情、唱性、唱理之分。主名者十有五體，而俚俗有殊；善歌者三十六人，而俳優不與。是知延年曼聲，方許協律；周郎嗜曲，始知顧誤。自古作者大難，賞音亦不易也。

吴門夢園主人，宦師淵明，量傾叔度。綜顧虎頭之餘事，精桓野王之奇弄。漫臥吹之變，太常之工皆驚；守自然之音，休文之譜可廢。縫掖既集，瓊筵斯開。理前賢之清歌，發思古之幽情。足使緜駒結舌，王豹杜口。

維時湘中雅部，久付銷沈。嵇叔夜廣陵之散，無復人間；孫興公蘇門之嘯，終成絕響。主人既長社盟，深懼散佚，輒復然脂暝寫，漱露晨興。哀諸傳奇雜劇之可歌者，葺之成帙，都爲八卷，名曰《夢園曲譜》。或兼采詞律，或專取聲韻。日積月引，稿經再易。昔有宮調而無界白，今錄關目而兼科諢。匪特妉志頤性，匯詞場之巨觀；抑且芟蕪薙僞，彰和聲之盛事。以紳粗托知音，命爲敍引。紳未及窺奧薈同飲，何竊附南郭之籥，預披《花間》之集。歌詠不足，敢忘贊辭。固知關、鄭、白、馬之後，厥有功臣；興、觀、羣、怨之微，猶餘碩采。倘使傳諸好事，亦將有裨風教云爾。

光緒庚寅新秋，長沙葉其紳拜識〔一〕。

【箋】

〔一〕葉其紳：名紀，號丹林，長沙（今屬湖南）人。生平未詳。

〔二〕題署之後有印章二枚：陽文方章「丹林」，陰文方章「紀印」。

梯月主人題魏良輔曲律小引

徐治平

詞之於人甚矣哉！或扶筇月下，或攜酒花前，觸景有懷，形諸感嘆，無非寓彼咏歌，抒吾胷中憂，生失路之感而已。故騷人逸士，每每借紙上墨痕，摹閨中之情思，猶含而未吐，筆代口以先傳，顧盼徘徊，宛如面對，柔情媚態，都宣洩於字形句擬之間。而天下之有情，莫此爲甚。嗟嗟！粉黛文章，何如情眞腔調？當今不乏有情人留之几案，日讀數過，可當炎熇世界一服清涼散。

摘錄曲律九則：

一、曲有三絕：字清爲一絕，腔純爲二絕，板穩爲三絕。

一、曲有五不可：不可高，不可低，不可重，不可輕，不可自作主張。

一、曲有五難：開口難，出字難，過腔難，低難，轉收入鼻音難。

一、曲有兩不雜：南曲不可雜北腔，北曲不可雜南字。

一、曲有兩不辨：不知音者不可與之辨，不好者不可與之辨。

一、初學須由南曲之長腔密板者入門，次則辨其字面，又次理正板眼，必得溫習圓熟，不可强記苟且。若不耐溫習，專恃聰明，終不免腔拗字訛，切宜戒之。至對本宜歌者，更無論矣。

一、生曲貴虛心玩味。如長腔要圓活流動，不可太長；短腔要簡勁找絕，不可太短；至於過腔接字，乃關鎖之地，有遲速不同，要穩重嚴肅，如見大賓之狀。

一、拍迺曲之餘，全在板眼分明，如遇迎頭板隨字而下，徹板隨腔而下，絕板腔盡而下（絕板即底板之類）。

一、北曲以遒勁爲主，南曲以婉轉爲主，各有不同。至於北曲之絃索，南曲之鼓板，由方圓之，必資規矩，其歸重一也。吹笛尤宜端坐，肩平，氣和，韻靜，以助歌者之未逮。

光緒二十五年歲在己亥上巳，夢園主人識。

（民國二十二年上海曉星書店排印本《夢園曲譜》卷首）

附　夢園曲譜題識〔一〕

姜玉笙　等

夢園徐公，有吏隱風。丹青既擅，詞曲又工。銅琶鐵板，高唱『江東』。和聲依永，含商吐宮。手鈔曲譜，後學所宗。

中華民國二十二年八月二十六日，監利實誠姜玉笙敬題〔二〕。

紫霞翁作詞五要：第一擇腔，腔不韻則勿作；第二擇律，律不應肉則不美；三曰詩韻，不協，又奚取焉？王驥德《曲律》，即四聲亦須分陰陽，論曲眞不易哉！玉茗《四夢》，笠翁《十種》，解人多少，知音若干？夢園眞曲苑功臣也！

李十鄉親吳天翁題〔三〕。

此書工尺與介白兼備，用補《綴白裘》之所缺。按譜尋聲，樂在其中。既以存清季崑曲盛時之法曲元音，又可作初學入門之良好導師，坊間無此善本也。今以問世，衰微之崑曲，庶可免於《廣陵散》，信足傳矣。

民國廿二年孟冬，徐筱汀題於歇浦〔四〕。

癸酉小陽春，仲良姪攜《徐夢園先生手鈔曲譜》八卷請題。披吟之際，不禁感嘆。以時至今日，『崑曲』二字，久無人道，遑論諳聲諧律，漫拍輕歌，盡文人之韻事乎？夢園先生樂此不疲，且按工尺，一一譜之。其文孫仲衡，更能闡發先澤，公諸同好，使崑學留一線之延，其功尤不可沒也。因成二絕，以志景仰。

一聲長笛響庭墀，想見當年唱和時。此後怕成《廣陵散》，誰翻宮徵譜新詞？

閱盡興亡祇自悲，海濱逋客鬢成絲。飄零不似龜年甚，唱到《彈詞》也淚垂。

懶禪羅簡齋拜題〔五〕，時客申江〔六〕。

『詩言志，歌永言，聲依永，律和聲。』是乃集其大成，黎民於變時雍。

題《夢園曲譜》，下相盧印泉〔七〕。

【箋】

〔一〕底本無題名。

〔二〕題署之後有陽文方章『姜實誠玉笙印』。姜玉笙（一八八五—一九四九後）：字實誠，監利（今屬湖北）人。清末廩生。民國初任曲江縣縣長、連平縣縣長、湘西護法軍軍事代表。編纂《三江縣志》。著有《問政集》。

〔三〕題署之後有陰文方章『吳天翁』。李十：指李漁（一六一一—一六八〇）。吳天翁：即吳錫廷（？—一九六五），字鏡宇，三十歲後改名偉，字天爵，別號天翁、匏公，後以『吳天翁』稱名於世，嘉興（今屬浙江）人。畢業於之江大學。著名書畫家，曾任中國畫會執行委員，創辦檇李書畫社，與海上名家夏敬觀、柳亞子、劉海粟等交往密切，與戲劇界梅蘭芳、程硯秋、徐慕雲、荀慧生等相善。民國十七年（一九二八），主編報紙《出風頭》。民國十九年（一九三〇），爲梅蘭芳赴美國演出，主編《梅蘭芳專集》（吟梅社編印發行）。著有《清代十一畫家小傳》、《清代畫家畫像》等。

〔四〕題署之後有陽文方章『徐筱汀印』。徐筱汀（一九〇六—一九五七）：原名長蔭，徐州（今屬江蘇）人。徐慕雲（一九〇〇—一九七四）弟。民國間，歷任國立編譯館副編審、夏聲戲劇學校劇務主任、總務主任、華東戲曲研究院京劇創作室副主任、上海戲曲學校教導主任等職。與徐慕雲合辦《大風報》、《益世報》。師事陳彥衡，研究譚派唱腔。創作有《陸文龍》、《收復兩京》、《投筆從戎》、《新大名府》劇本，編寫與整理《新大名府》、《新快活林》、《新武松打虎》、《新水簾洞》、《戰宛城》等劇本，與人合作編寫、改編《皇帝與妓女》、《寶蓮燈》、《屈原》、《金蟬記》等劇本。

〔五〕羅簡齋：號懶禪，籍里、生平均未詳。

〔六〕題署之後有陽文方章二枚：『懶禪』、『簡齋』。

〔七〕題署之後有印章二枚：陽文方章『霸王同鄉』，陰文方章『盧印泉』。盧印泉：下相（今江蘇宿遷）人。徐慕雲《梨園影事》載，其與滕固全撰《中國近百年戲劇之時代精神——奉題梨園影事》一文。

附　夢園曲譜序

蘇少卿〔一〕

徐仲衡君近刊其祖父夢園先生手訂《曲譜》八卷，因羅仲良君索序於予。予雖涉獵雜劇、傳奇、崑曲之類，而自顧非專家也。第迫於友誼，姑勉爲之。及觀夢園先生自序，始悉先生原籍吳縣，僑寓長沙。譜蓋成於同治甲戌，崑曲尚盛時也。首卷凡《琵琶記》八齣，次則生旦劇甚多。至工譜、板眼、賓白、介口，皆朗若列眉，易於習誦。彼《納書楹》缺賓白，《綴白裘》缺工譜，先生茲補其缺憾而兩全之，扢揚風雅，便利後學，心力精而勤，功德大而遠，可於《遏雲》、《六也》諸譜以外獨樹一幟矣。三吳古多知音善歌之士，自季札而後，代有大師，不可勝舉。先生生於吳，宜其然矣。仲衡君克紹祖德，付之梨棗，亦足多也。

意大利號世界之樂園，蘇州實我邦之樂府。既取多而用宏，故語純而字正，人亦彬彬有禮儀，絕不聞大姦大盜，生吳之地，爲吳之人。蓋水磨調改造以後，北曲遂附庸於南曲，名曰崑腔，中心實在蘇州。自明中葉迄今四百餘年，獨以靜雅溫柔之歌曲，著成潛移默化之功，雖日漸衰歇，其流風餘潤，猶未全泯故也。夫美術者，乃吾人精神上所需之糇糧，而樂歌者，則吾人精神上新需之空氣，人生不可或缺者也。《彌陀經》云極樂國有種種奇妙雜色之鳥，晝夜六時，出和雅音。其土眾生聞①是音者，皆悉念佛、念法、念僧云云。由此觀之，淨土尚需音樂而發善心，然則娑婆世界，苟欲爲善，豈可以少之哉？聞鼓鼙而思猛士，聽軍樂而起殺心，誠以樂由心生，樂歌之良窳，人心之善惡判焉。

迨古樂淪亡，今之樂猶古之樂。試論今樂，則莫良於崑曲者。蓋崑曲兼統北曲，實涵溶唐宋大曲之遺響，而爲我國古劇之大觀也。使有博學審音之士專心研討，應世風之變，作正始之樂，汰其淫濫、哀思、噍殺之音，倡爲中正、和平、靜雅之德，采擷近代語言，作新崑曲，編新歌劇，令學校、軍中、社會肄習之，則行之十年，可以移風化俗，歸於郅治。惜衆人不察，以耳爲目，厭故喜新，聞詭眩奇。媚外滅己，重象眞而輕寫意；取糟棄汁，貴物質而賤精神。是何異以夜光爲怪石、燕礫爲寶珠哉？言念及此，直足爲之撫膺扼腕，痛哭流涕，而長太息者也。

前哲有云：『溫故而知新。』新固貴知，然必有待於溫故；故不能溫，則新亦必難知。所以欲創新曲，仍宜求之舊譜，則夢園先生之《曲譜》尚矣。然則茲譜之出，其關係豈可謂之小哉？又嘗聞咸、同之際，湖南崑曲亦甚盛，名曲家若周少谷、姚良楷、湯俊卿諸先生等，皆震驚曲壇，流傳衆口，未知與蘇工、興工、梁溪、崑山，以及苑派、徽派之譜法、唱法，異同若何？先生既居長沙甚久焉，知不與湘沅唱法有關耶？考校其異同出入，則有望於知音君子，茲不具論焉。

癸酉孟冬〔二〕，蘇少卿書於滬瀆。

【校】

①聞，底本作『問』，據文義改。

【箋】

〔一〕蘇少卿（一八九〇—一九七一）：原名相辰，改名少卿，曾用藝名寄生，徐州（今屬江蘇）人。畢業於徐州師範學堂。喜戲曲，始習老生及胡琴。民國四年（一九一五），入春柳社。次年至北京，得陳彦衡、吳梅等指點，深研譚派唱腔，擅演譚派名劇《洪羊洞》。十年，回上海定居，撰寫刊發戲評文章。二十三年，主編《戲劇半月刊》。後於復旦大學、上海美專、暨南大學等高校教授戲曲。一九五五年，聘爲上海文史館館員。著有《壽春壺齋劇話》。傳見《上海文史館館員傳略》第四冊（上海市文史研究館，一九九〇）。參見蘇玉虎主編《蘇少卿戲曲春秋》（附年表，上海書店出版社，二〇一五）。

〔二〕癸酉：民國二十二年（一九三三）。

附 （夢園曲譜）序

高漢聲〔一〕

我國三代郅治之時，禮樂教育，所以人民熙熙，社會安定。蓋禮以範其外，樂以養其內，故無上下，皆性有所中，而情有所和。三代而後，禮則只剩繁文細節，而古樂幾成絕響。馴至晚近，人民益覺枯燥，社會乃更糾紛，此其故固非一端所可概，而要在人情無養，此有心人所深慨也。

吳門夢園先生，淵明氣度，叔度風概。政餘所輯《曲譜》八卷，樂而不淫，思而不怨，采詞定韻，亦雅亦俗，誠屬文藝界一大供獻。其文孫仲衡同志刊而行之，其裨益社會豈淺鮮哉？

廿二年十月，房陵高漢聲序於海上。

【箋】

〔一〕高漢聲：即高振霄（一八八一——一九四五），字漢聲，房縣（今屬湖北）人。兩湖總師範學堂肄業。光緒三十一年（一九〇五）後，任《政學日報》（改名《湖北日報》）編輯。後創辦《夏報》，宣傳革命。辛亥後，任都督府各部總稽查。南京政府成立後，選爲國會議員、國會參議院議員。抗戰期間，居上海，任洪幫『五聖山』山主。民國三十四年（一九四五），因不願出任僞政權要職，被日僞毒殺於住所。參見王琪珉、高中自、裴高才編著《高振霄三部曲》（含《傳記》、《史迹》、《文集》），知識産權出版社，二〇一五）。

附　夢園曲譜跋

徐仲衡〔一〕

先祖夢園公諱治平，字耕娱。遜清時，宦遊湘楚。從政之暇，喜丹青，諳聲律，以陶養其性情。所輯《曲譜》八卷，成於清同治甲戌。在先祖用心之勤，與當時壇坫之盛，想見前人風度雍穆，氣志中和。小子不敏，未克繼承先緒，而流風餘韻，不忍聽其湮沒。今特録而刊之，公諸同好。不敢謂發潛德而闡幽光，聊爲文藝界之一助，或亦大雅君子所許也。

廿二年雙十節，仲衡志於海上。

（以上均民國二十二年上海曉星書店排印本《夢園曲譜》卷末）

【箋】

〔一〕徐仲衡：長沙（今屬湖南）人。徐治平孫。生平未詳。

孫臏詐瘋曲譜（闕名）

《孫臏詐瘋曲譜》，闕名編，現存清鈔本，中國藝術研究院圖書館藏，《傅惜華藏古典戲曲曲譜身段譜叢刊》第四册據以影印。卷首題名頁署『丙子仲春藴衣氏訂』。丙子，當爲光緒二年（一八七六）。

孫臏詐瘋曲譜跋〔一〕

闕名

北曲，須帶小腔手法。學笛，須知必分南北。北人口音無入聲者多，俗曰『北無入聲』。南曲，講五音要清淨，不須多帶小腔。凡度曲者，必要字重腔軟，以出口爲字，必須嘴皮用力，以下爲腔，必須要圓而軟，又曰『字正腔圓』。字有頭尾出入，凡字收音，總在末尾，其中間腔必須輕松含在口內，末尾放出，否則卽爲兩收矣。

北曲，五音不甚講，不過隨曲牌打工尺，有借用者，入聲斷否，皆可隨腔酌用。

（《傅惜華藏古典戲曲曲譜身段譜叢刊》第

四冊影印清鈔本《孫臏詐瘋曲譜》卷末）

【箋】

〔一〕底本無題名。

遏雲仙館曲譜（李瑞卿）

《遏雲仙館曲譜》，李瑞卿編錄，現存光緒間鈔本，南京圖書館藏。

李瑞卿，字號、籍里、生平均未詳。同治、光緒間人。

遏雲仙館曲譜序〔一〕

盧傳忠〔二〕

同治己巳，余橐筆鹺署，識李君瑞卿，少年倜儻，有奇氣。治事之暇，以詩字相砥礪。一日，見丹徒王太史所刻《納書楹曲譜》〔三〕，顧而樂之。遂邀二三同志，朝夕研求，月餘竟能入彀。適平山堂落成，放櫂保障湖，中流簫鼓，高唱入雲，行道者皆側耳駐足，不忍遽去。余時爲門外漢，極所歆羨。歸而效顰，雖勉能按拍，而不及瑞卿之精且專焉。

數載以來，花晨月夕，極過從倡酬之樂。而瑞卿之伎，亦與年俱進。頃來錦江，以所錄各劇見眎，精美完好，裒然成冊，屬敍於予。夫音律之學，前人之說備矣，瑞卿亦聞之詳矣，余又奚容置喙？惟瑞卿與余同舟十載，燈窗共硯，寒暑無間。今也余以內顧無人，一葉扁舟，行將歸去，追維離合之狀，不能無感於中。爰書數語，以當別調之彈。此後將偕牧豎村童，謳歌於紅橋白塔之間，未知天上《霓裳》，尚能容李謩隔牆竊聽否也？

光緒三年七月下浣，如仲盧傳忠心齋氏倚裝拜序。

（南京圖書館藏清光緒間鈔本《遏雲仙館曲譜》卷首）

【箋】

〔一〕底本無題名。

〔二〕盧傳忠：字如仲，號心齋，籍里、生平未詳。

〔三〕丹徒王太史：即王文治（一七三〇—一八〇二），生平詳見本書卷八《迎鑾新曲》條解題。

香上記曲（闕名）

《香上記曲》不分卷，闕名編錄，現存鈔本，南京圖書館藏。鈔本題名下，有『丁巳春三月之望，重裝於珠泉，凡二冊，古鳳』等字。此『丁巳』，或爲咸豐七年（一八五七），或爲民國六年（一九一七），待考。

香上記曲跋〔一〕

古　鳳〔二〕

廿餘年前，揚州書肆收得此譜，常攜行篋。塡譜精細，非尋常鈔本可比。叔許尺老云此濟寧鐵塔寺復初和尚藏本〔三〕，所見凡四十册，不知此本何以流轉至邗上，予復攜來濟南。復初工詩善畫，精於音律，風流自賞，飲酒食肉，非粥飯僧之比。與畫人項蔚如文彦一見如故〔四〕，留之寺中，共研雅技。頃賴以博取微官，而畫名遂盛。尺翁諸曲，多從復初口授，予未及見此僧也。尺翁云，此譜乃復初族姪所手錄云。

丁巳初夏，古鳳書於愛菊花巷寓廬。

（南京圖書館藏鈔本《香上記曲》卷首）

【箋】

〔一〕底本無題名。

〔二〕古鳳：　姓名、籍里、生平均未詳。參見本卷馮起鳳《崑曲曲譜》條。

〔三〕復初和尚：　法名本善，俗家姓楊。清同治間，爲濟寧鐵塔寺住持僧。

〔四〕項蔚如文彦：　項文彦（？　—　一八九八後），字幼平，號蔚如，别署昧愚、昧庾、鉢池生、鉢池山人等，山陽（今江蘇淮安）人。光緒間，曾任山東通濟橋閘閘官。著名畫家，善山水，工人物。

天韻社曲譜（吳畹卿）

《天韻社曲譜》，吳畹卿編訂，崑曲散齣工尺譜，共收散齣一百二十齣。據稱稿本在其彌留之際交楊蔭瀏，今不知藏於何處。現存楊蔭瀏於民國十年（一九二一）所製油印本，中國藝術研究院圖書館、無錫天韻社等藏，《傅惜華藏古典戲曲曲譜身段譜叢刊》第七八册據以影印。

吳畹卿（一八四七—一九二六），名曾祺，字畹卿，以字行，無錫（今屬江蘇）人。精音韻，善度曲，兼工三絃、琵琶、曲笛。早年從徐增壽習曲，後接替徐增壽主持天韻社，達五十年之久。吳畹卿弟子衆多，如演員梅蘭芳、韓世昌，崑曲曲師趙子敬，音樂理論家楊蔭瀏等。參見李靜軒口述、楊蔭瀏記録《天韻社溯源》（無錫《錫報》一九二五年八月三〇日至九月二日）、秦德祥編著《高山流水——常州音樂名家》。

附　天韻社曲譜題識〔一〕

劉公魯〔二〕

乙丑四月廿三日亭午〔三〕，偕轉（？）衡之先生遊公園，訪吳畹卿先生於天韻社。余歌《林沖夜奔》【點絳脣】、【新水令】、【折桂令】數闋，畹卿先生爲按笛。先生謂余喉極佳，有高唱入雲之致。惜先生年高目眊，誤認曲本六字爲尺，上字爲合，故不無逕庭耳。

晼卿先生以此書見貺，因並識之。公魯，時在無錫棋杆下楊氏甥館〔四〕。

楊清如名令茀，吳觚廬弟子，善畫，余內姑也。又識。

【箋】

〔一〕底本無題名。

〔二〕劉公魯（一九〇〇—一九三七）：貴池（今屬安徽）人。劉瑞芬（一八二七—一八九二）孫，劉世珩（一八七四—一九二六）子。

〔三〕乙丑：民國十四年（一九二五）。

〔四〕題署之後有印章一枚：陰文方章『劉』，並於下綴文釋稱：『此印爲安定程國琛字泠鐵刻贈余者，試鈐於此。泠鐵，余於吳觀老家值之，其印法蓋宗吳企廬先生。又記。』

讀曲例言

吳晼卿

讀曲既曉四聲，當知收韻。收韻者，每一字出口則必有餘音以收之。在昔，詞家姜白石稱爲『住字』，沈存中名曰『煞聲』，張玉田又謂之『結聲』者是也。其大要相傳有六：一曰穿鼻，謂從喉音反入，穿鼻而出，作收韻也；二曰展輔，謂出口之後，必展兩輔如笑狀，作收韻也；三曰斂脣，謂其字在口，半啓半閉，斂其脣以收韻也；四曰抵腭，謂出口將終之際，以舌抵上腭，作收韻也；五曰直喉，謂直出本音，作收韻也；六曰閉口，謂閉其口，作收韻也。

惟詞與曲微有不同，曲有南北之分。北曲則以入作平、上、去三聲，兼多乙、凡兩色。杏村先生推廣其義，析展輔、斂脣爲三，又從直喉增戈聲，共而爲八。即於譜中隨其南北曲，逐字按四聲方位（去上□入平）志之，間有上、去可通者，則一字兩志之。緣所志之字，皆省筆從簡，特詳其例，釋之如左。

一、穿鼻也，收韻當從喉間反入，穿鼻而出。屬東同、江陽、庚青三部。

一、從聲也，始終之音，從其本聲，或展輔，或斂脣，出音與收音同。屬支時、居魚二部。

一、巳聲也，即展輔也，展兩輔如笑狀，收韻作巳聲（巳字，遇平聲之字，當作平聲讀）。屬機微、歸回、皆來三部。

一、吳聲也，即斂脣也，收韻當作吳聲。屬蘇模、蕭豪、鳩由三部。

一、抵腭也，一字將終，以舌抵上腭作收韻。屬眞文、干寒、歡桓、天田四部。

一、戈聲也，亦直喉也，直出本音以收韻。屬歌羅一部。

一、張口也，本同直喉，須漸張其口而收韻。屬家麻、車蛇二部。

一、閉口也，須閉其口以作收韻。屬侵尋、監咸、纖廉三部。

右從、巳、吳三聲，詞譜爲展輔、斂脣所統屬，今則互有分併矣。其戈、口，詞譜則併爲直喉也。所屬平韻二十二部，係從《音韻輯要》之本而詳定之。如能體會入微，遏雲繞梁，豈讓古人擅美哉！

光緒七年歲次辛巳菊秋之杪，吳曾祺畹卿識。

（以上均民國十年油印本《天韻社曲譜》卷首）

霓裳文藝全譜（王慶華）

《霓裳文藝全譜》，四卷，王慶華輯刻，輯錄崑曲折子戲五十折。現存光緒二十二年（一八九六）九月新建石印全崑總譜本（日本《雙紅堂文庫》據以影印），署『平江太原氏慶華校』，有鈐印『慶華王印』。

王慶華，平江（今屬江蘇蘇州）人。同治、光緒間人。參見網名『收皮囊的惡魔』《〈霓裳文藝全譜〉探驪》（https：//www.douban.com/note/501419535/）。

霓裳文藝全譜序〔一〕

王慶華

此譜與眾不同。因壬辰桂秋〔二〕，京師玩友來滬，向各書林中購辦數種《霓裳總譜》，竟獨無此集。所見一種《綴白裘集》，不合而返。余素性崑譜，不惜工資，費盡數年心血，購求各種《詞韻輯要》、《納書楹全總譜》等集，將此逐細排論，屢次精校，印成一部。其中曲白工譜，倘有失錯，儘可當面試之，決不推諉。書增圖章爲憑，以便認眞，恐有冒樣翻印混充。然雖難免①，當面一試，有恐不美。此係非比閑書等集，若工譜、板眼，稍有錯誤，一目了然，豈能瞞過？現已初印《霓裳》書集，先已載明，免得嫌疑。惟崑曲情由，乃書山曲海，曲名頗多，難已鈔寫。現已先校五十套全崑總譜，印成草集，若不嫌棄，迨後更換百餘套，仍復石印，以蒙賞覽另折。此譜格外克己，承蒙賜顧，須認圖章，以免致誤。

太原氏謹。

【校】

①免，底本作『勉』，據文義改。下同。

【箋】

〔一〕底本無題名。

〔二〕壬辰：光緒十八年（一八九二）。

霓裳文藝全譜序〔一〕

闕名〔二〕

霓裳詞曲，係唐人作俑。聿後名人錢君，編成《綴白裘集》，無非聊言大概，未盡精微。惟《納書楹》一集，乃丹徒名士王文治所作。此集精究聲仄，深細異常，惜乎統曲而無白。想當初唐人名士，博文詩詞歌賦、文藝詞章，編成霓裳，譜入梨園。朕稱天上清歌，同樂雅觴，一曲霓裳，永播千載，流傳於今。乾隆年時，不亦興盛，孔門子弟，無不咏玩霓裳。其時普天同樂，賞心樂事也。不幸遭此兵燹已來，霓裳崑譜，俱被毁滅，豈不痛惜！雖有《綴白裘》、《納書楹》兩集解懷，縱然覽之，無益嘆世風之日下，又嗟音韻之淪亡。

余雖不敏，性豪音劣，不惜重資，緝習霓裳二十餘春，留得數種崑曲舊譜。久思作書，但獨將此崑譜，亦不能濟事。若論作書應用，非《詞韻》、《納書楹》不可，因此購求《詞韻》、《納書楹輯要》等集，將此逐一排論。爰將曲白、工譜、板眼、鑼鼓①，細細揣摩，頻頻考核。酌工商而精華畢現，徵今古而雅俗可風。俾得聲聲入調，字字詳明，知音者無不樂觀幸覽。惟北曲、南白，略有分別，餘情一體皆同。

先已寫就四本，印成一部，播流各處口岸，以便衆覽。若甚咏玩興濃，亦復如舊。然咏玩《霓裳》，有養體精益之妙，無不知之。此譜非比等閑之書，善能傳習之，應用其中忠孝節義、禮義廉恥、喜怒哀樂等情，無勿惟妙惟肖，眞可謂豔而不藹，婉而多風。從此清樽檀板，一曲淩雲，酒旗歌扇之間，不亦傳盛事於將來也哉！爰名之曰《霓裳文藝全譜》，是爲序。

（以上均清光緒二十二年新建石印全崑總譜本《霓裳文藝全譜》卷首）

【校】

①鼓，底本作「段」，據文義改。

【箋】

〔一〕底本無題名。

〔二〕此文當爲王慶華撰。

異同集（聽濤主人）

《異同集》，崑曲工尺譜，光緒、宣統間聽濤主人編訂、殷溎深訂譜。現存一九五五年中國民族音樂研究所複製曬藍印本。

聽濤主人，姓名、籍里、生平均未詳。參見宋波《淺說〈異同集〉》（《戲曲研究》第一〇〇輯，文化藝術出版社，二〇一七）。

異同集序〔一〕

聽濤主人

光緒癸巳年間，余在補園主人處見曲譜一宗〔二〕，有六百數十齣，內有文而無腔者俱多，又①續集成三百餘齣，湊成九百六十七齣。請吳門殷四先生改正〔三〕，費十餘載精神。草草錄全，裝訂百本。惜乎學淺，未免尚有錯誤，願識者諒之。

宣統己酉年仲冬，聽濤主人錄。

（一九五五年中國民族音樂研究所複製曬藍印本《異同集》卷首）

【校】

①又，底本作『六』，據文義改。

【箋】

〔一〕底本無題名。

〔二〕補園主人：蘇州張氏築補園。補園曾鈔傳奇、時劇九〇四齣，二〇一一年出版《崑曲手鈔曲本一百冊》影印本。兩相對照，與《異同集》所出淵源爲一。

〔三〕吳門殷四先生：即殷溎深（一八二五？—？），生平詳見本卷《六也曲譜》條解題。

六也曲譜（殷溎深、張芬）

《六也曲譜》，清末殷溎深原稿，張芬校訂手錄，現存光緒三十四年（一九〇八）蘇州振興書社刻本。《增輯六也曲譜》，張芬校訂，民國十一年壬戌（一九二二）上海朝記書莊石印本。《傅惜華藏古典戲曲曲譜身段譜叢刊》第三四冊據以影印。

殷溎深（一八二五？—？），一作桂深，蘇州（今屬江蘇）人。清末蘇州大雅崑班旦角演員。光緒二十二年（一八九六），爲崑山東山曲社坐堂曲師。沈月泉、張雲卿均出其門下。精於音律，據梨園舊本正拍訂譜，編成《春雪閣曲譜》、《六也曲譜》、《崑曲粹存》等。

張芬，號怡庵，別署怡庵主人，蘇州（今屬江蘇）人。生平未詳。

六也曲譜初集序

吴　梅

北人不詞，南人不曲，總曰詞曲，盲語也。詞餘者，燕樂之變。完顔亮【鵲橋仙】詞，卽爲關、馬、鄭、白之濫觴，是宗祧於詞，故曰『詞餘』。明魏良輔、梁伯龍出，一洗胡人古魯兀剌之風，天下始有清音。自《琵琶》而下，迄乎昭代，辨工尺而競四上者，指不勝僂，集錦聚采，號爲大觀。百年以來，秦聲四起，古調落落，等於廣陵，亦可慨矣。張子旲（吳）呋（昳）四聲，旁搜院本，薈萃舊詞，彙成新樂。彼廣明夢樓，實露曇晨蕣耳。

嘗總南北曲九宫十三調核之，失傳散佚者已過其半。而如【者剌古】叫聲，諸名伶工至不能識。蓋聲音之道，隨時勢爲變遷。漢鐃吹興而詩廢，樂府興而鐃吹廢，齊梁雜曲興而樂府廢，梨園教坊興而雜曲廢，詞興而教坊廢，北曲興而詞廢，迨南曲興而北曲已失其眞矣。此變遷之顯者也。國朝《大成譜》，倚聲之圭臬也；《納書楹》舊譜，今樂之津梁也。顧默守舊律，已乖俗尚之宜；別啓新聲，又乏兼人之學。自乾、嘉以逮今日，其異同又若此，洵乎聲音之道，隨時勢爲變遷。張子此作，可謂識時務者矣。

竊怪今之詞家，往往棄本而就末。旋宮未喻，便論脣牙；正犯未明，謬然點拍。審音者辨析齒喉，而不知文字；擅文者耽味詞藻，而未晰音圖。《隋書・音樂志》曰：「彈曲多則能造曲。」詞章音律，不能兼擅，斯造曲難矣。東嘉不尋宮調，而「齊微」混入「魚虞」；高濂不通音均，故「眞文」混入「侵尋」（《琴挑》一折，膾炙人口，而【朝元歌】「長清短清」，合用眞、庚、青、侵），此不知音也。鳧公《西樓》，近乎俚俗；赤永《綵毫》，涉於鄙倍。下迄《鳴鳳》、《尋親》之作，《八義》、《四節》之流，膚淺庸俗，載鬼一車，此不知文者也。嗟乎！古人之失，後人不能改之；古人之工，後人亦不能學之，何哉？

至於訂譜之法，又在謹守四聲，平有陰陽，仄有清濁，四上工尺，符號而已，抑梅之深有取於是書者。當今之世，譜調歧異，率不合一，偷聲減字，多乖章式，貽誤來茲，莫此爲甚。得此定則，俾幽仄偪狹，夷爲唐途，是不獨藝苑之蜚英，抑亦儒林之韻事也。梅少喜讀曲，輒復度聲，竊念是書，實開宗法。曉風殘月，檀板金尊，指河山之滿目，感兒女以涕零。將以並轡伯龍，追蹤良輔，亦足慷慨悲吟，消遣世慮矣。

光緒三十四年戊申，長洲吳梅靈鳷父撰。

【箋】

〔一〕光緒三十四年戊申：指一九〇八年。

六也曲譜序〔一〕

吴門替花愁主人〔二〕

戲曲一道，文章末伎，而其難若登天然，蓋字句音韻間之長短多寡、清濁陰陽，有一定不移而不可差以累黍者。顧以膾炙人口如《玉簪記》，而眞、庚、青、侵合用；以精心結撰如《綰春園》，而「寒山」、「桓歡」相混；以專研詞律之周氏《中原音韻①》，而魚、模並爲一韻，則音律之不考訂亦已久矣。誰其具正法眼藏，乃獨耗心血以裁正之？

葉②氏《納書楹》，曲家正宗也，特遺賓白，則機趣不生，令人索然。錢氏《綴白裘》，院本鉅觀也，濫收新聲，則謬種流傳，伊於胡底。後起者遂別訂《霓裳曲譜》及《藹雲閣譜》兩種，怡庵張子曾讀之而嘆曰：『楚固失矣，齊亦未爲得也。是烏足爲曲部之指南哉？』乃更細研詞韻，博考音圖，出《六也曲譜》，以正其聲。

慨自京、弋、徽腔，盛行南北，而崑曲雅奏，幾成絶調。雖秦聲亂夏，外侮迭乘，亦内部之格律不嚴，音調乖迕，有以致之耳。當此淫哇競奏、瓦釜雷鳴之會，得一編以釐正其粃謬，保存其精粹，未始非戲曲界中元勳也。

噫！黎維斯之戲劇，作拉丁人民自由之生氣；福地櫻疵之詞曲，助日本明治維新之盛業。希臘之熱心宗教，羅馬之推倒貴紳，論者咸歸功於戲曲，則戲曲豈小道云乎哉！

光緒戊申歲孟秋之月，吳門替花愁主人識。

（以上均清光緒三十四年蘇州振新書社刻本《六也曲譜》卷首）

【校】

①韻，底本作『均』，據文義改。

②葉，底本作『王』，據文義改。

【箋】

〔一〕底本無題名。

〔二〕吳門替花愁主人：姓名、生平均未詳，蘇州（今屬江蘇）人。

附（增輯）六也曲譜序〔一〕

碧桃花館主人〔二〕

戲曲一道，文章末伎，而其難若登天然，蓋字句音韻間之長短多寡、清濁陰陽，有一定不移而不可差以累黍者。顧以膾炙人口如《玉簪記》、《綰春園》，而『寒山』、『桓歡』相混；以專研詞律之周氏《中原音韻①》，而魚、模並爲一韻，則音律之不考訂亦已久矣。誰其具正法眼藏，乃獨耗心血以裁正之？

葉②氏《納書楹》，特遺賓白，則機趣不生；錢氏《綴白裘》，不載宮譜，則研求無據。怡庵張子引以爲憾，乃以所藏劇本，細研詞韻，博考音圖，續刊《六也曲譜》，以廣其傳。

慨自京、弋、徽腔，盛行南北，而崑曲雅奏，幾成絕調。雖秦聲亂夏，外侮迭乘，亦内部之格律不嚴，音調乖迕，有以致之耳。當此淫哇競奏、瓦釜雷鳴之會，得一編以釐正其紕謬，保存其精粹，未始非戲曲界中元勳也。

噫！黎維新之戲劇，作拉丁人民自由之生氣；福地櫻疵之詞曲，助日本明治維新之盛業。希臘之熱心宗教，羅馬之推倒貴紳，論者咸歸功於戲曲，則戲曲豈小道云乎哉！

壬戌孟春之月〔三〕，碧桃花館主人識〔四〕。

【校】

①韻，底本作『均』，據書名改。

②葉，底本作『王』，據文義改。

【箋】

〔一〕此文與吳門替花愁主人《六也曲譜序》文字多同，當係鈔襲之作。

〔二〕碧桃花館主人：按吳藕汀藏閱原拓本《陳澹如印譜》，有一陽文方章『碧桃花館主人』，邊款題『甲子春日，澹如爲劍寒道兄製』。劍寒即陸衍文（一八九四—一九八〇），字澹安，號劍寒，別署何心、羅奮、幸翁、悼翁，吳縣（今江蘇蘇州）人。鑽研金石碑版，旁及稗史戲曲。著有《百奇人傳》、《小説辭語彙釋》、《戲曲詞語匯釋》、《古劇備檢》、《諸子末議》、《隸釋隸續補正》、《漢碑通假異體例釋》等。此『碧桃花館主人』或即陸衍文。

〔三〕壬戌：民國十一年（一九二二）。

〔四〕題署之後有陽文方章『菊奴』。

附 （增輯六也曲譜）序

永齋主人（二）

詩始於歌，曲始於詞，而崑曲則京、弋各劇之導始也。自京、弋南行，而崑曲衰敝，殆有一蹶不振之勢。論者以爲世運升降所關，而予則以爲文化盛衰之故。蓋崑曲文字，舍亂彈雜劇以外，其爲文無不雅馴，曲高和寡，自昔已然。是以咸、同以後，京、弋之劇盛行南北。而改革以還，且摭拾彈詞傳奇，編爲新劇，純以科白取長，亦足以取悦一時。社會耳目之淺，文化程度之卑，至斯而已極。又況演崑劇者，人材消乏，聲價低落，舞衫歌扇，雲散風流，則良輔遺音安得不淪於京、弋之下。噫，可慨矣！

怡庵主人夙耽音律，且工度曲。二十年搜羅劇本數十種，校勘其音均，考訂其沿譌，皆手自繕錄。每以諸家院本，及最流行之《綴白裘》等，不載宫譜爲憾。乃於光緒戊申，有《六也曲譜》之刊，凡劇三十餘折。嗣以滄桑改革，遷徙靡常，續刊之行，有志未逮。今忽忽又十餘稔矣。

近年蘇滬人士提倡崑曲，不遺餘力。第既無良好笛師，又鮮完善劇本，按拍徵歌，失所依據。怡庵向具熱忱，乃以所藏曲本數十種，凡劇二百餘折，彙付續刊。將使曉風殘月，共續西崑；擅板紅牙，胥循南轍。雖不敢以卜世運之日隆，亦竊冀以振文化之未衰已。

壬戌花朝春，永齋主人識〔二〕。

（以上均民國十一年上海朝記書局石印本《增輯六也曲譜》卷首）

【箋】

〔一〕永齋主人：姓名、字號、籍里、生平均未詳。

〔二〕題署之後有陽文方章『公者』。

崑曲粹存初集（殷溎深）

《崑曲粹存初集》，崑曲曲譜，殷溎深（一八二五？—？）訂譜，崑山國樂保存會編。現存民國十三年（一九二四）校經山房成記書局石印本，民國十八年（一九二九）再版。

崑曲粹存序〔一〕

汪　洵〔二〕

西崑雅樂，自中葉以來，幾成絕響。流俗競尚秦聲，侏儒雜奏，士大夫忽焉不講，致古曲日漸淪亡，爲可慨也。崑山國樂保存會諸君子，有志復古，爰合諸家曲譜，審訂音律，備載關目，排比成編，先成初集，以導前軌，庶幾出風入雅，人盡知音。聲音之道與政通，或亦起衰救弊之一術乎？不圖今日復聞正始遺音，書以志幸。

汪洵並記〔三〕。

（民國十八年上海校經山房成記書局石印本《崑曲粹存初集》卷首）

【箋】

〔一〕底本無題名。

〔二〕汪洵（一八四六—一九一五）：原名學溥，鄉榜名學瀚，字淵若，後改名洵，字子淵，號淵若，陽湖（今江蘇常州）人。光緒十八年壬辰（一八九二）進士，選庶吉士，散館授編修。兩年後，辭官居滬上。曾任題襟館書畫會首任會長。精研書畫，酷喜刻印。鬻書滬上，垂二十年，與吳昌碩、張祖翼、高邕之合稱「滬上四書家」。傳見《清代硃卷集成》卷七五光緒壬辰科會試硃卷履歷、《皇清書史》、《清朝書畫家筆錄》卷四、《清代毘陵名人小傳》、民國《上海縣志》卷一七等。

〔三〕題署之後有印章二枚：陰文方章「汪洵之印」，陽文方章「子淵淵若」。

崑曲粹存序〔一〕

嚴觀濤〔二〕

粵古鍾文物於是邦，必有闡發之人，竺生其間，以牖其美備。昔者王豹處淇，綿駒處高，孟子稱之。方今時代，萬籟遄飛，眾響畢集。吾崑正始之音，宇內風行，垂數百年，若不振其羽而起其衰，則黃鐘棄，瓦釜鳴，不將見絀於秦腔、越調間乎？有明萬曆，鄉先輩魏良輔、梁辰魚兩先生，一掃弋陽靡靡之習，發千古傳奇家不傳之微妙，繪色繪聲，甲於天下。擬諸陸次雲《圓圓傳》，語殆非溢美。

宣統紀元，同人國樂保存會成立，輯有《崑曲粹存》十二集。雲間俞粟廬〔三〕、虞山趙琴士兩君〔四〕，嘗商榷郡齋，慫恿印行。余謂古之論曲者，類不能道著肯綮；今之度曲者，類不能詣於純粹。蓋士大夫殫思者尠，閭巷聰强之人習焉而不察。必詞藻、音律、天資、學識，四者兼賅，而後可以問津，而後可以登峯造極。嗚呼！談何易哉！談何易哉！是編脈絡蟬聯，幾窺全豹，或亦好尚者所欣慕。若夫旁搜博采，固多折證於菊部靈光殷溎深之舊譜；而汰疵存醇，則吾同社諸君相點竄評騭者也。虞淵墜緒，《廣陵散》尚在人間；繼往開來，是所望於後之知音。

宣統元年秋八月，嬾漁嚴觀濤識。

【箋】

〔一〕底本無題名。

〔二〕嚴觀濤：號嬾漁，一號嬾庵，崑山（今屬江蘇）人。宣統元年（一九〇九），創崑山國樂保存會。辛亥後，入東山曲社。

〔三〕俞粟廬：即俞宗海（一八四七—一九三〇）。

〔四〕趙琴士：常熟（今屬江蘇）人。戲曲串客，擅旦角。

(崑曲粹存)序

方　還[一]

邑人集《崑曲粹存》，都凡十二集，屬爲弁言。方還素不諳聲律，顧嘗考之里乘，聽之鄉父老，凡數百年流俗聲音之好尚，與夫崑曲盛衰之沿革，可得而述焉。元尚詞曲，明承其後，流風益暢，文人學子往往自撰院本。而吾鄉魏氏良輔，遂以崑曲得名，正始元音，雍容揄揚，此一時也。降明季以迨國朝，海內靡然，樂其詞而歌演之，幾於家吳歈而戶南音。而吾鄉玉山之麓，廣不逾數里，梨園五六部，甲於東南。其風肆好，輝雲而麗日，此又一時也。下迨吾世，國家當極熾而豐之後，民生其間，物力不繼，而又承粵寇之敝，海內彫殘陵夷，舊時聲律，遂闕焉未皇董理。然歲時鄉里報賽，所歌演者，猶率皆鄉音。距今數十年，寖衰寖微，四方好尚，日趨於北音，而吾鄉亦復罕有能歌崑曲者，此又一時也。

夫風尚之異，原於政教。世之崑曲，已非三代古音，然氣和而節舒，宅中而履雅，聞其音可以宣湮道鬱，調燥劑暴，而無放恣之心。故當其盛也，士大夫皆崇節義，敦禮教，民氣安和，雖有變亂，率不渝常度。迄乎今日，南風不競，四方之人，率皆肆口而歌，爲燕、趙、秦、隴間音，柔之則姚冶，剛之則忿鷙。而朝野間大夫士庶，亦皆囂敖善動，已非向日數百年之風尚。吾崑山以百里下邑，亦與乎盛衰得失之數。覘世變者，觀乎政教，非第雅樂淪亡之感焉，矧其爲崑之人乎？則《粹存》之輯，烏能已已！

顧或謂崑曲律細而聲曼，聞其音，使人柔和，有巽懦之患，志乎政教者，所當改弦而更張之。此固國家化民成俗之關係，未可以如方還之不知音者，率臆縣談也。莽莽神州，度必有志士仁人，起而爲之。謹述所聞，以諗方來。至編輯訂正之功，則嚴序言之，幸覽者參考焉。

庚戌正月〔二〕，新陽方還。

【箋】

〔一〕方還（一八六六—一九三二）：初名張方舟，又稱張方中，字惟一，自署螾庵，新陽（今江蘇崑山）人。光緒間例貢生。二十七年（一九〇一），創立崑山縣第一所新式學堂樾閣學堂。三十二年，成立崑新學會（後改稱崑新教育會），任會長。民國二年（一九一三），任北京女子師範學校校長。十七年（一九二八），赴南京任國民政府交通部部長祕書。傳見《江蘇文獻·方螾庵先生傳》（刊於一九四五年五月）。參見鄭逸梅《方惟一足智多謀》（《鄭逸梅選集》第二卷，黑龍江人民出版社，一九九一）、陳兆弘《方惟一先生年譜》（《崑山堂》二〇〇二年第一期）。

〔二〕庚戌：宣統二年（一九一〇）。

崑曲粹存初集序〔一〕

王慶祉〔二〕

崑曲之行，始於魏良輔，而盛於國初。洎乎中葉，稍稍衰矣，然士大夫猶樂爲稱道。先孝廉公中年後，嗜之尤篤，每值吟詠之餘，與二三同志把金尊，拍檀板，淺斟低唱，逸興遄飛。余髫年趨庭時，輒聞一片宫商，悠揚户外，雖未嘗倚聲習之，惟耳熟焉，故能詳也。

光緒丙申，同人集東山曲社於進思堂，余亦得追隨其間，由是益窺門徑。社中曲師，爲郡城殷君溎深。殷故精於音律，名滿吳中者，蓋今之李龜年也。比余牽於吏事，卒卒無暇晷，久矣不託於音。每念時俗競尚秦聲、弋調，而吾崑正始元音，或竟無人問津，良可慨已。矧殷年逾古稀，老將至矣。夫①今不釐訂成編，流傳一派，不幾同《廣陵散》乎？

迺者東山諸君子，有志振衰，爰倡國樂保存會，搜羅舊本，重加讐校，倩殷君點定宫②商，得六百餘折，都凡十二集，名曰《崑曲粹存》。社友朱祥集茂才，尤具熱誠，獨任繕寫。初集既裒成，亟付石印，用綴數語於弁端，以爲嚆矢云爾。

宣統辛亥首夏，崑山王慶祉識於滬南小自在寓廬〔三〕。

【校】

①夫，底本作『失』，據文義改。

②宫，底本作『工』，據文義改。

【箋】

〔一〕底本無題名。

〔二〕王慶祉：　字號未詳，崑山（今屬江蘇）人。崑山東山曲社社友。輯《崑山縣敦善普育清節堂報告册》（民國鉛印本），合撰《瑯琊王氏譜略》（光緒二十七年序王氏有容義莊重刻本）。

〔三〕題署之後有陽文長方章『王慶祉』。

(崑曲粹存)凡例

嚴觀濤

一、《九宮》而後，《納書楹》無賓白，《綴白裘》無宮譜，且也遂古衣冠，不侔時尚。斯編悉崇嘉、道以來諸名公斟酌定本爲圭臬。

一、傳奇鼻祖，推《琵琶》、《拜月》諸劇。茲先及明代方正學、楊忠愍、周忠武，宋岳忠武各疊者，寓觀感於去古未遠焉。每集約五十齣，二三集卽遞排《琵琶》、《荊釵》、《西廂》、《拜月》等記，四五集卽《長生殿》、《牡丹亭》、《西樓》、《紅梨》、《玉簪》等記，餘可類推。

一、《四庫》所收《顧曲雜言》外，如《度曲須知》及毛西河、徐洄溪各家，固長於覈求聲調，而形容科白，則獨一李笠翁能探驪發揮。蓋倒施平仄，偏護抑揚，聆音察理之妙，存乎其人。

一、製曲家咄嗟千萬言，安能白描盡如《拜月》，敷典盡如《水滸》？卽才如梁伯龍，猶見譏於何元朗、屠長卿輩。他若《西川》之粗糲，《孽海》之俚鄙，要亦流俗相沿，未免貽譏大雅。

一、院本命名，互有異同。如《精忠記》，有《倒精忠》、《東窗事犯》、《如是我聞》；《拜月》，爲《幽閨》、《南北樵》、《雙紅記》等，比比皆是。折名則尤多割湊，如《剪賣》、《拾叫》、《雲法》、《折陽》之類。姑且從俗，不復吹求。

一、黃文暘《曲海》、焦理堂《曲考》，羅載傳奇，至數千種，浩如烟海。國初鼎盛，至梨園散值以來，已塡宮譜演唱者，不過千折。《琵琶》、《荊釵》、《牡丹亭》、《長生殿》外，無完全一記。今世所傳習，祇數百折。海内如有藏弆善本，尚希隨時惠教，以匡不逮。

嬾蓀又識。

（以上均民國十八年上海校經山房成記書局石印本《崑曲粹存初集》卷首）

霓裳新詠譜（周蓉波）

《霓裳新詠譜》，崑曲工尺譜，周蓉波編訂。現存光緒二十九年（一九〇三）巾箱鈔本，南京圖書館藏，三〇冊，收錄八十二個劇目之折子戲三百二十六齣；另有殘本二十一冊，南京圖書館藏，收錄二九一齣折子戲。

周蓉波（一八三六—一九〇九），名增華，字蓉波，以字行，號慕蓮，別署懷濂居士，室名思梧書屋、碧梧書屋，南京（今屬江蘇）人。道光末年至咸豐間，與其父同繪製《思梧書屋崑曲戲畫》，包括崑曲折子戲八十三齣。著有《先民矩矱》、《周氏家乘》、《思梧書屋南北崑曲》、《碧梧書屋慕蓮錄本》等。參見丁修詢《思梧書屋崑曲戲畫》（蔣錫武主編《藝壇》第三卷，上海教育出版社，二〇〇四）、吳新雷《關於崑曲〈霓裳新詠譜〉的兩種鈔本》（《戲曲研究》第七一輯，文化藝術出版社，二〇〇六）。

（霓裳新詠譜）例言〔一〕

周蓉波

初學曲，先須引發其聲響，次辯別字面，務得其正，又次理正其腔調。不可混雜强記，以亂規格。如學【集賢賓】，只唱【桂枝香】①，久久成熟，移宮換宮②，自然貫串矣。

曲有三絕： 字清爲一絕，腔純爲二絕，板準爲三絕。

曲有五難： 開口難，過腔難，低難，出字難，轉收入鼻音難，高不難。

五音以四聲爲主，四聲不得其宜，則五音廢矣。五音者，宮、商、角、徵、羽； 四聲者，乃平、上、去、入也。須逐一考究，務得中正。如或苟且舛誤，雖具繞梁，終不足取。其或上聲扭做平聲，去聲混作入聲，交付不清，皆做腔賣弄之故，而知者辯之。北曲雖字面不有分別（無入聲之故），唱法宜同。

生曲貴虛心玩味，如長腔雖要流活，不可太長； 短腔雖要簡捷，卻忌太短太促，至如過腔接字。按字乃關鎖之地，有遲速不同，要穩重嚴肅，方無輕佻之病。

曲有兩不辯： 不知音者不可與之辯，不好者更不可與之辯。

光緒二十九年春正月，後學慕蓮氏謹志。

（南京圖書館藏清鈔本《霓裳新詠譜》卷首）

【校】

①『如學【集賢賓】，只唱【桂枝香】』二句，語意不通，疑有脫句。萬曆四十四年（一六一六）刻《吳歈萃雅》卷首附《魏良輔曲律十八條》爲『如學【集賢賓】，只唱【集賢賓】；學【桂枝香】，只唱【桂枝香】』。

②移宮換宮，萬曆四十四年（一六一六）刻《吳歈萃雅》卷首附《魏良輔曲律十八條》爲『移宮換呂』。

【箋】

〔一〕此例言乃摘鈔魏良輔《曲律》而成，唯字句稍有增益。參見吳新雷《關於崑曲〈霓裳新詠譜〉的兩種鈔本》（《戲曲研究》第七一輯，文化藝術出版社，二〇〇六）。

半角山房曲譜（王瀚）

《半角山房曲譜》，王瀚輯，折子戲工尺譜，現存清半角山房鈔本，中國藝術研究院圖書館藏。王瀚，字海文，號亦坡，又號亦園，別署亦園主人，室名半角山房，慈谿（今屬浙江）人。生平未詳。輯有《嚶鳴草》、《半角山房曲譜》。

半角山房曲譜題詞〔一〕

闕　名〔二〕

沉酣樂府，浸灌詞場。穠兮潤色，郁乎生香。含將春足，英蕊舒芳；咀之味永，華實兼嘗。

作豪傑氣，爲兒女粧。文工繪畫，章叶宮商。其風肆好，書寫情腸。滿庭天籟，家卽仙鄉。

【箋】

〔一〕底本無題名。

〔二〕此文當爲王瀚撰。

半角山房曲譜題識〔一〕

王　瀚

譜中浪板，如《活捉》、《思凡》、《羅夢》等曲，必不可□。其他遇欲加浪板處，必須斟酌。卽如曲中有『天地』、『爹娘』、『夫妻』等字樣，亦要審聲勢，不可濫用，恐其近乎對白耳。此《納書楹》論也。

亦坡瀚識〔二〕。

【箋】

〔一〕底本無題名。

〔二〕題署之後有印章二枚：陰文方章『瀚』，陽文方章『亦坡』。

半角山房曲譜識語〔一〕

王　瀚

吾輩度曲，惟取適性陶情，原不若伶人竭力苦口，博取人歡。故譜中間有曲文冗長，一人之力不能卒歌者，略爲節去幾曲。非敢割愛，否則誠恐多則懈，懈則疏，反不如少許之勝人多許也。未識賞音知趣者，以予爲然而不加指斥否？

亦園主人識〔二〕。

【箋】

〔一〕底本無題名。

〔二〕題署之後有印章二枚：陽文方章『亦』，陰文方章『坡』。

附　半角山房曲譜題識〔一〕

闕　名

題詞及目錄，原寫在每函的書套裏上，因套已殘破，今揭補移此。

七四年八月記。

【箋】

〔一〕底本無題名。

附　半角山房曲譜題識〔一〕

闕名

從殘存的書簽看，此譜似缺一函。因函冊的書簽是按首冊題詞的句字排列的，但缺最後一行句字的書簽。注此存疑。

七四年八月又記。

（以上均中國藝術研究院圖書館藏清半角山房鈔本《半角山房曲譜》每冊卷首）

【箋】

〔一〕底本無題名。